AF185336

MICHAEL BOENKE

Kuhnacht

OKKULTER SUMPF Berufsschullehrer Daniel Bönle wird an seiner neuen Schule mit bizarren Dingen konfrontiert. Ein abgetrenntes Körperteil im Ried. Ein Junge, der von einer Brücke springt. Das Körperteil, das nicht zum Opfer passen will. Bönle hegt den Verdacht, dass die Klasse seiner Tischler mit den okkulten Umtrieben in der Umgebung zu tun hat. Bei einer illegalen Nacht-Floßfahrt spitzen sich die Geschehnisse dramatisch zu: Daniels Freundin Cäci stößt im Wald auf eine Gruppe, die bizarre Rituale ausübt. Und als ausgerechnet die Kapelle im wildromantischen jungen Donautal, in der Cäci ihrem Daniel das Ja-Wort geben will, Schauplatz weiterer unglaublicher Umtriebe wird, und ein eigentlich toter Schüler zum zweiten Male getötet werden soll, beschließt Bönle, mit psychologischer Unterstützung seiner Cäcilia, den Hintergründen der Freveltaten auf den Grund zu gehen.

 *Michael Boenke wurde 1958 in Sigmaringen geboren und lebt heute im oberschwäbischen Bad Saulgau. Er absolvierte ein Studium der Germanistik und Katholischen Theologie. Von 2002 bis 2010 war er am Institut für berufsorientierte Religionspädagogik an der Universität Tübingen und als Schulbuchautor tätig. Seit September 2010 unterrichtet er am Berufsschulzentrum in Bad Saulgau. Nach Veröffentlichungen als Schulbuch-, Sachbuch- und Kinderbuchautor gab der begeisterte Harley-Fahrer 2010 sein erfolgreiches Krimidebüt, auf das nun mit ›Versumpft‹ der sechste Teil der Serie folgt.*

Bisherige Veröffentlichungen im Gmeiner-Verlag:
Versumpft (2017)
Kässpätzlesexitus (2015)
Nonnenfürzle (2012)
Riedripp (2011)
Gott'sacker (2010)

MICHAEL BOENKE
Kuhnacht

Kriminalroman

SPANNUNG

GMEINER

Personen und Handlung sind frei erfunden.
Ähnlichkeiten mit lebenden oder toten Personen
sind rein zufällig und nicht beabsichtigt.

Besuchen Sie uns im Internet:
www.gmeiner-verlag.de

© 2013 – Gmeiner-Verlag GmbH
Im Ehnried 5, 88605 Meßkirch
Telefon 07575/2095-0
info@gmeiner-verlag.de
Alle Rechte vorbehalten
2. Auflage 2017

Lektorat: Claudia Senghaas, Kirchardt
Herstellung: Mirjam Hecht
Umschlaggestaltung: U.O.R.G. Lutz Eberle, Stuttgart
unter Verwendung eines Fotos von: © Michael Boenke
Druck: CPI books GmbH, Leck
Printed in Germany
ISBN 978-3-8392-1416-9

Für meine Familie

Put your faith in what you most believe in
Two worlds, one family
Trust your heart
Let fate decide
To guide these lives we see
(Phil Collins, Two worlds)

1 SCHNAPSTAUFE

Samstag, 9. Juni, früher Nachmittag, Ende der Pfingstferien, Pfrungen-Burgweiler-Ried, Riedwirtschaft

It's not time to make a change,
Just relax, take it easy.
You're still young, that's your fault,
There's so much you have to know.
Find a girl, settle down, if you want you can marry.
Look at me, I am old, but I'm happy.
(Cat Stevens, Father and Son)

Korbinian T. Rex krabbelte durch das Gras. Seine überdimensionierten Knopfaugen sogen aufmerksam alle visu-
ellen Eindrücke in den zuständigen Bereich seines kleinen Gehirns. Von unten sahen alle Menschen so groß aus.
Er bewegte sich zu einem Auto hin, ein Mann schüttelte
eine Decke aus. Das war interessant. Vielleicht gab es da
auch etwas zu essen.

Als Korbinian T. Rex wieder abdrehte, steckte der Rest
eines Saitenwürstchens in seinem Mund, das durch rhythmische Saugbewegungen Eigenleben entwickelte, was an
einen mahnenden Zeigefinger erinnerte. Der heftig Sau-
gende verzog kurz sein Gesicht, das ausgeprägte Kind-
chenschema mutierte noch putziger.

Winzige fliegende Insekten, die der feucht schwammige
Riedgrund ausgespuckt hatte, tanzten in pulsierenden
Wolken um den quasi Vierbeinigen herum. Sie verdich-
teten sich faustgroß, dunkelschwärmend wie ein aggres-

sives Einzellebewesen um das Köpfchen des tollpatschigen Winzlings, um sich sofort wieder, wie auf geheimen Befehl hin, unsichtbar in parasitäre Einzelwesen zu zerstäuben. Auch sie hatten es kumulativ auf das Saitenwürstchen, das aus dem Mund des Säugers baumelte, abgesehen. Die Musik wummerte, das Idyll begleitend, ausladend in Schockwellen durch die Holzwände des Nebengebäudes hinaus ins sonnendurchflutete, tannengesäumte, riedige Juni-Grün:

You helped to smash walls
Without rising to fame
You are the one who crossed borders
No one knows your name
You are the one who set the boundary stone
Far over the edge
But you were not alone
Nevertheless you've got my respect
Cause you reached the same

Das Trio gab alles, um auch die Outdoorler mit dem saftigen, lebensbejahenden Bad Saulgauer-Homemade-Rock-Sound zu beglücken. *You're in somebody's shadow* – wie wahr, das sonnenblaue, oberschwäbische Leben im tannenbeschatteten, feuchten Ried kann schön sein.

Die hohen, lichtungsbildenden Nadelgewächse schienen bis in ihre dunklen Nadelspitzen hinein den erdigen Sound aufzunehmen, ihn von dort über Zweiglein, Äste und Stamm bis hinab in Wurzeln und Würzelchen zigtausendfach in die herrliche Riedlandschaft hinein zu verstärken. Eigentlich gründete der trommelfellstrapazierende, riedfüllende Sound auf einem Missverständnis. Doch das Missverständnis lockte mehr Gäste in die moorige Landschaft als das geplante Event. Die engagierte Ried-Wirtstochter hatte geplant, Paul Schlau, den handorgelnden Volksmusikanten, zu engagieren. Doch verbale Kommunikation, vor allem fernmündlicher Natur, findet nicht immer auf der Sachinhaltsebene statt, vor allem beim Empfänger. Und so wurde aus Paul Schlau Coleslaw. Und die rockten nun das Ried um die Riedwirtschaft herum – und wie.

Korbinian T. Rex zuzelte immer noch hingebungsvoll im Rhythmus der metallig-herben Klangsymbiosen an seinem Wurstzipfelchen herum, das ihm aus seinem speckbäcklig umrandeten Göschchen baumelte. Er schüttelte ebenso energisch wie erfolglos sein Köpfchen, um die allzu lästigen Fluginsekten auf Distanz zu halten und um das leckere Wurstgehängsel nicht mit so vielen teilen zu müssen.

»Meinst du, das ist gut für ihn?«

»Hä?«

»Die Wurst.«

»Was für eine Wurst?«

»Na die Saitenwurst. Wo schaust du denn immer hin? Wahrscheinlich zu *der*!«

Cäcis Kopf und Augen wippten zu einer erschöpften Tänzerin, die noch immer zur klingenden Rhythmik zuckend die Lichtung vom Nebengebäude zum Wirtschaftsgebäude hin durchtanzte. Eigentlich wäre sie mir nicht aufgefallen.

»Ich habe ihm keine Saitenwurst gekauft.«

»Ich ihm auch nicht.«

»Dass die Leute immer fremde Kinder füttern müssen!«

»Frechheit.«

»Lass sie ihm, scheint ihm doch zu schmecken.«

»Das sehe ich nicht so, er spuckt sie immer wieder aus. Guck, wie er das Gesicht verzieht! Und die vielen Fliegen! Tu doch was!«

»Tun tut man nicht sagen tun.«

Ich räkelte mich in der wärmenden Sonne und genoss die Atmosphäre der im Ried eingebetteten Gastwirtschaft. Zugleich ignorierte ich meine Adressatenrolle.

Cäci, die stolze Mama, schaute gleichermaßen besorgt und zufrieden zu meinem Sohn. Korbinian T. Rex Bönle, der sich im Allrad-Gang wieder etwas weiter von uns entfernte, den Wurstzipfel nun fest in der linken Hand.

»Ist das alles, was dir dazu einfällt? Typisch Lehrer, seit du an der Schule bist, hast du noch mehr dumme Sprüche drauf! Unternimm lieber etwas! Mit deinem acht-Stunden-Deputat kannst du etwas mehr für die Familie tun. Du hast doch reduziert auf acht Stunden. Nicht am Tag, in der Woche! Wegen dem Buben! Und ich habe die Einrichtung der Praxis am Hals, nebenher schon die ersten Patienten. Und du? Acht Stunden in der Woche. Ich komme zurzeit locker auf zehn oder mehr am Tag. Und du? Du kümmerst dich um nichts!«

Cäci schien angebrannt, ich musste etwas unternehmen: »Hei, Korbi, wo ist der Baba? Daaa!«

Korbinian T. Rex drehte sein pausbäckiges Köpfchen, in dessen Zentrum nun wieder das Würstchen steckte, zu Papa, quasi mir, dann fixierte er leicht schielend die Mama, lachte zahnlos, wobei ihm in Ermangelung von Intelligenz das Fleischbrätgehängsel aus dem Mund ins Gras fiel. Flugs griff er wieder danach, erwischte aber auch eine Löwenzahnblüte. Das adrette, zentrale Wurst-Blüten-Arrangement im Gesichtchen zauberte ein heiteres, jedoch leicht einfältiges Gesamtbild unseres drallen Sohnes.

»Unternimm doch endlich was, der Löwenzahn ist bestimmt nicht gut! Vielleicht sogar giftig. Ist bestimmt gedüngt hier! Du siehst doch, dass ich esse!«

Cäci nickte auffordernd in Richtung des kleinen, wiesenmäandernd vagabundierenden Windelträgers.

»Hallo, Korbi, guck mal, wo ist der Baba? Daaa!«

»Daniel, ich möchte jetzt in Ruhe essen, kümmere dich bitte um deinen Sohn!«

»Warum ich? Das ist auch dein Sohn. Außerdem, wer soll hier düngen? Und Löwenzahn kann man essen, da macht man Salat draus.«

»Ach, plötzlich ist es auch mein Sohn, das ist ja ganz was Neues. Du alter Macho hast ihm ja schon den Nachnamen Bönle gegeben. Jedem stellst du ihn als Korbinian T. Rex Bönle, ich betone Bööönle, vor. Eigentlich heißt er Maier … Maier wie ich, verstehst du, Em, A, I, Eier, so lang wir nicht verheiratet sind! Und er soll keinen Löwenzahn essen, er ist doch kein Schaf!«

Das Braun in Cäcis Augen ging fast schon ins Rötliche, feuerrot, glutrot. Nur noch Glut. Ihre Fingernägel der Linken musizierten einen stakkatohaften Takt auf den Tisch. Crescendo! Sie stocherte mit der Rechten gabelbewehrt heftig mit dem Vierzack in die knusprende Rinde ihres Krustenbratens, die splitterte knöchern. Ich erkannte die Gefahr:

»Spatz, wir heiraten, sobald der Stress in der Schule etwas nachlässt, eventuell schon in den Sommerferien.«

»Pah, Sommerferien, wir haben jetzt Juni, da sind wir schon viel zu spät dran! Und wann hattest du schon mal Stress in der Schule? Der einzige Stress ist vielleicht der, dass du jetzt für sechs Stunden nach Sigmaringen fahren musst, aber das hast du dir selbst zuzuschreiben. Geschieht dir ganz recht, in der freien Wirtschaft hätte man dich gefeuert. Fristlos. Du brauchst dich gar nicht zu wundern, dass die dich mitten im Schuljahr nach Sigmaringen verpflanzt haben. Acht-Stunden-Deputat und Stress! Ha, Stress und du, das ist ein Anachronismus, ha!«

»Du meinst Antonym oder Disparität? Und das macht mir nichts aus, direkt nach den Pfingstferien in Sigmaringen anzufangen. Gute Leute werden auch unterm Jahr abgeworben.«

»Ach, lass mich in Ruhe … essen!«

»Okay, dann nächstes oder übernächstes Jahr.«

»Was?«

»Heiraten.«

Mit versöhnlichstem Howard-Carpendale-Lächeln versuchte ich, meine schöne Psychologin zu besänftigen. Von Berufs wegen durchschaute sie mich jedoch. Cäci zog ärgerlich die Augenbrauen zusammen. Eine entzückende Falte entstand über der Nasenwurzel. Das war gefährlich. Gefährlich für mich.

»Lass das Geschwätz, schau lieber nach Korbi! Daniel, du siehst, dass ich esse. Ich möchte nicht, dass der Krustenbraten kalt wird. Und dein Bier wird bestimmt nicht kalt!«

»Aber warm.«

Immer wenn Cäci Daniel statt Dani sagte, war der kritische, der rote Bereich erreicht. Wie bei einem Sicomatic-Kochtopf – alle Ringe sichtbar.

Trotzdem war ich nicht in der Stimmung, ihrem Sohn die Löwenzahnblüte aus seinem pausbäckigen Gesicht zu entfernen – auch Mütter haben Pflichten, und nur weil man acht Stunden unterrichtet, heißt das noch lang nicht, dass man keine Ferien hat.

»Nur weil ich schneller als du gegessen habe, möchte ich deswegen nicht diskriminiert und entwürdigt werden.«

»Wie bitte? Spinnst du? Was soll das jetzt schon wieder heißen?«

Cäci führte eine rasche Tipp-Bewegung an ihrer rechten Schläfe aus. Ich kannte diese Bewegung schon lang und sehr gut. Ihr schien sie angeboren. Ich hatte sie in ihrer Symbolik verinnerlicht.

»Ich springe doch schon die ganze Zeit hinter Korbi her. Was glaubst du, was die MIKEBOSSler von mir denken? Wie sieht das denn für einen Mann aus?«

Ich nickte zum verwaisten Nachbartisch. An den Stuhllehnen hingen wie schwarze, bunt tätowierte Häute schwere Lederjacken. Auf jedem Rücken prangte die stolze, rot gestickte, im Halbkreis formatierte Aufschrift MIKEBOSS. Unter dem Halbkreis grinste ein Totenkopf mit einer Augenklappe. Auf der mit Löwenzahn gesprenkelten Wiese lagen, wie achtlos drapiert, mattschwarze Halbschalen-Helme. Meine Gang, meine Jungs. Ich war stolz auf sie. Schämte mich ein bisschen, da ich familientechnisch mit dem Auto hier war, auch der batteriebetriebene Fläschchenwärmer neben meinem Bierglas störte mich. Aber darüber konnte man mit Cäci ja gar nicht reden. Vom zweiten Spucktuch fange ich jetzt erst gar nicht an. Obwohl ich Situationen sehr gut einschätzen kann und auch mit Empathie gut ausgestattet bin, hatte ich mir die Sache mit so einem Kind deutlich einfacher vorgestellt. Ich hatte mal einen Zwerghasen, so ungefähr.

»Die sind drinnen beim Headbangen, jetzt steh schon auf! Die sehen dich nicht!«

Cäci blitzte mich mit ihren braunen Rehaugen gefährlich an. Zur Bestätigung ihrer Aussage warf sie demonstrativ das brünette Haar hinter die Schultern. Das sollte wohl fordernd, einschüchternd und männlich aggressiv wirken. Frauen sind trotzdem anders als Männer.

»Das gelbe Top steht dir super, passt verdammt gut zur Levi's und den Cowboy ...«

»Lass den Quatsch!«

Eigentlich wollte ich noch ...stiefel sagen, hatte aber gegen die mählich Zürnende keine Chance. Ärgerlich warf sie die Gabel in den Teller, sodass die aromatische braune Krustenbratenbiersoße mit Kümmel ebenso verärgert aufspritzte und den Weg zu meinem schön taillierten Hemd nahm. Gott sei Dank trage ich immer schwarz. Das hölzerne, längliche antike Gebäude in meinem Rücken röhrte, während ich noch den Blick in die rhythmisch wippenden Tannenwipfel genoss:

Why don't we see the facts?
Superficiality just ain't right
To see the facts would mean
One giant leap for mankind
»Ich gehe ja schon.«

Umständlich motivierte ich meine handpunzierten und handbemalten Caborca-Boots, den benachbarten Holzlatten-Klappgartenstuhl, dessen grüne Rahmenfarbe überall absplitterte, zu verlassen. Zu spät, Cäci war schon gefährlich schnaubend in der Art eines verärgerten Nashornweibchens aufgesprungen und stampfte auf Korbinian T. Rex, unser allerliebstes Söhnchen, zu. Die Männer, die die übrigen Outdoor-Tische belagerten, schielten, in der trügerischen Hoffnung, dass ihre Partnerinnen es nicht bemerkten, zu Cäci. Muttermitkind schien manchem Alibi genug, ganz offen Cäcis Gesamterscheinung zu bewundern. Ich konzentrierte mich eher auf Korbinian, nahm nebenher ein Stück der Kruste von Cäcis Krustenbraten. Die Kruste war immer das Beste. Fantastisch, er schien ganz nach seinem Vater zu kommen! Zufrieden positionierte ich, von krustenberstendem Mundmahlwerk-Geräusch begleitet, mein attraktives Schuhwerk wieder auf den Nachbarstuhl und ließ meinen Blick kurz zu den von warmen Aufwinden sanft tänzelnden, im Blau versinkenden Tannenwipfeln wandern, um sofort wieder den Blickkontakt mit Korbinian T. Rex herzustellen. Mit dem nahezu geleerten Weizenbierglas prostete ich meinem rundum zufriedenen Söhnchen zu, Krustenbrösel feuerwerkten ins friedliche Grün:

»Hei, Korbi, wo ist der Baba? Daaaaaa!«

Beinahe hätte ich mich verschluckt. Zu viel Multitasking. Cäci zog Korbinian T. Rex, dem kleinen Hosenscheißer, die gelbe Blüte aus dem Mund, das Würstchen durfte er behalten. Beherzt griff sie unter sein Bäuchlein, verwinkte ohne Erfolg den kopfumkreisenden Insektenschwarm, hob den wonnigen Sohn hoch und streckte ihn mir schon im Anmarsch entgegen:

»So, sitz ein bisschen beim Papa. Die Mama will jetzt endlich mal in Ruhe essen.«

Das war natürlich feinste Psychologinnen-Rhetorik, mit dem Kind reden, aber der Adressat der Vorwurfskommunikation war natürlich ich. Sie verstand ihr Handwerk. Und Korbinian T. Rex würde auf diesen billigen Trick mit Sicherheit nicht hereinfallen – hoffte ich.

»Wo ist meine Kruste?«

Ich zwickte Cäci in die schlanke Seite:

»Da.«

»Lass das!«

Cäci schien irgendwie sauer.

»Komm, Korbi, nimm das Würstchen raus, gib es brav dem Baba, das sieht ja schon richtig pfui aus, komm, gib es dem Baba, trink ein bisschen Wasserle.«

Der kleine Widerborstige wollte das Würstchen nicht herausrücken. Ich zog daran. Korbi, nicht blöd – ganz der Vater – erhöhte den Saug-Gegendruck. Ich war letztendlich stärker, mit einem lauten Blopp hatte ich das runzelige Fleischprodukt aus dem zahnfreien Mund entfernt.

Erkannte den Fingernagel!

Sprang auf. Ließ das Ding, vor Ekel spastisch zurückzuckend, auf Cäcis entkrusteten Braten mit Kartoffelsalat und Soße fallen.

»Pfui Teufel!«

Wiederum spritzte es kurz auf. Diesmal waren die Flecken sichtbar – auf Cäcis sonnenblumenblütengelbem Top. Sie sprang auf, fuchtelte ganz Frau mit beiden Händen:

»Iiii, pfui Teufel, was ist denn das? Schnell … desinfizieren, Korbi hat das im Mund gehabt.«

Gott sei Dank trinken meine motorradfahrenden Freunde schon am frühen Nachmittag Schnaps. Vom

Nebentisch griff ich mir, legitimiert durch meinen präsidialen Biker-Status, die nach oben schlankende Glasflasche mit dem medizinisch desinfizierenden Inhalt. Den Willi. Ich entkorkte ihn mit meinen Backenzähnen, steckte meinen Zeigefinger in den Flaschenhals, schüttelte und kippte. Dann rieb ich vorsichtig Korbinian T. Rex' Mund aus. Er honorierte, die medizinische Notwendigkeit missachtend, meine Spontandesinfektion mit fürchterlichem Gebrüll. Meine Biker-Freunde würden mir den Alkohol-Missbrauch verzeihen, ich wusste es.

Cäci hatte verständlicherweise keine Lust mehr auf ihren Krustenbraten, außerdem fehlte die Kruste.

Der abgehackte Finger auf ihrem Teller hinderte sie hauptursächlich daran, weiter zu essen. Da haben selbst Psychologinnen mentale Probleme – Ekelschwelle.

2 WIEDERSEHENSFREUDE

Samstag, 9. Juni, später Nachmittag, Riedwirtschaft

Drah di net um oh oh oh
schau, schau, der Kommissar geht um oh oh oh
er hat die Kraft und wir san klein und dumm
und dieser Frust macht mich stumm.
Drah di net um oh oh oh
schau, schau, der Kommissar geht um oh oh oh
wenn er di anspricht und du weißt warum

sag ihm dein Leben bringt di um
alles klar, Herr Kommissar.
(Falco, Der Kommissar)

»Das war mir ja fast schon klar, dass *Sie* hier dieses ampu-
tierte Körperteil gefunden haben! Wer denn sonst?«

Dräuend ragte sie vor unserem Tisch auf, nahm mir
einen Teil der Sonne. Die MIKEBOSSler kamen zögerlich näher. Sie kannten sie noch – allzu gut.

Petra Krieger, die fescheste Kommissarin nördlich der
Alpen zeigte mit ihrem schlanken, mehrfach silberberingten, attraktiven und lebendigen Zeigefinger abwechselnd auf den toten Finger und auf meine Wenigkeit.
Ihr Outfit war, und da blieb sie sich erfreulicherweise
treu, Männer nervös machend strukturiert. Da beginnt
man am besten bei der unteren Mitte: enger schwarzer Stretch-Minirock in aufregendem Kontrast zu ihren
marylinblonden schulterlangen Haaren. Oberer Bereich:
züchtig hochgeschlossene blütenweiße Bluse. Nicht ein
Hauch von Transparenz, leider. Ganz unten: sauerkirsch-
rote Highheels, die nach einem Waffenschein verlangten und offensichtlich nicht wiesentauglich, geschweige
denn riedtauglich waren, trugen die Frau von edler Sta-
tur. Elegant balancierte sie ihre 52 Kilogramm, geschätzte
48, auf den Ballen ihrer Füße aus, was ihren sonnenstu-
diogebräunten Waden eine sportliche, leicht knödelige
Dynamik verlieh.

»Den habe nicht *ich* gefunden, das war Korbi. Wollen Sie nicht Platz nehmen? Sie stehlen mir die Sonne.«

Galant verwies ich auf den freien Stuhl am runden
Tisch.

»Dann bringen Sie schleunigst den Herrn Korbi, vermutlich einer ihrer Mopedfreunde, zu mir, damit ich ihn befragen kann! Und zu viel Sonne tut nicht gut, kanzerogen.«

Sie ließ einen frostigen Blick zu meiner Motorrad-Gang blitzen. Die spontan einen Schritt zurückwichen, um nicht kryokonserviert zu werden.

Ich deutete auf meinen Sohn, der schutzsuchend an der vom Spucktuch geschützten Schulter seiner Mutter hing.

»Das ist mein Sohn, Korbinian T. Rex.«

»Wie bitte?«

»Unser Sohn!«

Tatsächlich überrascht, den Mund leicht geöffnet, schaute mich die schöne Kommissarin ungläubig an.

»Sie haben sich wirklich vermehrt? Oh mein Gott, Herr Bönle, wenn der nur einen Bruchteil Ihrer Gene hat … Das Grauen, es hat sich tatsächlich vermehrt!«

Sie schüttelte mit gespielter Abscheu den platinerblondeten Kopf, schob sich die schlanken Hände vors Gesicht, zog schauspielerisch erstklassig die highheelroten Winkel ihrer sauerkirschprallen Lippen nach unten und suchte augenzwinkernd den Blickkontakt zu Cäci. Cäcilia Maier, meine Noch-Lebenspartnerin, imitierte paviansimultan die abstoßende Mimik. Frauensolidarität – einfältige.

»Aber es besteht ja die Hoffnung, dass er mehr nach Ihrer Frau kommt.«

Cäci grinste, weibliche Doppel-Solidarität quasi. Ich ließ mich davon nicht beeindrucken, ich kannte meine Kommissarin.

»Danke für das schöne Kompliment, aber *Frau* stimmt immer noch nicht, wir sind immer noch nicht verheiratet.«

Vorwurfsvoll, fast schon gekränkt suchte Cäci den Blickkontakt zu mir. Mir waren in diesem Satz zu viele *immer noch nicht*. Ich drehte meinen Kopf zu den MIKE-BOSSlern, die außenringbildend jeden Gesprächsfetzen gierig aufsaugten, und zwinkerte keck, den Mund immer wieder anspitzend, in ihre Richtung. Sie konterten mit eindeutig zweideutigen Gesten – Motorradfahrer.

»Lassen Sie den Blödsinn! Also, woher haben Sie den Finger!«

»Der ist mir angewachsen, den habe ich schon seit meiner Geburt, ich denke, das ist genetisch ver…«

»Lassen Sie den Blödsinn, Sie wissen, welchen Finger ich meine. Mit solchen Scherzchen können Sie nicht einmal Ihren Mofa-Freunden imponieren. Reden Sie, wo haben Sie oder besser Ihr Sohn den abgetrennten Finger genau gefunden?«

Auffordernd nickte die Kommissarin Cäci und mir zu, setzte sich zu uns an den Tisch. Die MIKEBOSSler siedelten wieder am Nebentisch, hielten sich an ihren Bierkrügen mit ihrem Lieblingsgebräu *Walder* fest und begutachteten das kriminale Schmuckstück von oben bis unten. Unterhielten sich flüsternd – was selten vorkam und schnalzten immer wieder anerkennend mit der Zunge. Ich verstand sie nicht, konnte sie aber verstehen.

Cäci und ich ergänzten uns in harmonischer Parallelität in unseren Schilderungen zum abgetrennten Körperteil. Die Kommissarin lauschte und notierte. Ein technisches Gerät, das an eine Motorrad-Nummerntafel mit Touchscreen erinnerte, war ihr dabei behilflich. Sie war schon immer eine ganz Moderne.

»Haben Sie eine Idee, wem der Finger gehören könnte?«

»Glauben Sie, dass das Korbi schadet? Leichengift und so?«

»Warum Leiche?«

»Der Finger ist doch tot.«

»Meine Frage war, ob Sie einen Verdacht haben, wem der Finger gehören könnte.«

»Bin ich die Polizei oder Sie? Meine Finger sind noch alle dran.«

Zum Beweis hob ich meine Hände und fuchtelte der Hochattraktiven vor dem Gesicht herum.

»Lassen Sie das! Mit Ihnen zu reden ist immer noch recht anstrengend. Zeigen Sie mir bitte die Stelle, wo Sie das erste Mal gesehen haben, dass Ihr Grobian den Finger, äääh, gehabt hat.«

»Korbinian, Frau Tiger. Das ist ein Name. Ein deutscher Name. Auch mein Vater trug diesen Namen mit Stolz. Menschen mit Ihrem Bildungsstand kennen diesen Namen oft nicht mehr und würden Ihrem Kind wahrscheinlich einen Unterschichten-Namen geben. Kääffin.«

»Herr Bönle, ich weiß nicht, warum, aber es dauert bei Ihnen immer nur Sekunden, bis Sie mich nerven!«

Und so kam der Tag doch noch zu einem äußerst attraktiven und heiteren, musikalisch jedoch umstrittenen Abschluss. Die Kommissarin und das regionale Coleslaw-Trio hatten das Ihrige getan, mich bei bester Laune zu halten. Die Coleslaw bildenden Mannen waren bedauerlicherweise von einem drittklassigen Panflöte pustenden Indianer-Duo, das seit Wochen die Bad Saulgauer Innenstadt unsicher machte, abgelöst worden und trugen dazu bei, mein Wohlbefinden zu senken. El Condor pasa, alles nur nicht El Condor pasa.

Auch die telefonische Botschaft unseres Privat-Hausarztes Herr Dr. Bein, dass wir wegen des Leichengifts wohl nichts zu befürchten hätten, ließen mich und meine Cäci wieder versöhnlicher werden. Dr. Bein meinte noch, ich solle unbedingt wegen der anderen Angelegenheit bei ihm vorbeikommen – demnächst. Dr. Bein war Freund und medizinischer Berater von Cäci und mir. Mit Korbi waren wir natürlich bei einer Kinderärztin. Und da war ich tatsächlich Cäcis Meinung, dass bei Kindern Frauen einfach besser sind. Aber wie gesagt, wegen der anderen Angelegenheit bald zu Dr. Bein, der als Chirurg im Bad Saulgauer Krankenhaus arbeitete. Aber Cäci durfte es nicht wissen.

Unversöhnlich waren die MIKEBOSSler wegen des Alkoholmissbrauchs: Ich musste ihnen eine neue Flasche Willi bezahlen. Ich tat mein Möglichstes, den dadurch entstandenen finanziellen Verlust über meine Schluckmuskulatur zu kompensieren. Cäci fuhr dann abschließend von der konkurrierenden Riedwirtschaft zum nahen Riedhagen in den Goldenen Ochsen zu ihrer Mutter nach Hause. Das war mir nicht recht, wir waren mit dem Chevy Impala die 1,6 Kilometer angereist, da war ich immer etwas in Sorge um das Fahrzeug. Frecherweise wollte meine Schöne mit Korbi bei ihrer Mutter nächtigen. Ich musste die circa 100 Meter – gefühlte 20 Kilometer – zu Fuß vom Goldenen Ochsen in mein geerbtes Reich zurücklegen. Aber manche Tage entwickeln abschließend eine Eigendynamik, die fast schon etwas Peripatetisches hat, etwas Herumschlenderndes.

3 SPRING

And as we wind on down the road
our shadows taller than our soul
there walks a lady we all know
who shines white light and wants to show,
how everything still turns to gold
And she's buying a stairway to heaven.
(Led Zeppelin, Stairway to heaven)

An und für sich wäre es ein freundliches und interessantes Fleckchen Natur. Bäume, Felsen, Wiesen, Donau. Alles, was man so braucht für eine beamtentaugliche, naturbejahende Naherholung. Aber auch der Hartzvierler findet hier gemütliche Nischen, wo er Wodkaflaschen, Zigarettenschachteln, Kippen und Fastfood-Verpackungsmaterial in felsigen Nischen und Ritzen oder am Donauufer zurücklassen kann. Denn auch der Hartzler hat ein Recht auf artgerechte Umweltverschmutzung, nicht nur der Spitzenmanager mit seinem 500er, der schon beim Starten mehr Abgase ausstößt als eine Hartzler-Raucherfamilie das in ihrem ganzen Leben tut. Ganz zu schweigen von den Privatjets oder den Latexspuren, die eine Horde Versicherungsmanager rund um den Globus legt. Würde man diesen Lust-Gummi recyceln, dann bräuchte ein Hartzler seine abgefahrenen Sommerreifen nicht mühsam mit dem Linolschnittmesser aus seiner misslungenen Grundschulzeit zum Winterreifen nachschneiden. Ja, so sieht's aus.

An Wochenenden pilgern kleine Familien durch den herrlichen Naturpark und bestaunen die steilen Felsen mit den Höhlen. Erwachsene Männer in teurer Outdoor-Kleidung okkupieren Grillstellen und machen aus Wurst Kohle, während sich ihre Kinder felsstürzenderweise ein Schultergelenk ausrenken. Die Gattinnen stehen weg vom Feuer, wegen der Kleidung, das roch, außerdem wäre ihnen ein Latte in Sigmaringen lieber gewesen. Der herrliche Park schlängelt sich zwischen der Donau und der Gemeinde Inzigkofen und ist Eigentum des Fürstenhauses. Die stolzen Inzigkofer verdanken ihren Park der Säkularisation, seit 1802 gehört er dem Fürstenhaus Hohenzollern-Sigmaringen. Und heute darf jeder, ob Prinz oder Hartzler, durch den Park flanieren.

Immer wieder öffnet sich der Blick hinunter zur Donau, die träge auf den Amalienfelsen zusteuert, um in einem Linksbogen ein kühnes Ausweichmanöver zu tätigen. Vor allem die steinerne Teufelsbrücke, die zwei Felsvorsprünge stolz miteinander verbindet, zieht die Spaziergänger magisch an. Ehrfürchtig, den Schwindelreiz genießend, schauen Erwachsene auf die Geröllhalde in der Tiefe. Größere Kinder machen sich einen Spaß daraus, hinunterzuspucken und zu zählen, wie lang es braucht, bis der Auswurf über 20 Meter weiter unten landet. Väter erzählen ganz kleinen Kindern die Geschichte, woher der Name Teufelsbrücke kommt. Die Kinder sind danach alle therapiebedürftig.

Hört mal zu, sagen die Väter, das war nämlich so: Der Fürst Karl hat seinem Baumeister gesagt: Bau eine Brücke über die Schlucht, weil über eine so schöne Schlucht gehört eine schöne Brücke. Der freche Baumeister hat aber gesagt: Der Teufel soll die bauen, aber nicht ich! Kaum hat der Baumeister das gesagt, stand der richtige Teufel stinkend und dampfend vor ihm und versprach dem erschrockenen Baumeister, eine Brücke über die Schlucht zu bauen. Aaaaber beim Teufel hat das immer einen Haken, nämlich unter der Bedingung, dass die Seele von dem, der als Allererster über die fertige Brücke geht, dem Teufel gehört. Sie beschlossen den Handel, aber als die Brücke fertig war, jagte man einen alten Köter darüber, und der Teufel war der Depp.

Nach dieser Erzählung hielten die Väter ihre Kinder über das massive Steingeländer, zwangen sie, in die Tiefe zu schauen und machten ihnen dadurch noch mehr Angst. Die Mütter unterhielten sich übers Fettabsaugen.

Jugendliche wiederum, die aus dem Religionsunterricht wissen, dass es gar keinen Teufel gibt, setzen sich cool, um ihren Mut zu zeigen, auf das steinerne Geländer, und schmeißen, zum Ärger der Fischer am Ufer der Donau, Steine, Kippen, Getränkedosen und gebrauchte Tempo-Taschentücher in den Wipfel der einsamen Tanne unter ihnen.

Nun war es anders. Es war schon nach Mitternacht. Die Brücke zog sich als düster drohender, in der Mitte nach oben hin spitz zulaufender Bogen in die Dunkelheit der Nacht hinein von Felswand zu Felswand.

Flüchtende, schlitternde Schritte durchbrachen jäh die üblichen Geräusche der Nacht.

Der Junge wusste, wenn er die Brücke hinter sich hatte, dann ging es fast nur noch bergab, dort würden sie ihn trotz seiner Verletzung nicht mehr einholen. Dann würde er nur noch wenige Meter bis zu seinem Moped sprinten, das in einem Gebüsch beim Amalienfelsen versteckt war. Den Schmerz in seiner rechten Hand würde er ignorieren. So könnte er ihnen entkommen.

Vor ihm der enge Durchlass, der in den Fels geschlagene Tunnel. Jetzt, in der dunklen Nacht, konnte man die bräunlichen Flechten in der Steinröhre nicht erkennen. Hinaus aus dem kurzen Steindurchgang, kiesiger Untergrund jetzt nach dem rutschigen Stein, die Stufen, nur wenige, direkt vor der steinernen Brücke. Mit seiner linken Seite schrammte er an das Holzgeländer, das vor der treppig ansteigenden Brücke die linke, steil zur Donau abfallende Seite sicherte. Das Gebälk ächzte. Die Teufelsbrücke lag nur wenige Meter unter ihm. Die Schritte der Verfolger kamen immer näher. Er stolperte über die letzte abwärtsführende Holzstufe, bevor er die steinerne Brücke erreichte. Mit seiner rechten Hand versuchte er, den Sturz auf den felsigen Boden abzufedern. Der Schmerz kam wie ein Blitz zurück in seine Hand und durchfuhr den ganzen Arm. Der Finger! Wenn sie ihn erwischten, was würden sie ihm noch antun? Ohne auf den Schmerz einzugehen, stützte er sich vom Boden hoch und hastete die wenigen Schritte zur Brücke. Die Dunkelheit machte ihn unsicher. Die Verfolger kamen immer näher. Er spürte die ersten Steinstufen unter seinen Füßen. Schneller, er konnte ihnen entkommen. Hoch, hoch bis zur höchsten Stelle, der kleinen Plattform, dann ebenso viele Stufen auf der anderen Seite hinunter. Am abgesägten Baum vorbei, dann wäre er gerettet.

Der helle Strahl traf ihn wie ein Blitz in den Augen und ließ ihn sofort in der Mitte der Brücke anhalten. Hastig drehte er seinen Kopf in die andere Richtung. Wo waren die Verfolger? Die Antwort gab der zweite Strahl. Sie hatten ihn.

Vor und hinter sich hörte er das Keuchen seiner Häscher. Der grelle Schein der Taschenlampen blendete ihn. Nur Keuchen, Dunkelheit und schmerzende Lichtimpressionen. Dann das rhythmische Stampfen der Füße, dazu der langsam anschwellende Gesang:

»Spring! Spring! Spring! Spring! …«

Die irritierenden Lichtkugeln tanzten gleißend hell von beiden Richtungen immer näher an ihn heran.

»Spring! Spring! …«

Sie würden ihn töten, er wusste es, er kannte sie. Er war einer von ihnen. Auch er hatte den Eid geschworen.

Spring! Spring! Spring! Spring!, hämmerte es im tödlichen Rhythmus in seinem Kopf.

Dann war es plötzlich ganz ruhig in ihm. Lichter tanzten. Er hatte nur eine Chance. Rasch ging er zwei Schritte auf den Lichtertanz am Ende der Brücke zu, schwang sich unter Zuhilfenahme der unverletzten linken Hand auf das steinerne Geländer. Tief einatmen. Beim Absprung in das dunkle Nichts hielt er die Luft an. Sein rotblondes Haar leuchtete ein letztes Mal im zitternden Spot einer Taschenlampe auf.

Das Letzte, was Peter hörte, war: »Spring!«

Das Letzte, was Peter sah, waren die steinernen Stufen der Teufelsbrücke von unten. Die Treppe zum Himmel.

4 PETRI HEIL

Sonntag, 10. Juni, früh am Morgen, Inzigkofen, unterhalb der Teufelsbrücke an den Wassern der Donau

In einem Bächlein helle,
da schoss in froher Eil
die launische Forelle
vorüber wie ein Pfeil.
Ich stand an dem Gestade
und sah in süßer Ruh
des muntern Fischleins Bade
im klaren Bächlein zu.
Ein Fischer mit der Rute
Wohl an dem Ufer stand,
Und sah's mit kaltem Blute,
wie sich das Fischlein wand.
(Christian Friedrich Daniel Schubart, Die Forelle)

Frank Bärzel war schon früh losgezogen, um sein Anglerglück zu finden. Ja, was gab es Schöneres und Ursprünglicheres als die Jagd auf die Regenbogenforelle. Und wenn einer wusste, wo die größten Forellen bissen, dann der Frank. Als leidenschaftlicher Verfechter der Bärzel-These hatte er die Wassertemperatur beobachtet, und da die Donau unter 19 Grad hatte, aber auch über fünf Grad lag, stand dem Anglerglück nicht mehr viel im Wege. Selbst die Solunarzeit hatte er berücksichtigt und war zur morgendlichen Dämmerung gestartet. Wobei er sich nicht ganz sicher war, ob er sich da nicht verrechnet hatte.

Aber Erfahrung, langjährige, war wichtiger, und die hatte er. Vom Amalienfelsen her, wo er sein Fahrrad mit dem Anhängerchen parkte, schritt er nun mit der Rute, dem Köfferchen und viel Bier am Ufer unterhalb des Wanderweges gegen den Flusslauf zu seiner Geheimstelle. Dort beißt sie, die Forelle. Er hatte seine spezielle, feinfühlige recht kleine Forellenrute mitgenommen, die war einfach sensibler. Als Rolle diente eine kleine, leichtläufige Stationärrolle mit einer hervorragenden Bremse. Die 0,18 Millimeter-Schnur würde mit Sicherheit ausreichen. Köder – nur Natur. Mehlwürmer aus eigener Zucht, nichts anderes.

Jawoll, hier war er der Natur am nächsten, hier war die Donau am schönsten. Hier lohnte sich der Kampf mit dem Element und dem Tier. Keiner kannte die Donau zwischen Laiz und Dietfurt besser als er. Auch das Altwasserstück, das jenseits der Donautalstraße lag, war ihm bestens vertraut. Aber genau diese Stelle hier, die von oben die Mäander des jungen Flusses wie ein großes M erscheinen ließ, war sein Revier. Er kannte das Gurgeln der Wasser zu jeder Jahreszeit. Hier hatte er schon oft den nächtlichen Igel oder die scheue Bisamratte gesehen und sogar den schillernden Eisvogel beobachtet, wie er flink ins Wasser eintauchte, um wenig später ein silbrig zappelndes Fischchen auf einem Ast zu verspeisen. Ja, das war sein Revier. Er öffnete noch im Gehen ein Fläschchen Petri-Bier, seufzte zufrieden und verfälschte laut singend Marius Müller Westernhagen: *Ich bin wieder hier, zieh an meinem Bier, in meinem Revier, war nie wirklich weg, hoffentlich beißt mich kein Zeck …*

Unterhalb der Teufelsbrücke stellte er sein Equipment am steinigen Ufer der Donau ab, die Getränke platzierte er wenige Meter entfernt unter einer einsamen Tanne, deren Wipfel die kühne Steinbrücke zu kitzeln schien.

Und nun Petri Heil, auf zum Ufer, zum Kampf mit der Forelle. Er stapfte gummibestiefelt zur Donau hin, als ihm einfiel, dass es nie zu früh für ein zweites Petri-Bierchen war. Er ging durch steiniges Geröll zurück zum Fuß der mächtigen Tanne, um ein weiteres Fläschchen aus dem Six-Pack-Gebinde zu befreien, als ihm die sirupartige dunkle Flüssigkeit am Karton auffiel. Sie tropfte von oben auf Verpackung und Flaschen.

»Ja, sag auch, wo kommt denn das her?«

Er tupfte vorsichtig in die zähe Flüssigkeit und schnupperte daran. Blut, das war Blut.

Oben zwischen den Ästen hing der Körper. Als ob man eine Vogelscheuche zwischen zwei Astgabeln drapiert hätte. Aber Vogelscheuchen bluten nicht. Der nunmehr nervöse Petrijünger Frank rief nach oben:

»He, was machst denn da, wie bist denn da 'nauf kommen?«

Als Antwort kam ein kaum wahrnehmbares Stöhnen.

»He, geht's dir nicht gut?«

Als Antwort kam nichts mehr. Frank zückte seinen ganzen Stolz, das Smartphone. Mit den vielen notwendigen Angler Apps: Fangbuchapp, Fischhitparade, Anglerwitze, Fisch&Sex ...

Der zitternde Daumen tippte 112.

5 SCHULUNBEHAGEN

Montag, 11. Juni, morgens, Sigmaringen, Gewerbliche Schule, Rektorat und Klassenzimmer der Tischler

Well we got no choice
all the girls and boys
makin' all that noise
'cause they found new toys
well we can't salute ya
can't find a flag
if that don't suit ya
that's a drag
(Alice Cooper, School 's Out)

»Herr Bönle, man hatte mich ja gewarnt vor Ihnen, aber dieser Einstand bedarf keines weiteren Kommentares. Gehen Sie nun in Ihre Tischler-Klasse. Sie sind schon spät genug dran. Sollte ich noch einmal eine ähnliche Provokation, und ich sehe dies wirklich als Provokation und nicht als Scherz, erleben, dann werde ich ein Disziplinarverfahren gegen Sie einleiten. Ist ja nicht Ihr erstes in Ihrer kurzen Schulkarriere. Wir brauchen Sie zwar hier dringendst für das Fach Religion, aber Sie wissen, jeder ist ersetzbar! Ich hoffe, Ihr Fahrzeug ist versichert und Sie können den Schaden, der an meinem Fahrzeug entstand, begleichen.«

»Nochmals Entschuldigung, Herr Fröhlich, es war nicht im Geringsten meine Absicht, in irgendeiner Weise etwas zu tun, was Sie oder die Schulharmonie stört. Aber ein Unfall ist doch keine Provokation.«

»Nicht der Unfall, Herr Bönle, ist das, was mich stört. So etwas kann jedem mal passieren. Es ist die Art und Weise der Entstehung. Ihre Anreise an Ihrem ersten Arbeitstag mit diesem Fahrzeug betrachte ich schlichtweg als eine Provokation!«

Der kleine, rundliche Direktor Friedhelm Fröhlich meines neuen Wirkungsortes in Sigmaringen versuchte, seinem hochroten Kopf eine blassere Farbnuance zu geben. Es misslang. Er begutachtete mich noch einmal vom dunklen Haar bis zum abschließenden Cowboystiefel, deutete dann mit seinem molligen Zeigefinger auf meine linke Brust:

»Muss das sein? Und nun, ab in den Unterricht!«

Vorsichtig, unzählige Entschuldigungsformeln murmelnd, bewegte ich mich rückwärts in leicht gebeugter Haltung aus dem Rektorat der Sigmaringer Berufsschule – meiner neuen Arbeitsstätte.

Auch die Sekretärinnen, an denen ich mich galant vorbeibewegte, schienen sowohl von meinem Schuhwerk als auch von meinem Brustschmuck, der mein schwarzes Knitterseiden-Jackett schmückte, angetan.

Die netten Kollegen meiner Stammschule in Bad Saulgau nannten es grinsend Strafversetzung. Ich sah es eher als eine Art Beförderung an, in der schönen Hohenzollerischen Kreisstadt mit dem stolzen Schloss als Wahrzeichen sechs Stunden unterrichten zu dürfen. Etwas ärgerlich war die Versetzung mitten im Schuljahr, das heißt, direkt nach den Pfingstferien. Am heutigen Montag startete mein neues, zweites Lehrerleben. Immerhin zwei Stunden waren mir in meiner alten, geliebten Schule vergönnt. Mein Deputat hatte ich auf summa summarum acht Stunden reduziert, um mich der schwierigen Aufgabe der Erziehung meines Sohnes besser widmen zu können und um Cäci beim Berufseinstieg zu entlasten. Außerdem konnte Cäci nicht kochen.

Es ist schon möglich, dass mein in Pädagogenkreisen viel beachteter Leserbrief in der Süddeutschen Zeitung *Wider ein zu-Tode-Evaluieren der Pädagogik*, in dem ich die Angestellten des Ministeriums für Kultus, Jugend und Sport des Landes Baden-Württemberg progressiver Verdummung und crescendierender Infantilität bezichtigte, einen kleinen Ausschlag gab für den Zwangswechsel in das Hohenzollern-Städtle.

Vielleicht trug auch der Aufmacher in der BILD-Zeitung nach meiner Beteiligung an der Festnahme eines Mörders im klösterlichen Milieu: *Religionslehrer Rambo – Schuss treffsicher ins eigene Gesäß* dazu bei, mich aus dem Schulleben Bad Saulgaus zu entfernen.

Vielleicht lag es auch ein bisschen an der Anzeige wegen unerlaubten Waffenbesitzes oder auch an der Sache mit der bärtigen Nonne – wer konnte das schon so genau wissen? Da muss man sich nicht unbedingt den Kopf darüber zerbrechen.

Ich selbst hatte mich mental schnell mit dem Wechsel abgefunden: Variatio delectat! Auch die längere Anfahrstrecke von nun 35 Kilometern ist eigentlich kein Problem für einen flexiblen und modernen Menschen wie mich. Eigentlich!

Aber genau hier lag das Problem, war die Ursache meines unglücklichen Einstiegs an der Berufsschule im schönen Sigmaringen.

Eigentlich wollte ich mit meiner Harley Davidson Streetbob im Oldschool-Look anreisen. Das kam immer gut an, vor allem bei den Kolleginnen. »Oh, Sie fahren Motorrad, was denn? So wie Sie aussehen, bestimmt eine Harrlai? Ist das bequem mit dem Hochlenker? Auf einer Harrlai wollte ich schon immer mal mitfahren!« Und schon hatte man mit den attraktivsten, langbeinigsten, wohlgeformtesten, lederminirocktragenden, whiskytrinkenden Biker-Kolleginnen Freundschaft fürs Leben geschlossen. Ruckzuck ist man zu einem Lagerfeuer am Amalienfelsen an der Donau mit nächtlichem Nacktbaden eingeladen. Ruckzuck!

Eigentlich sprang die Nachtschwarze mit ihren 1600 Kubikzentimetern immer an. Eigentlich!

Ich entschloss mich dann spontan, den Chevy Impala zu nehmen. Das kam immer gut an, vor allem bei den Kolleginnen. »Oh, gehört der Oldtimer Ihnen, darf man da mal mitfahren? Das ist ein Amischlitten, gell? Hat der Automatik? Mit so was wollt ich schon immer mal mitfahren!« Und schon hat man mit den knuffigsten, Petticoat tragenden, colamitwhiskyontherockstrinkenden, pferdeschwanzfrisierten Rock 'n' Roll-Kolleginnen Freundschaft fürs Leben geschlossen. Ruckzuck ist man zu einer Dessous-Party mit Buddy-Holly-Liedern eingeladen. Sixties Style. Ruckzuck!

Eigentlich sprang er immer an. Eigentlich!

Cäci war mit ihrem roten Mädchen-Auto mit den Kulleraugen-Scheinwerfern schon früh nach Bad Saulgau gestartet, die neue Praxis herrichten. Ein paar Meditationsbilder aufhängen, eine buddhistische Klangschale aufstellen, ein Zimmerbrünnchen mit sich ständig drehender Marmorkugel installieren, ein paar robuste Pflanzen platzieren. All so ein Firlefanz halt, den man eben zwecks Kundschaft und Wellness-Feeling in so einer Praxis braucht.

Gott sei Dank hatte ich den prähistorischen Fahr-Mähdrescher in den Pfingstferien restauriert. Und so fuhr ich nun mit dem kleinen roten Bauerngefährt mit der Typenbezeichnung M66 und dem gottlob schmalen Schneidwerk nach Sigmaringen an meinen neuen Arbeitsplatz. In Ermangelung von Geschwindigkeit kam ich dort eine halbe Stunde zu spät an. Und dann noch der kleine Fauxpas beim Einparken. Wie immer – an jeder Schule dieser Welt – waren die Parkplätze für die leitenden Angestellten der Bildungsanstalt nur spärlich besetzt. Aber weil Lehrer grundsätzlich nicht einparken können, gab es nur enge Lücken – für mein spezielles Gefährt. Die rot leuchtende Schramme vom vorderen Kotflügel bis hin zum hinteren Kotflügel am blütenweißen neuen Q7 meines Chefs bemerkte ich erst beim Heruntersteigen vom Mähdrescher. Eigentlich bin ich ein sehr versierter Automobilist und Motorradfahrer, nur mit dem Mähdrescher hapert es noch ein bisschen. Die Breite des Mähbalkens hatte ich offensichtlich falsch eingeschätzt.

»Vergessen Sie nicht, wir sind hier kein landwirtschaftlicher Betrieb, sondern eine innovative Berufsschule im fortlaufenden Evaluationsprozess, und nun gehen Sie bitte schleunigst in Ihre Klasse. Achten Sie bitte darauf, ob alle Schülerinnen und Schüler anwesend sind. Die Klasse gilt als problematisch, vor allem was die Anwesenheitspflicht betrifft. Ich hoffe, Sie regieren mit strenger Hand!«

Mit einer wischenden Handbewegung entfernte mich mein neuer Rektor aus seinem Hoheitsbereich und tat sofort geschäftig, indem er zu einem antiken Pelikan-

Füller mit Goldfeder griff und sinnlos Blätter auf seinem mächtigen Schreibtisch hin und her bewegte. Ich nutzte seine Ignoranz, um ihn kurz zu studieren. Circa 40, latenter Choleriker und, was mir am besten gefiel, das auf seinem Kopf war garantiert ein Toupet. Nicht schlecht gearbeitet, aber trotzdem ... gut, dass ich in meiner vorherigen Karriere an der Gewerblichen Schule in Bad Saulgau Friseurinnen mit Katholischer Religionslehre beglücken konnte. In Bad Saulgau unterwies ich zurzeit hoffnungsvolle Eleven lediglich mit zwei Stunden Religion in einer Klasse, deren Kürzel ich mir nicht einmal merken konnte – irgendetwas mit 2PW1R2R oder so ähnlich. Vermutlich war das Kürzel länger als die eigentliche Berufsbezeichnung. Die zwei Stunden wurden mir garantiert reingedrückt, um etwas mehr Fahraufwand zu haben, eine kleine Bestrafung für meine Verfehlungen. Aber alles hat seinen Nutzen. Alles ist nie umsonst. Alles wird wieder gut.

Ich machte mich auf die Suche nach dem Klassenzimmer meiner Tischler, die im zweiten Jahr ihrer dreijährigen Ausbildung waren und sich somit Teilzeitschüler nennen durften. Die Schüler waren nicht sonderlich unglücklich, am ersten Tag mit einer kleinen Verspätung zu beginnen. Wie immer in solchen Initiationssituationen war es mucksmäuschenstill im Klassenzimmer. Der Rektor hatte mir noch erklärt, warum ich in dieser Klasse zwei statt der einen Stunde Religion hatte, er hatte irgendetwas von Religionslehrermangel, Krankheit des Kollegen, zu viel Unterrichtsausfall, chaotische Situation für den Katholischen Religionsunterricht im ersten Jahr erzählt und Ausgleich im zweiten Jahr. Und als bekennender Christ, wichtig, dass Schüler und so weiter und so fort, Sache des Gewissens, daher Nachholbedarf, Rhabarber, Rhabarber, Rhabarber. Ich hatte es nicht begriffen und so war ich in der glücklichen Situation, in Sigmaringen nur drei Klassen zu unterrichten, jeweils zweistündig. Mir auch recht, muss man sich nicht so viele Gesichter und Namen merken. Ich brauche nichts als einen Stundenplan und Anfangszeiten, alles andere ist Fügung.

Schweigend schrieb ich meinen Namen in Großbuchstaben an die Tafel: BÖNLE.

»Erspart euch den Bohnenscherz, den hör ich jedes Mal, und mein Vorname geht euch nichts an. Alles klar? Gibt es sonst noch Fragen? Wenn nicht, schreibt mir der Klassensprecher einen Sitzplan, wer sich unerlaubterweise umsetzt, der behält den falschen Namen, und wir fangen gleich mit dem Reliunterricht an. Ah ja, was ich noch sagen wollte: Notentransparenz und so gibt's bei mir keine. Die Note, die dasteht, gilt, und damit basta. Mündlich zählt wie schriftlich, mit mündlich meine ich nicht tratschen und essen. Verstanden? Wir schreiben in einem einstündigen Fach nur eine Klassenarbeit im Halbjahr, und wer die versiebt, kann gleich ein paar Straßen weiter rüber zu den Behinderten. Alles 'rübergekommen?«

»Waren Sie das mit dem Mähdrescher?«

Stille. Kichern.

»Ja.«

Stille. Kichern.

»Haben Sie kein Auto?«

»Doch.«

»Sind Sie Bauer?«

»Nein.«

»Sind Sie immer so schlecht aufgelegt oder nur, weil Sie gegen den Q7 des Chefs gedonnert sind?«

»Ich bin nicht dagegen gedonnert, das ist eine winzige Kratzspur. Außerdem bin ich heute gut aufgelegt.«

»Ist das ein Arbeitsunfall?«

»Hmmm, keine schlechte Idee.«

»Sind Sie verheiratet?«

»Nein, äh, halb.«

»Also verlobt?«

»So ähnlich.«

»Haben Sie Kinder?«

»Ja, einen Sohn.«

»Tragen Sie immer schwarze Klamotten?«

»Meistens, äh, ja. Geht euch aber auch nichts an!«

»Warum sehen Ihre Schuhe so komisch aus?«

»Das sind keine Schuhe, das sind Cowboystiefel.«

»Haben Sie die selbst angemalt?«

»Das ist nicht angemalt, die sind punziert und koloriert.«

Stille.

»Hääää?«

»Ach, nervt mich nicht schon in der ersten Stunde, fragt etwas Normales.«

»Warum tragen Sie Orden? Waren Sie beim Militär?«

»Das sind keine Orden, das sind Abzeichen von Motorradtreffen.«

»Sind Ihre Haare schwarz gefärbt?«

»Ihr habt wohl den Arsch ... äh, spinnt ihr? An mir ist alles echt.«

»Warum tragen Sie die Haare so lang?«

»Das geht euch einen Scheißdreck, äh, gar nichts an.«

»Wo wohnen Sie?«

»In Riedhagen, bei Ostrach.«

»Ganz schön lange Anfahrt, wenn Sie immer mit dem Mähdrescher kommen.«

»Ich komme nicht immer mit dem Mähdrescher.«

»Stimmt es, dass Sie eine Harley haben?«

»Mhh.«

»Stimmt es, dass Sie auch einen Oldtimer haben?«

»Mhh, wenn ihr eh schon alles wisst, warum fragt ihr dann?«

»Sonst machen Sie bestimmt gleich Unterricht.«

Ganz schön raffiniert, die kleinen Fieslinge.

»Okay, da ihr schon alles wisst, fangen wir gleich mit dem Unterricht an. Ansonsten dürfen die Schüler in der ersten Stunde immer fragen. Und in der zweiten machen wir dann Partnerinterview, da haben wir einen lockeren Einstieg und lernen uns ein bisschen kennen.«

»Bringen Sie dann auch immer eine Kerze und ein Tuch mit und machen die Jalousien herunter?«

»Hää? Wir sind doch hier nicht im Puff!«

Die Schüler schauten mich an, als hätte ich etwas Falsches gesagt. Offene Münder, große Stille. Eine dünne weibliche Stimme unterbrach:

»Ihr Vorgänger, Herr Striemle, hat das aber immer so gemacht. Das war voll chillig. Da musste man nie schreiben. Und sonst haben wir auch nur geredet und so. Und immer Mandalas gemalt. Und wenn nicht, dann haben wir Filme geschaut. Das Leben des Brian. Flatliners und Jesus von Montreal … und Die Passion Christi von Mel Gibson. Und außerdem war der fast nie da. Burnout. Voll Burnout!«

»Dann könnt ihr ja gleich Kettensägenmassaker III im Religionsunterricht anschauen. Sagt mal, sehe ich so aus, als ob ich tonnenweise internetkopierte Mandalavorlagen mit mir herumschleppen würde? Und am Schuljahresende können wir dann alle unseren Namen tanzen, inklusive Nachnamen … ihr könnt mich mal. Wissenschaft, Religion ist eine Wissenschaft. Und eure albernen Filme könnt ihr zu Hause schauen.«

Zur Bestätigung hob ich meinen Zeigefinger. Die Schüler waren beeindruckt. Ich weniger, da hatte ich wohl ein ordentliches Stück Arbeit vor mir, diese esoterisch versaute Klasse wieder einigermaßen hinzubiegen. Mandala, lila Tücher, Kerzen, so einen Firlefanz machte ich mit meinen frustrierten, unbefriedigten Bäuerinnen im Riedhagener Selbsterfahrungskurs *Bäuerinnen auf der Suche nach dem Ich – mein Zentrum liegt in mir* im Rahmen eines Volkshochschulkurses. Das ist hier keine VHS, das hier ist Sigmaringen, Kreisstadt, innovative Berufsschule. Die haben ein Recht auf knallharten, wissenschaftlichen Religionsunterricht. Ohne Filmchen!

»Machen wir bei Ihnen auch Okkultismus?«

Ein Mädchen, das ich auf 42 Jahre schätzte, also deutlich älter als der anwesende Lehrkörper, ließ seinen tätowierten Arm im Zeitlupentempo wieder sinken. Alles an ihm war schwarz. Gothic. Nur das Gesicht war bleich geschminkt.

»Äh Frauuu … ich kenne Ihren Namen noch nicht.«

»Elisabeth, Sie können aber Spider zu mir sagen, ich bin erst 16. Machen Sie Okkultismus mit uns, der Striemle hatte es uns versprochen? Aber jetzt hat der die Para-Klasse.«

»Mal sehen, Elisabeth.«

»Sie können ruhig Spider zu mir sagen, das sagen die anderen auch alle.«

»Ich bin nicht die anderen, Spider.«

Ein robuster, rotwangiger dunkelhaariger Schüler, der ganz offensichtlich Gummistiefel an den Füßen trug, hob eine Pranke mit dunkelfleckigem Verband:

»Stimmt es, dass Sie nur sieben Stunden insgesamt unterrichten?«

»Nein, natürlich nicht, wie soll man davon leben? Acht Stunden. Und nennt bitte am Anfang eure Namen und schreibt gleich Namensschildchen.«

»Ich heiße Klaus Anton Bauer. Und jetzt … wie viel Stunden? Von acht kann man doch auch nicht leben.«

»Offensichtlich ist bei dir Nomen Omen?«

»Häää? Mit mir können Sie ruhig Schwäbisch reden! Also, wie viel Stunden, wenn man von sieben nicht leben kann?«

»Acht. Habe ich doch schon gesagt, hört ihr eigentlich nicht zu?«

»Täglich?«

»Woche.«

»Schafft Ihr Weib?«

»Klar, Emanzipation, in unserer säkularen Gesellschaft ist es wichtig, dass Frauen ihren Anteil dazu beitragen, verkrustete und …«

»Aha, daher weht der Wind!«

Ganz vorn hob sich eine weibliche Hand. Das Mädchen war stämmig, hatte kurze blondierte Haare und war überall, wo man hinsehen konnte, entweder gepierct oder tätowiert. Ich wollte mir gar nicht ausdenken, wie es aussah, wo man nicht hinsehen konnte. Ich nickte auffordernd in ihre Richtung.

»Ich heiße Mary Lou Findling und möchte eigentlich nur wissen, warum wir zwei Stunden Religion haben, weil ich bin gar nicht getauft.«

Die Logik dieser Frage verstand ich nicht ganz.

»Das ist halt so … wem's nicht passt, der kann ja austreten. Glaubens- und Gewissensfreiheit und so weiter.«

»Nein, so war es nicht gemeint! Im letzten Jahr hatten wir lange Zeit gar kein Reli. Der hatte irgendwie Burnout, der Striemle. Aber sonst war's da voll chillig!«

Die Dame mit den ostdeutschen Genen verschränkte beleidigt die Arme vor der Brust, auf den Unterarmen prangten chinesische Schriftzeichen.

Eine rotlanghaarige Schönheit mit grünen Augen hob im Zeitlupentempo ihre silberringüberladene gesprenkelte Hand. Die Rechte hatte sie frech unter dem Kinn, Stütze quasi für das hübsche Köpfchen mit den vorlauten Sommersprossen.

»Schade, dass Sie nicht noch mehr Fächer bei uns unterrichten! Können Sie nur Reli?«

»Nein, ich habe sehr viel studiert, bin aber nur mit Katholischer Religionslehre hier in Sigmaringen angestellt. Ihr Name?«

»Rosemarie Maier, für Sie Rosi oder Röschen. Was haben Sie denn alles studiert?«

Sie schüttelte ihr buschiges rotes Haar aus dem Gesicht, um es nun mit beiden Händen abzustützen. Sie beugte sich nach vorn, um meine Antwort zu empfangen.

»Begonnen habe ich in Heidelberg mit Lehramt Kunst und dazu noch Englisch. Dann habe ich Parapsychologie in Freiburg bei Professor Johannes Mischo studiert, war toll. Danach ein bisschen Psychologie und Philosophie … und irgendwann habe ich dann Geografie und Katholische Theologie gemacht und auch einen Abschluss. Und dann bin ich irgendwann an der Schule gelandet, zuerst in Bad Saulgau und nun hier bei euch Tischlern … und den Ernährungsleuten, den KFZlern, den Elektrikern und den Farbleuten. So schnell kann's gehen.«

Grüne Augen aus Rosis oder Röschens sommergesprosstem Gesicht schauten mich fragend an:

»Das hört sich aber nicht schnell an! Paradingens, ist das das mit den Geistern und so und dem Okkultismus und den Gespenstern und dem Voodoo? Dann sind Sie ja Experte, da müssen Sie unbedingt Okkultismus mit uns machen. Biiitte!«

»Wer ist dafür, dass wir mit dem Themenbereich Okkultismus einsteigen?«

Fast alle Hände gingen in die Höhe. Nur ein männlicher Vierer-Block hinten links im Klassenzimmer hatte die Arme verschränkt und schien vom Thema nicht sonderlich angetan.

»Okay, dann werde ich meine Planung für das erste Halbjahr umwerfen und extra auf euren Wunsch hin mit dem Thema Okkultismus einsteigen.«

Ich hatte noch gar keine Planung.

Okkultismus bei 22 Tischlern. Okay, warum nicht?

»Sind eigentlich alle hier, das sieht hier so Gary Moor-ig aus?«

Ratlose Gesichter.

»Empty Rooms.«

Immer noch ratlose Gesichter.

»Das sieht so leer hier aus, das sind doch keine 22.«

Der gummibestiefelte rotwangige Bauernbube nickte anerkennend:

»Gutes Auge, Herr Bönle, vier fehlen, der Mehmed, die Peggy, der Sergeij und der Fridolin, aber das ist normal bei uns, meistens fehlen noch mehr.«

Schon an diesem ersten Schultag zuckte es in meinem Kopf: »School is out forever ...« – Alice Cooper.

6 TAUWETTER

Montag, 11. Juni, Mittagessenszeit, Riedhagen, Goldener Ochsen

In meinem Film bin ich der Star,
ich komm auch nur alleine klar.
Panzerschrank aus Diamant,
Kombination unbekannt.
Eiszeit, mit mir beginnt die Eiszeit,
im Labyrinth der Eiszeit, minus neunzig Grad.
Alle Worte tausendmal gesagt,
alle Fragen tausendmal gefragt,
alle Gefühle tausendmal gefühlt,
tiefgefroren, tiefgekühlt.
(Ideal, Eiszeit)

Nach meinem ganz akzeptablen Einstieg ins Hohenzollerische Berufsschulleben vergeudete ich keine Zeit mit Lehrerzimmer und Hallihallo, ich bin der Neue. Die würden mich schon noch kennenlernen. Ich stieg nach meinen Tischlern auf meinen kleinen Mähdrescher und startete zur zeitaufwändigen Rückfahrt. Zu Hause fand ich einen Zettel vor: Bin in der Praxis! Herrichten! Korbi ist bei Mama! Es gibt heute Sauerkraut mit Kassler und Kapü! Küsschen Cäci! Den Punkt über dem i von Cäci hatte sie zu einem Herzchen geformt. Das fand ich schön. Nervös machten mich die vielen Ausrufezeichen. Das sollte mir wohl suggerieren, dass sie und *nur sie* unter Stress stand und nicht ich, da ich ja *nur* einen Achtstundenlehrauftrag hatte. Nur – als ob das nicht genug Arbeit wäre.

Der kleine gelbe Zettel rüttelte an meinem Gehirn, und da fiel es mir wieder ein. Dr. Benedikt Bein, mein Freund und Chirurg vom Bad Saulgauer Krankenhaus. Cäci war nicht da, ich könnte ungestört mit ihm telefonieren:

»Hallo, Bene, ich sollte mich melden.«

-

»Was heißt das?«

-

»Noch nie vorgekommen, das ist aber kein Grund …«

-

»Nein, Cäci soll es nicht erfahren. Sie würde sich nur Sorgen um mich machen.«

-

»Sie würde sich Gedanken machen und nach Alternativen suchen.«

-

»Das ist es ja, ich fühle mich pudelwohl.«

»Der Eingriff, äh, die Eingriffe sind doch für einen Kerl wie dich kein Problem? Bestimmt alles Routine?«

»Was soll das heißen, jede OP ist ein Risiko?«

»Mein Entschluss steht aber fest, ich hätte gern einen Termin. Nächste Woche.«

»Okay, ich komme vorbei. Danke. Tschüss.«

»Waaas? Das ist ja eigenartig!«

»Und dem fehlt ein Finger? Vielleicht ist es der, an dem Korbi am Samstag rumgezuzelt hat?«

»Ach so, ärztliche Schweigepflicht. Okay!«

»So, ein Schüler aus Sigmaringen.«

»Und da kann man nicht sagen, wann er wieder aufwacht?«

»Danke für die Info und nochmals tschüss.«

»Nein, das überlege ich mir nicht mehr, das steht fest, und mit Cäci möchte ich nicht darüber reden, die versteht das nicht! Bis dann, danke, Bene.«

Mein Gott, der stellte sich an, wie bei einer Herztransplantation inklusive Lungenflügel. Aber die Sache mit dem Finger und dem Jungen aus Sigmaringen war ja interessant. Dr. Benedikt Bein hatte einen schwer verletzten Patienten aus Sigmaringen aufgenommen, weil dort die Intensivpflege überfüllt war, und eben diesem Koma-Patienten fehlte ein Finger. Wenn das mal nicht Korbis Lutschefingerchen war. Aber, wie kommt ein Sigmaringer Finger ins Pfrunger Ried?

Ich zerknüllte den kleinen gelben Zettel mit dem lästigen Klebestreifen und den Notizen Cäcilias mit den unnötigen Ausrufezeichen. Ich zog mich kurz um, schwarze Feierabend-Jeans, mein schwarzes Hemd mit den feinen Nadelstreifen warf ich auf das antike Sofa. Sollte ich nur mein Feinripp anlassen, das blendend weiße? Sah gut aus zum Harley-Schnallengürtel. Aber ich hatte eine bessere Idee, ganz oben ohne und das Knitterseiden-Jackett offen auf der nackten Haut tragen. Geiles Gefühl, und bei den Jungbäuerinnen von Riedhagen kam das meist recht gut an. Barfuß stieg ich in meine Feierabend-Stiefeletten, Tony Mora, weiße Python. Sonnenbrille – perfekt. So gekleidet machte ich mich auf den Weg zu Frieda.

Da es von meinem geerbten Häuschen nur wenige Meter steil bergab zu Friedas Goldenem Ochsen waren, versuchte ich zum zweiten Mal an diesem Tag, den mächtigen V8-Motor des Impala zu starten. Und tatsächlich, er ließ sich ohne Probleme motivieren, die Arbeit laut wummernd aufzunehmen. Das waren noch Motoren, kein solches Elektrogeraffel oder Downsizinggeschiss – weniger Hubraum, weniger Spritverbrauch bei mehr Leistung. Das braucht kein Mensch, kein *Mann*. Motoren müssen größtmöglich sein. Und fossile Energie verbrennen, das ist auch ökologisch, das waren früher auch mal Wälder, wenn man den Geologen glaubt. Nachmittags, wenn ich Friedas Kraut genossen hatte, könnte ich ja mal nach der Harley schauen, vielleicht kann man ihr auf simple Weise auch wieder Leben einhauchen. Ansonsten müsste ich bei Herrmann, meinem Fahrzeugbetreuer, anrufen.

Der Goldene Ochsen als kulinarisches und geografisches Zentrum Riedhagens lag friedlich in der Mittagssonne. In der Kurve vor dem Ziel Druck aufs Gaspedal, kleiner Burnout, damit Frieda hörte, wer kam, und das Kraut schon auf dem Tisch stand. Vor dem mächtigen, sonnenumfluteten Fachwerkhaus ließ ich den Chevy Impala züchtig auf dem gekiesten Parkplatz vor der grünen mannshohen Hecke ausrollen. Jenseits der Ligusterhecke hinter dem gekiesten Parkplatz luden schattige Kastanienbäume in den Biergarten mit weitem Riedblick ein. Im Sommerdunkel des langgezogenen Vordaches lag wie immer eine von Friedas Katzen auf der marmorierten Steintreppe. Die Schwarzweiße. Die mächtige Holztür mit den floralen Schnitzereien und den gelblichen Butzenglasscheiben war geschlossen, um die außergewöhnliche Juni-Hitze auszusperren. Vor dem mächtigen Fachwerkhaus mit den rötlichen Balken stand lediglich ein Auto. Ich kannte es. So etwas fahren nur Frauen. Vor allem Kommissarinnen. Petra Krieger war mit ihrem Fiat 500 C in Bossa Nova Weiß mit rotem, sommerlich geöffnetem Multi-Stage-Stoffverdeck angereist. Was wollte die denn von meiner Schwiegermutter in spe?

»Auf Sie habe ich gewartet!«

Eine Sekunde zu lang blieb ihr Blick auf meinem Oberkörper haften.

»Wollen Sie nach Mexiko?«

Ich verstand nicht, was sie meinte. Mir blieb gar keine Zeit, Frieda zu begrüßen, die wie immer – so war sie auch auf die Welt gekommen, munkelte man in Riedhagen – eine blaugeblümte Kittelschürze zum Schutz ihres fülligen Leibes trug. Gott sei Lob und Dank war ihre Tochter leibesgenetisch eher nach ihrem verstorbenen Vater geraten.

»Bei uns heißt das grüß Gott. Und was soll ich in Mexiko?«

»Also, grüß Gott, Herr Bönle, seit wann so etikettengläubig? In Mexiko würden Sie übrigens mit Ihrem Outfit nicht auffallen!«

»Und Sie nicht … das sag ich jetzt lieber nicht. Denn ich habe Anstand, Sie sind verbeamtete Freundin und Helferin, und von denen erwarte ich eben auch Anstand. Ich bin lediglich ein kleiner Schulmeister, der …«

»Reden Sie keinen Unsinn, ich muss Sie zum Finger befragen!«

»Ich bring dir gleich dein Kraut, Danile, zwei Ripple? Gell, viel Kartoffelstock?«

Frieda hatte in der Schweiz das Kochen gelernt und bezeichnete Kartoffelpüree immer noch als Kartoffelstock. Das rührte mich.

»Gern, und, wenn du hast, bitte Bratensoße dazu.«

»Essen Sie auch mit, Frau Kommissarin?«

»Ich bin hier eigentlich nicht, um mir den Magen vollzuschlagen. Aber, ja gern, Frau Maier.«

Es geschah etwas, was ich bisher nur selten gesehen hatte: Die Kommissarin strahlte. Sie strahlte wie Fukushima nach dem 11. März 2011. Sie sah ja schon ohne Strahlen mehr als passabel aus. Aber so … Diese Hei-

terkeit im leicht gebräunten Antlitz, die hellen sonnen-
blonden Haare als Rahmen, das freudige Blitzen in den
braunen Augen und vor allem das kurze Stretchröckchen.
Alle Starallüren fielen wie Schuppen von ihrem Körper.

Und so eskortierte uns Frieda ins ›Kaiserzimmer‹,
wie Cäci immer spöttelnd sagte. Dieses Nebenzimmer
hatte Cäcis Vater, der passionierter Jäger war, liebevoll,
aber gewöhnungsbedürftig eingerichtet. Hier hatte der
Jägerstammtisch viele Hektoliter Gerstensaft über die
lackierten Holztische verleppert. Bleichgelbe Schädel
von irgendwelchen erlegten Säugetieren dräuten von der
dunklen Holzwand. Viele hatten Geweihe. Darauf saß
buntes Geflügel, auch dieses lebte nicht mehr. Fasanen,
Elstern, Eichelhäher, aber auch Raubvögel wie Bussarde
und Sperber zierten die Geweihe der Toten. Zentrum
war jedoch der mächtige präparierte Kopf eines Ebers,
den Cäcis schmächtiger Vater totgeschossen hatte. In der
Ecke stand die alte Wurlitzer, die immer mal wieder eine
gefühlvolle reparierende Hand brauchte, um die Musik
abzuspielen.

»Zum Wohl, geht aufs Haus, eins geht auch bei Ihnen.«

Freundlichst, hochprofessionell stellte Frieda zwei
schäumende Walder auf den gelackten Tisch.

»Prost.«

Ich hob mein Glas und streckte es der Kommissarin
entgegen, die gedankenverloren zum längst verblichenen
Eber hin sinnierte:

»Was Menschen Tieren antun!«

»Ich kenne Polizisten, die schießen auf Menschen.«

»Ich kenne Religionslehrer, die schießen sich in den
eigenen Hintern.«

Das saß. Schnell zog ich mein Glas vom wohlwollend freundschaftlichen Zuprostversuch zurück. Schnell konterte sie, griff zum Glas.

»Entschuldigung, war nicht so gemeint, aber das hätte dumm ausgehen können. Was ist denn aus der Anzeige geworden?«

»Das müssen Sie doch wissen, Sie sind doch von der Polizei. Das war ganz schön teuer. Von einer Vorstrafe hat der Richter abgesehen.«

»Das ist nicht mein Ressort. Ich habe hier auf Sie gewartet. Der Finger, da hat sich etwas Eigenartiges ergeben, ich brauche von Ihnen noch einmal die genaue Schilderung des Tages, also das, was sich am Samstag bei diesem Fest im Ried abgespielt hat. Genaue Schilderung, Herr Bönle, alles, auch das, was Sie vielleicht für unwichtig halten, kann von Bedeutung sein. Fahrzeuge, unbekannte Personen, Situationen und so weiter.«

»Warum?«

»Das kann ich und darf ich Ihnen nicht sagen, der Fall hat sich in eine andere Richtung entwickelt.«

»Meinen Sie den Schüler aus Sigmaringen, der hier in Saulgau im Krankenhaus liegt und dem ein Finger fehlt?«

Eine Millisekunde war die schöne Kommissarin sprachlos, ihre großen braunen Augen verengten sich zu kleinen Schlitzen und versprühten Schoko-Eis.

»Woher wissen Sie das, das können Sie noch gar nicht wissen, ich weiß es ja auch erst seit … das geht Sie einen …«

Schnell hatte sie sich wieder unter Kontrolle, zupfte kurz an ihrem Haar und an den Ärmeln ihrer luftig weißen Bluse, weibliche Übersprungshandlung quasi, und läutete sprachlich wie körpersprachlich eine neue Eiszeit

ein. Sie verschränkte die Arme vor der Brust, zwei beacht-
liche Gletscher, und zischte mir Eiskristalle entgegen:

»Wehe, Sie mischen sich wieder ein, Bönle, ich finde
einen Grund, Sie in Schutzhaft zu nehmen. Oder ich finde
einen Verdacht gegen Sie. Ich warne Sie!«

Endlich kamen Kraut, Ripple und Kapü. Die blonde
Kriminalistin wurde sofort sanfter. Sie lächelte leicht,
nickte mir mit ihrem schönen Antlitz gönnerhaft zu:

»'n guten!«

»Gleichfalls.«

»Danke.«

»Bitte.«

»Es reicht, Bönle, sonst könnte man noch meinen, wir
würden uns näher kommen.«

»So wie letzte Fasnet, Frau Kommissarin?«

Eine rasche Röte überzog den leicht bronzebraunen
Teint.

»Bönle, wehe, da kommt etwas an die Öffentlichkeit!
Sie haben sich in den Arsch geschossen, ich mich verar-
schen lassen. Und wehe, Sie mischen sich wieder ein! Sie
haben am eigenen Leib schmerzlich erfahren, was passieren kann. Außerdem könnte man bei Ihnen meinen, die
Fasnet sei noch nicht rum.«

Sie lächelte wieder hämisch, deutete auf die Abzeichen
auf meinem Jackett, die stolz von wichtigen Harleytref-
fen zeugten.

Ich hatte mir von Frieda noch ein drittes Ripple geben
lassen, mit meiner Figur konnte ich mir das locker leisten, und ein zweites Bier. Drei wollte ich vor der Kommissarin nicht trinken, ich war ja mit dem Chevy da. Und
nach Hause laufen, das musste nicht sein.

»Wo ist der Papa, ja wo?«

Frieda hatte Korbi auf dem Arm, der vom Mittagsschlaf noch ein ganz rotes Köpfchen hatte. Als er mich sah, öffnete er sein zahnloses Mündchen und lachte glucksend los. Seine nackten fleischigen Füßchen fingen heftig an zu strampeln. Er hob sein speckiges Ärmchen und zeigte auf mich, sagte so etwas wie aaaaa.

Die Kommissarin streckte Frieda die Arme entgegen: »Geben Sie ihn mir!«

Korbi schaute zuerst etwas verunsichert zum Papa. Als ich ihm freundlich zunickte, erkannte er, dass die Situation mit der fremden Frau nicht gefährlich war. Er schmiegte sich, den Schlaf aus den Augen reibend, an die Brust der Fremden. Der kleine Schlingel!

»Der kommt ganz nach dem Vater.«

»Wie meinen Sie das?«

»Das Gesicht, die dunklen Haare. Was dachten Sie?«

Völlig fasziniert schaukelte die ansonsten Permafrostige meinen Sohn auf ihrem Schoß. Korbi, nicht dumm, packte den wohlgeformten Daumen der hochattraktiven Kriminalbeamtin und saugte genießerisch daran herum.

»Zahnt der?«

»Möglich. Wahrscheinlich mag er Ihren Daumen. Aber mit Sicherheit hat er jetzt Hunger.«

»Darf er schon Eis?«

»Ausnahmsweise. Er isst nicht nur Finger.«

Die fesche Kinderliebende orderte für Korbi einen Bollen Vanilleeis mit Sahne und drei Loacker Schokowaffeln und für sich einen Schwarzwaldbecher mit ordentlich Kirschwasser, Schladerer. Mit dem Stichwort Finger waren wir dann beim eigentlichen Grund für die Anreise der Ansehnlichen. Lang interviewte sie mich und sprach alles in ihr iPhone der neuesten Generation. Offensichtlich konnte es sich das besser merken als sie. Sie bedauerte, dass sie Cäci nicht angetroffen hatte, und bedauerte noch mehr, Korbi, meinen Sohn, nicht mitnehmen zu dürfen, der mittlerweile fähig war, Tipp- und Wischbewegungen auf dem iPhone nachzuahmen. Bevor sie auf ihren Monsterhighheels ins Zwergenauto stieg, holte sie sich noch ein Magnum-Eis für die Fahrt. Erst an der Einstiegsluke des Fahrzeugs übergab sie mir Korbi, der sich nur widerwillig von ihr löste. Ihm warf sie noch ein Kusshändchen zu, als sie nach Bad Saulgau durchstartete. Mich ignorierte sie. Die Eiszeit hatte wohl den Frühling eingeläutet. Ich war sprachlos, so viel Freundlichkeit seitens der Kriminalbeamtin machte mir Angst.

7 SCHULFREUDEN

Dienstag, 12. Juni, vormittags, Sigmaringen, Gewerbliche Schule, hauptsächlich im Lehrerzimmer

Mush a ring dum-a-do-dum-a-da
Whack for my daddy-o
Whack for my daddy-o
There's whiskey in the jar-o
(Thin Lizzy, Whisky in the jar)

Das fing wirklich gut an, der zweite Schultag in Sigmaringen. Die Harley sprang an, nachdem ich Benzin in den leeren Tank eingefüllt hatte. Oft sind Probleme gar nicht so groß wie man denkt. Ich hatte etwas Sprit vom Chevy abgeschlaucht und leider einen kräftigen Schluck vom Superkraftstoff in den Mund bekommen. Da ich nicht schon wieder verspätet zum Unterricht in der Kreisstadt erscheinen wollte, blieb keine Zeit mehr für Mundhygiene.

Der Tag war wieder ein Harley-Tag, ich genoss die Fahrt von Riedhagen über Ostrach und Krauchenwies nach Sigmaringen.

Freundlicherweise schaute ich noch im Sekretariat vorbei, bevor ich meine Elite-Schüler des Technischen Gymnasiums aufsuchte.

»Guten Morgen, Herr Bönle. Schön, Sie pünktlich zu sehen. Haben Sie eine Sekunde Zeit?«

Mein neuer Rektor winkte mich zu sich.

»Herr Bönle, ganz im Vertrauen: Es kam im Kollegium nicht sehr gut an, dass Sie gestern ohne ein Grußwort an die Kollegen sang- und klanglos verschwunden sind. Sie hätten Sie trotz Ihrer … äh, Vorgeschichte gern begrüßt. Wir haben ein, und das kann ich mit Stolz sagen, vorurteilfreies Kollegium, das Neuen und Neuem aufgeschlossen gegenübersteht. So können Sie das auch in unserem Leitbild nachlesen. Also, es wäre freundlich …«

»Wo?«

»Was, wo?«

»Wo kann man das nachlesen, dass die Kollegen keine Vorurteile haben?«

»Herr Bönle, Sie sind befremdlich. Im Leitbild.«

»Was ist das?«

»Herr Bönle, meinen Sie das im Ernst? Kein Wunder, dass man mich gewarnt hat. Bönle, Sie haben offensichtlich Nachholbedarf! Und jetzt Dienstanweisung: Sie stellen sich in der großen Pause den Kollegen vor! Und denken Sie daran, man kann nur einmal einen guten ersten Eindruck hinterlassen!«

Automatisch schlug ich die Hacken zusammen, die Hand fuhr unkontrolliert zum Kopf.

»Jaaawoll!«

»Bönle, kommen Sie mal näher. Das ist mir sehr unangenehm. Hauchen Sie mich mal an!«

»Wie bitte?«

»Hauchen Sie mich mal an, hhhhh, hhhhh!«

Ich tat, was mein Dienstherr von mir verlangte.

»Trinken Sie?«

»Ja, der Körper braucht Flüssigkeit, sonst dehydriert man, und nach wenigen Tagen ...«

»Bönle, *wollen* Sie mich missverstehen? Ich meine, trinken Sie Alkohol, ähhh ... schon morgens?«

Ich erklärte meinem besorgten Vorgesetzten den Fauxpas beim Abschlauchen des Superkraftstoffes. Er schien etwas beruhigt, wirkte jedoch nicht ganz überzeugt.

»Benzin abschlauchen ... Bönle, Bönle ... gehen Sie jetzt!«

Er murmelte noch etwas, das sich anhörte wie:

»Manhattemichgewarntmanhattemichjagewarnt.«

Gerade als ich mich umdrehte, um das Allerheiligste zu verlassen, schien des Chefs Stimme wieder zu Kräften gekommen zu sein:

»Noch etwas, Sie haben doch die Tischler. In der Parallelklasse, die hat der Kollege Strumpf, ist es zu einem bedauerlichen Vorfall gekommen. Ein Schüler …«

Der Rektor nahm mit beträchtlicher Sorgenfalte auf der Stirn einen kleinen Zettel, der neben dem Telefon lag, zur Hand.

»… Faller, Peter Faller aus Engelswies, das ist bei Meßkirch, hat sich wohl in der Nacht von Samstag auf Sonntag von einer Brücke gestürzt. Vermutlich in suizidaler Absicht. So die Polizei. Er liegt im Koma. Das sollten Sie wissen, da er mit einigen Schülern aus Ihrer Klasse wohl befreundet war, ääh, ist.«

Heute am Dienstag hatte ich den Rest meines Sigmaringer Stundenplanes zu erfüllen: in den ersten zwei Unterrichtsstunden Religion im Elite-Bereich TG, dem Technischen Gymnasium mit Lernschwerpunkt im natur- und ingenieurwissenschaftlichen Bereich. Dann nach einer erholsamen Hohlstunde ebenfalls zweistündig Religionslehre in der Vollzeitschule 2BFS Metalltechnik des ersten Schuljahres.

Morgen früh noch für zwei rasche Stündchen nach Bad Saulgau zu meinem geliebten Rektor Karl Maria Saitling in die Klasse mit dem unendlichen Kürzel, dann Wochenende, und das ab Mittwoch, 9:05 Uhr.

Nach dem üblichen Ersteunterrichtsstundenhäckmäck im TG meine erste große Pause in Sigmaringen an der Beruflichen Schule. Ich war erstaunt, das Lehrerzimmer war proppenvoll und summte beredt. Bis zu meinem Eintritt. Schlagartig Stille. Räuspern. Stille. Leichtes, nervöses Damengekichere. Geschätzte 200 Augen musterten mich von oben bis unten. Gott sei Dank hatte ich heute Morgen noch Zeit zum Duschen, auch meine Garderobe war tipptopp. Ich hatte mein schwarzes, tailliertes Hemd mit den hauchdünnen weißen Nadelstreifen an, darunter trug ich – was jedoch belanglos war – wie immer ein weißes Schiesser Feinripp-Unterhemd. In Sachen Hosenmode war ich eher konservativ strukturiert, ich liebte ausschließlich schwarze Levi's als Beinkleid. Über dem Hemd trug ich mein schwarzes Knitterseide-Jackett, das war hervorragend geeignet, im Rucksack mittransportiert und schnell gegen die schwere Lederjacke ausgetauscht zu werden. Aufmerksamkeit erregten verständlicherweise die zwölf blankpolierten Metall-Abzeichen verschiedenster Harley-treffen, die ich, im Stile diktatorischer Generäle linksseitig über dem Herzen in Dreierreihen angeheftet, bescheiden zur Schau stellte. Auch war ich froh, mein bestes Schuhwerk, Caborca Rindslederboots, auf denen sich ein handpunzierter und handkolorierter Schwarm Wespen tummelte, für diesen zweiten Tag ausgewählt zu haben. Sie bildeten einen wunderbaren Kontrast zu meinem eher dunklen Erscheinungsbild, wozu natürlich auch mein tiefschwarzes Haar, das ich von meinem Vater geerbt hatte, nicht unwesentlich beitrug. Ein gelungenes Rundumpaket, lediglich der Benzingeruch …

Die Kollegen schienen nur auf mich gewartet zu haben. Einer erhob sich, es war der kleine, rundliche Direktor Friedhelm Fröhlich, er schlug mit seinem Pelikan-Goldfeder-Füller gegen eine Blumenvase und unterbrach somit die gespenstische Stille.

»Liebes Kollegium, gern hätte ich Ihnen gestern schon den neuen Kollegen Bönle vorgestellt. Durch ein, ääh, Missverständnis, ein kommunikatives Problem kam es leider nicht dazu. Umso herzlicher begrüßen wir Sie, Herr Bönle, in unserer Mitte. Sie wissen, der Religionsunterricht an unserer Schule, oft gekennzeichnet durch hohe Fluktuation im Lehrkörper, war schon immer ein kleines, wenn ich so sagen darf, Sorgenkind. Diese Sorgen, so hoffen wir nun, werden durch die sechsstündige Anwesenheit Herrn Bönles vielleicht ein kleines bisschen geringer. Und nun haben Sie das Wort, Herr Bönle!«

Applaus. Stille. Gehüstele. Geblättere. Eine Kollegin korrigierte.

»Ja, Grüßgottschön zuerst, mein Name ist Daniel Bönle, ich komme aus Riedhagen. Ich bin fast verheiratet und habe einen Sohn, Korbinian T. Rex, noch ganz klein …«

Eigentlich wusste ich nicht, was ich da redete. Ich fühlte mich völlig überrumpelt durch meinen Rektor und plapperte einfach drauflos:

»Ich habe alles Mögliche studiert, krieg gar nicht mehr alles zusammen: Englisch, Philosophie, Kunst, Psychologie, oder nein, war Parapsychologie, ich weiß nicht mehr genau, ist ja auch nicht so wichtig, dann Geografie und Theologie, da hab ich dann halt das Staatsexamen gemacht. Hab aber nichts am Gymnasium bekommen. Bin dann in meiner Heimatgemeinde hängengeblieben und von der Kirche angestellt gewesen und musste da jeden Firlefanz machen. Und dann hat's irgendwie doch mit der Schule geklappt. Bad Saulgau, und jetzt bin ich eben hier gelandet. Mal sehen, wie's läuft.«

Stille.

»Äh, meine Hobbys sind Motorrad fahren, äh nein, Harley fahren, Metall-Musik, halt eher die alten Sachen: AC/DC, Motörhead mit Lemmy Kilmister – tolle Stimme –

Ace of Spades, das knallt richtig, dann halt auch Metallica und so. Und Kochen, Kochen ist auch ein Hobby von mir, vor allem schwäbisch. Keiner kann ja heute mehr schwäbisch kochen, nicht einmal die Frauen, und kaum geht eine schwäbische Gastwirtschaft unter, wer hockt drin? Ein Türke mit so einem Dönerladen oder irgend so ein Asiat mit seinem Chinesenzeugs. Also Kochen ist schon ein echtes Hobby, das ist auch ganz gut so, denn meine Partnerin hat's nicht so mit dem Kochen.«

Stille. Weibliches Geräuspere.

Stille.

»Soll ich Ihnen noch etwas vorsteppen?«

Stille.

Klopf, klopf, klopf. Zaghafter Lehrerapplaus. Klopf, klopf, klopf, klopf. Etwas mehr Applaus. Ich hob die Hände, sie gehorchten. Stille.

»Und wenn Sie sich gewundert haben, ich meine über die Pappbecher auf den Tischen, die gehören zu meinem Einstand.«

Ich hatte für meine MIKEBOSSler für ein Sommerfest vor Jahren schon Halbliter-Becher mit der Aufschrift *Ride to hell with MIKEBOSS* und einem feuerspeienden Harleymotor in Rot, Schwarz, Gelb – nicht aus nationalistischen Gründen, sondern wegen der teuflischen Farben – drucken lassen.

Eine verwegene Frauenstimme aus dem Zentrum des Kollegiums:

»Gibt es auch etwas in die Becher rein?«

»Klar, ich habe Cola im Kühlschrank und zwei Flaschen Whisky. Single Malt.«

Gelächter. Stille.

Der Rektor:

»Vielen Dank, Herr Bönle. Man hat mir schon von Ihrem, ääh, außergewöhnlichen Humor berichtet. Aber ein kleines Schlückchen Sekt Orange würde ich gern auf Ihren Einstand trinken und mit Ihnen anstoßen.«

Klopf, klopf, klopf, klopf. Sehr starker Applaus!

Sekt Orange, hatte ich richtig gehört? Das können Wowereit oder Westerwelle auf einem Stehempfang anbieten!

Ich hoffte inständig, nichts falsch gemacht zu haben, holte die Cola- und Whiskyflaschen aus dem Kühlschrank und begann auszuschenken. Vielleicht hätte ich doch auf Cäci hören sollen.

Es wurde dann sehr schnell richtig gemütlich im Lehrerzimmer der Gewerblichen Schule, die hoch über der Sigmaringer Donau thront.

Schnell gesellten sich die Kollegen zu mir und bildeten einen schnatternden Kreis. Eigentlich waren es Kolleginnen:

»Wie kommt man denn mit Ihren Hobbys zur Theologie?«

Komische Frage.

»Was unterrichten Sie lieber, Religion oder Geografie?«

Komische Frage.

»Wie hat es Sie nach Riedhagen verschlagen?«

Komische Frage.

»Nimmst du mich auf deiner Harley mit?«

Sehr gute Frage. Die dunkelhaarige Schönheit war plötzlich in den weiblichen Zirkel um mich herum dazugestoßen. Es war Hilde, Hilde, die fesche Grundschullehrerin mit dem schwarzen kurzen Haar aus Riedhagen.

Hilde, die Vegetarierin. Hilde, die Lamazüchterin. Hilde, die Esoterik-Torte.

»Hi, Hilde, was machst du denn hier?«

»VAB und BEJ. Sonderpädagogik Zusatzkurs, damit kann ich …«

»Aah, ich verstehe, du unterrichtest die Geschuck …, ääh, Problemfälle.«

»Das meine ich ernst, kann ich mit dir nach Hause fahren?«

»Hast du einen Helm?«

»Denkst du wirklich, dass ich immer einen Helm mit mir rumschleppe, nur weil ich denke, ich könnte irgendwo auf dich treffen? Du bist immer noch ganz schön von dir eingenommen! Die 30 Kilometer werden auch ohne Helm gehen!«

Da hatte sie eigentlich recht, die Hilde.

Ich schenkte den Damen noch eine weitere Whisky-Cola ein. Eigentlich war es ja nicht ihr Getränk. Eigentlich tränken sie Aperol oder Hugo. Eigentlich!

Das Kollegium, was einerseits erfreulich war, zählte 13 Damen zum Inventar, der Herren Anzahl war ungleich höher. Andererseits waren es eben Lehrer*innen*. Jede Wette, nicht eine ohne Doppelnamen. Doch vielleicht die eine, die mit den schwarzen Klamotten. Gothicstyle, gepflegt, ein rotes Che Guevara-Zigarettenpäckchen lugte auffällig weit aus der Brusttasche der straff sitzenden, weit geöffneten schwarzen Bluse. Lila Augen-Makeup verstärkte das dustere Erscheinungsbild der Dame. Gefährlich, bestimmt Physik, Chemie oder Mathe, die ticken alle nicht richtig.

»Hi, Herr Bönle …«

Sie reichte mir die schlanke Hand mit den schwarzen Fingernägeln.

»… Susanne Sauter, Schulsozialarbeiterin, Sigmaringen. Man sagt aber Sanne zu mir.«

»Schöne Alliteration, Kompliment.«

»Schöne was?«

Verunsichert schaute sie an sich herunter und schloss übersprungshandlungstechnisch geschickt mit drei Fingern der linken Hand den untersten Knopf ihrer Bluse. Jetzt saß sie noch strammer.

»Wenn Sie die Hildegard Knaus auf Ihrer Harley mitnehmen, dann bin ich aber als Zweite dran? Hähähä.«

Das *Hähähä* sollte mir suggerieren, dass es nur ein Scherz war, aber dem war nicht so. Ich kannte solche Frauen, da war Vorsicht geboten, und so bewegte ich mich auf einen Tisch zu, der mir recht sympathisch war. Ein Männertisch, an dem der Cola-Anteil deutlich geringer in die Pappbecher floss als der Whisky-Anteil.

Ein circa 50 Jahre alter Herr mit fast schon weißer Künstlermähne stellte sich mir als Gerd Strumpf vor, Holz. Aber eigentlich Kunst. Früher Liebfrauenschule, das Schraubenlager. Zur Berufsschule gekommen wie die Jungfrau zum Kinde. Ein rechtschaffener Schluck Whisky pur fand den Weg in den Pappbecher.

Der Herr in der Kutte, der neben dem verkannten Künstler saß, reichte mir die Hand. Angenehm, Pater Benjamin, Benediktiner aus Beuron. Allmählich reichte es mir mit den albernen Anhäufungen von Alliterationen. Zu Pater Benjamin gesellte sich noch sein Kollege Herr Mielke, der sich galant mit: »Mielke, Geschichte früher, aber keine Geschichten. Heute Gemeinschaftskunde an der Berufsschule«, vorstellte. Der Pater interessierte mich, er hatte eine ungeheuer positive und freundliche Ausstrahlung. Ich fragte ihn:

»Was unterrichten Sie hier? Ich dachte Religionslehrermangel?«

»Auch Holz, wie mein Kollege Strumpf. Ich bin gelernter Schreiner, habe dann aber auch Theologie studiert. Tübingen. Küng damals, hahaha, da ging's richtig ab. Und Sie, strafversetzt, hahaha, munkelt man. Das gefällt mir.«

Obwohl der Benediktiner Mönch sich Cola pur nachschenkte, gefiel er mir auch:

»Theologie, dann sind Sie nicht nur Schreiner, sondern auch Pfarrer?«

»Richtig, eigentlich wie mein Chef.«

»Hat der auch Theologie studiert, der Rektor Fröhlich? Und Schreiner …?«

»Doch nicht der, ich meine Jesus, hahaha!«

»Eine Durchsage, Achtung, eine Durchsage: Ich bitte die Kolleginnen und Kollegen, ihrer Unterrichtspflicht nachzukommen. Ich wiederhole, gehen Sie bitte in Ihre Klassenzimmer, da Schüler bereits das Schulgelände verlassen. Bitte kommen Sie Ihrer Unterrichtspflicht nach!«

Der Herr, der sich als Gerd Strumpf vorgestellt hatte, stand als Erster auf:

»Da gehe ich jetzt nicht gern rein zu den Tischlern. Denen muss ich sagen, dass einer ihrer Klassenkameraden von einer Brücke gesprungen ist.«

Pater Benjamin blickte den Weißhaarigen erschrocken an:

»Das wusste ich noch gar nicht, bin vorhin erst gekommen. Wer ist es denn? Soll ich mit in die Klasse kommen, um ein bisschen psychologische Betreuung … Ist er tot?«

»Nein, er kommt wohl durch. Koma. Der Faller Peter. Das ist nett von dir, aber ich schaff das schon allein.«

8 KOPFZERBRECHEN

Dienstag, 12. Juni, Ravensburg, Dienststelle der Polizei, in einem maroden Zimmer

Die Fischerin vom Bodensee ist eine schöne Maid, juchhee;
ist eine schöne Maid juchhee,
die Fischerin vom Bodensee.
Und fährt sie auf den See hinaus, dann legt sie ihre Netze aus,
schon ist ein junges Fischlein drin, im Netz der schönen Fischerin …
Da kommt ein alter Hecht daher, über's große Schwabenmeer;
über's große Schwabenmeer, da kommt ein alter Hecht daher;
er möchte auch ins Netz hinein, möchte bei der Maid gefangen sein,
doch zieht die Fischerin im Nu das Netz schon wieder zu.
Ein weißer Schwan, ziehet den Kahn;
mit der schönen Fischerin, auf dem blauen See dahin …
(Franz Winkler, Die Fischerin vom Bodensee)

Sie summte die Melodie, die sie seit ihrer Kindheit verfolgte. Der Text dazu lief auf einer zweiten, noch weiter vom Bewusstsein entfernten Ebene ab. Der Kollege aus Ravensburg, der sie gebeten hatte, wegen der Missstände und des ›Schandpreises‹ vorbeizuschauen, blickte sie verwundert von der Seite an. Sie durchschritt die Räumlichkeiten und inspizierte jedes Zimmer, bald schon summte sie wieder.

»Ist das nicht ›Die Fischerin vom Bodensee‹, was Sie da summen?«

Petra Krieger errötete leicht, als sie die großen Schimmelflecken in der Ecke betrachtete.

»Kann schon sein.«

Oft fühlte sie sich wie diese Fischerin. Auch sie musste Netze auswerfen, um die Übeltäter dieser Welt dingfest zu machen. Mal waren es kleine Fische, mal waren es alte Hechte. Und sie hatte die Aufgabe, das Netz im richtigen Augenblick zuzuziehen. Am meisten identifizierte sie sich jedoch mit dem weißen Schwan. Der schöne Schwan musste die ganze Last des Kahnes ziehen. Genau das war sie: Immer musste man gut aussehen, wurde auch bewundert, aber die ganze Last hatte sie zu tragen, auch die Last der Schönheit. Natürlich wusste sie, dass sie gut aussah. Auch der Kollege, der gerade schräg hinter ihr stand, schaute jetzt garantiert nicht auf die ihm längst bekannten Mängel. Er stierte garantiert gerade auf das Perfekte, auf ihre Beine, ihren Hintern, ihre ganze Figur, die Haare. Doch was nützte ihr das? Nichts, im Gegenteil. Kein Mann traute sich an sie ran. Alle hatten sie Angst vor ihr und ihrer Makellosigkeit. Ein schöner Schwan eben. Und wenn sie sich dann mal tatsächlich für einen Mann interessierte, dann war dieser garantiert liiert. So wie der Bönle, dieser Spinner.

»Darf ich Ihr Telefon benützen?«

»Na klar! Brauchen Sie nicht zu fragen!«

Als sie sich setzte, stellte sich der junge Ravensburger Kollege unauffällig so, dass er den bestmöglichen Ausblick in ihre provokant geöffnete Bluse hatte. Der war ein richtig Hübscher, in einem unbeobachteten Augenblick hatte sie einen weiteren Knopf ihrer weißen Bluse geöffnet.

»Und Sie sind sich absolut sicher? Der Finger gehört nicht dem Sigmaringer Schüler? Mhh, kann vom Zeitablauf her auch nicht stimmen, hmm? Schon deutliche Verwesungsspuren, hmm!«

Die Kommissarin hatte von der Dienststelle in Ravensburg aus die Rechtsmedizin in Tübingen kontaktiert. Sie schüttelte ungläubig ihren hübschen blonden Kopf und knallte das Telefon in seine Halterung.

»Das gibt's doch nicht!«

Das war wirklich mehr als rätselhaft! Nervös fuhr sie sich über die Schläfen. Das machte ihr Kopfzerbrechen. Dem attraktiven Ravensburger Kollegen erzählte sie bei einem guten Kaffee die Geschichte mit dem Finger.

Ihr Besuch in der Oberschwabenmetropole hatte jedoch andere Gründe. Als engagierte Streiterin für menschenwürdige Arbeitsbedingungen hatte sie den Ausdruck einer Pressemitteilung, die ihr ein Kollege gefaxt hatte, auf dem Schreibtisch liegen und wollte sich von den gewerkschaftlichen Vorwürfen ein eigenes Bild machen:

*Zumutbare Arbeitsbedingungen Fehlanzeige: Die Polizei-
gewerkschaft prangert den erbarmungswürdigen Zustand
einer Ravensburger Dienststelle an.*

*Bröckelnder Putz, Schimmel, feuchte Wände und
Ungeziefer: Das Polizeirevier Ravensburg hat den
»Schandpreis« der Deutschen Polizeigewerkschaft als
marodestes Dienstgebäude im Südwesten erhalten. Verbunden mit der »Auszeichnung« ist die dringende Bitte,
die nun schon jahrzehntealten Planungen für einen Neubau zu realisieren, wie der Landesvorsitzende der Polizeigewerkschaft, Joachim Lautensack, sagte.*

*Das zuständige Finanzministerium erklärte, dass der
Neubau der Polizeidirektion Ravensburg als Partner-
schaftsprojekt mit einem Privatinvestor geplant sei.*

*Beamte und »Kunden« der Polizei müssen sich in
Ravensburg unterdessen weiter mit desolaten Zustän-
den plagen, wie die Gewerkschaft schreibt. Der Eingangsbereich der stark frequentierten Polizeiwache sei
schmuddelig. »Einfachverglasung, undichtes und nicht
isoliertes Dach, Wassereintritt im Keller und desolate
Sanitäreinrichtungen sind weitere Markenzeichen der
Gebäude auf dem Polizeigelände«, sagt die Gewerkschaft.*

Das Gebäude hatte von außen gar nicht so schlimm
gewirkt, war eigentlich ganz schmuck mit den Ziegeln,
den Türmchen und den Erkerchen. Okay, der Zaun, das
Holz morsch, bröselig, da gab es schon Handlungsbe-
darf. Aber das wäre bestimmt nicht so aufwändig. Da
hatten die Gewerkschaftler wohl ein ganz kleines bisschen übertrieben. Viele Dienststellen waren heutzutage

in einem maroden Zustand. Naja, Klappern gehörte zum Handwerk.

Da machte ihr die andere Sache schon mehr Kopfzerbrechen, die Sache mit dem Finger. Das konnte doch nicht wahr sein. Aber die in Tübingen irrten sich da nicht! Da musste sie von Bad Saulgau aus alles noch einmal frisch aufrollen. Sie war sich absolut sicher gewesen, dass der Finger dem jungen Komapatienten gehörte. Nun musste man nach einem zweiten Finger suchen. Wo kamen denn die ganzen fehlenden Finger plötzlich her, was steckte verdammt nochmal dahinter? Verärgert stampfte sie auf und schlug mit der Rechten energisch auf die gammelige Schreibtischplatte.

Ein knirschendes Geräusch von oben warnte sie. Auch der Kollege:

»Achtung!«

Zu spät. Stücke des Deckenverputzes der Ravensburger Dienststelle krachten auf den Schreibtisch und … auf ihren blonden Kopf.

9 PSYCHO

Dienstag, 12. Juni, nachmittags, Bad Saulgau, in Cäcis Diplom-Psychologinnen-Praxis

In the white room with black curtains near the station Black roof country, no gold pavements, tired starlings

Silver horses run down moonbeams in your dark eyes
Dawn light smiles on you leaving, my contentment
(Cream, White room)

Die eigene Praxis in Saulgau, Bad Saulgau. Cäci drehte stolz mit ausgebreiteten Armen eine tänzerische Runde durch das kleine helle Wartezimmer. Dort konnten die Patienten, wenn es mal Wartezeiten gab, in freundlich-heller Atmosphäre in Zeitschriften blättern oder sich einen Kaffee aus der großen Thermoskanne zapfen. Ihre Mama hatte das Projekt ›Eigene Praxis‹ kräftig gesponsert. Von Dani konnte sie da nicht viel erwarten, er war äußerst sparsam. Vor der Hochzeit sowieso nicht. Dani war ein Geizkragen, das hatte er von seinem Vater. Danis Alibi-Lehrer-Dasein sollte nur darüber hinwegtäuschen, dass er ohne jegliche Arbeit bestens leben könnte. Er hatte gut geerbt. Nach dem seltsamen Unfalltod seiner Eltern war er als Einzelkind Erbe des elterlichen Vermögens, das nicht nur aus Waldstücken und Feldern bestand, sondern auch Wertpapiere und jede Menge Bares umfasste.

Sie betrachtete im Schein des vom Fenster her einfallenden Tageslichts den kleinen Raum, der immer noch nach frischer Farbe und Klebstoff roch.

Heller Laminatboden, gesprenkelt. Klassisch weiße Raufasertapete. Helle Türen, helle Fenster. Dazu die schwarzen Vorhänge. Zentrum war das Brünnchen mit der Kugel aus Marmor, die sich ständig auf einem kleinen Wasserfilm drehte. Dani wollte unbedingt noch ein Aquarium einrichten, mit Malawisee-Barschen. Aber das wollte sie nicht. Was machte man in den Ferien? Auf einen Futterautomaten wollte sie sich nicht verlassen.

Manchmal war Dani schon recht eigenartig. Sie musste sowieso mit ihm reden. Benedikt hatte angerufen – vertraulich. Sensibilität, Fingerspitzengefühl, Empathie … ärztliche Schweigepflicht!

Schön, die Bilder an der Wand. Dalí, den mochte sie besonders. ›Le Sommeil‹, das ›Gesicht auf Stelzen‹ zierte die Wand zum Eingangsbereich hin. Gegenüber auf der Fensterseite prangte Dalís ›Atomic Leda‹ auf der weißen Raufasertapete. Neben dem Eingang ins Gesprächszimmer hingen ›Les Montres Molles‹ aus dem Jahr 1954, die ›Weichen Uhren‹. Aber auch nur als Kunstdruck. Salvador Felipe Jacinto Dalí i Domènech, Marqués de Púbol. Ein riesiges Schwarz-weiß-Poster des Künstlers mit dem hochgezwirbelten Oberlippenbart zeigte den extrovertierten Maler des Surrealismus mit weit geöffneten Augen und seinem zahmen Ozelot, den er sich als Haustier hielt. Das Poster zierte die Eingangstür zum Gesprächszimmer oder der ›Psychokammer‹, wie Dani es nannte. Im Gesprächszimmer Sofa oder Sessel für die Patienten, ein bequemer Ledersessel in Braun auf Rollen für die Psychologin. Auf dem Schreibtisch standen noch die Pflanzen herum, die sie heute noch platzieren wollte. Efeutute für die Wand, Yuccapalme für den Wartebereich. Kaktus von Dani für den Schreibtisch. Er war tatsächlich über seinen Schatten gesprungen und hatte ihr einen herrlichen ›Schwiegermuttersitz‹, einen mexikanischen Echinocactus grusonii, ein Kakteengewächs, geschenkt. Er wusste, dass es ihr Lieblingskaktus war, und war extra nach Tübingen gefahren, um dieses herrliche Exemplar, das schon mehr als zehn Kilo wog, zu besorgen. Als sie Yuccapalme und Efeutute an den vorgesehenen Stellen verortet hatte, bemerkte sie, dass der Kaktus viel zu groß für den Schreibtisch war, und wuchtete ihn kurzerhand auf den Boden vor das Fenster. Das passte. Auf den Schreibtisch würde sie die buddhistische Klangschale stellen.

Dani hatte geschimpft, wozu man so einen buddhistischen Esoterik-Firlefanz für die Geschuckten überhaupt braucht. Sie solle lieber ein Kreuz aufhängen, und wenn es den Psychopathen gefiele, könnten sie ja darunter einen Veitstanz aufführen. Manchmal konnte Dani recht anstrengend sein. Ein kurzer kritischer Blick in den privaten Bereich mit der Miniküche und der Spielecke für Korbi. Da müsste noch einiges wohnlicher gemacht werden. Korbi! Der Kaktus, also doch vorerst auf den Schreibtisch mit dem stacheligen Monster! Aber wohin mit der Klangschale?

Es klingelte, vielleicht erste Kundschaft. Gestern waren für den heutigen Tag die ersten telefonischen Anmeldungen gekommen. Ungeduldig wurde noch einmal geklingelt. Das konnte nur Dani sein.

»Hi, schau, wen ich mitgebracht habe.«

Korbi zog sofort aus meinen Armen in Cäcis Richtung, ich konnte ihn als Mann bestens verstehen. Sie sah wieder mal fantastisch aus. Schön, wenn reife Frauen in den besten Jahren – Cäci wurde nun auch bald 30 (in ein paar Jahren) – sich fraulich kleiden. Nicht dieses schreckliche Hosenanzug-Lesben-Outfit. Oder irgendwelche Haremshosen, die selbst aus langbeinigen Frauen Stummelmonster machen. Oder Hosenröcke! Bei Hosenröcken kann ich mich nicht mehr zurückhalten, da geht mir das Messer im

Sack auf. Warum eine Hose, die aussieht wie ein Rock? Warum ein Rock, der aussieht wie eine Hose?

Nein, Cäci hatte es einfach raus. Stretchmini in Schwarz, knallrotes Top, nichts drunter. Highheels, gleiches Rot.

Sie streckte die Arme nach Korbi aus, der dankbar die Fronten wechselte, der kleine Verräter. »Mmhh, Korbi-Schatz, hi, Dani. Gott sei Dank, ich dachte schon, die ersten Patienten. Ich muss mich zuerst mal umziehen, ich sehe aus wie eine Billigschlampe!«

»Wieso, das steht dir doch ganz …«

»So kann ich doch nicht in der Praxis herumlaufen, wenn Patienten kommen.«

»Kommt jemand?«

»Wenn ich's richtig notiert habe, müssten bald die ersten Patienten anrücken. Kannst du mir noch im Gesprächszimmer den Mac und den Drucker anschließen? Und in der Küche die Lampe anschrauben? Und auf dem Klo nach der Spülung schauen, da plätschert es immer. Und guck mal, ob der Kaktus so gut steht. Ich hab ihn auf den Tisch gestellt, wegen Korbi. Hast du an die Zeitschriften gedacht fürs Wartezimmer? Aber wichtiger wäre die Tapete, du weißt schon, der Fleck. Farbe steht noch im Klo. Wie gefällt's dir denn so?«

Cäci drehte sich elegant um die eigene Achse, die Arme weit ausgestreckt.

»Sieht echt toll aus, die hellen weißen Räume und die schwarzen Vorhänge. Ein Hammer-Kontrast! Ich richte zuerst den Computer ein und dein Patientenprogramm, dann mache ich den Rest.«

»Danke, Dani, bist ein Schatz.«

Zur Belohnung gab's einen Kuss – für Korbi.

»Wie war dein Einstand in der Schule? Du hast doch hoffentlich nicht Whisky und Cola eingekauft?«

»Lief alles super, die brauchen wohl dringendst einen Relilehrer. Rate mal, wer dort unterrichtet?«

»Keine Ahnung!«

»Rate mal!«

»Soll ich jetzt alle Menschen durchgehen, die ich kenne? Jetzt sag schon!«

»Ich sage nur: Riedhagen, weiblich, Rakete, knack …«

»Hiiilde? Aber nicht Hilde?«

»Doch, die wilde Hilde.«

»Das gefällt dir wohl! Hat sie dich gleich wieder angemacht?«

»Nein, sie ist aber mit mir nach Hause gefahren.«

»Mit der Harley?«

»Mhh.«

»Hatte die einen Helm dabei?«

»Nein, das geht auch mal so. Sonst hätte sie mit einem ›Arschlochkollegen‹ mitfahren müssen, der sie im Auto immer anbaggert.«

»Ja toll, und jetzt wirst du angebaggert! Wie sind die Klassen?«

»Ganz okay, so wie die halt heute so sind.«

»Regelt die Versicherung jetzt den Schaden am Wagen deines Chefs? Warum musst du immer so einen Blödsinn machen? Du kannst doch nicht mit dem Mähdrescher in die Schule fahren. Kauf dir doch endlich mal ein ganz normales Fahrzeug, das sommers und winters anspringt, das ein bisschen besser für eine kleine Familie geeignet ist als der Impala. Auch etwas Günstigeres. Ein Hybrid-Fahrzeug, einen Toyota oder so was. Der Impala ist riesig, aber da bekommt man nicht einmal einen Kinderwagen rein. Dein neuer Chef, ist der gut? War er noch sauer, weil du seinen Q7 geschrottet hast? Sind viele jüngere Frauen im Kollegium?«

»Mhhh.«

Wenn Cäci so viel redete, war etwas. Irgendetwas verursachte diesen Redezwang, daher forschte ich:

»Gibt's irgendetwas, du bist so beredt? Geht's wieder um die Hochzeit?«

Ich zog sie zu mir her, griff ihr behänd unters Top und gurrte ihr ins Ohr:

»Also, da lasse ich schon mit mir reden, ich denke, wir können das locker schaffen mit den Vorbereitungen. Dann heiraten wir eben in den großen Ferien, das schaffen wir garantiert noch! In der Praxis geht's ja noch recht ruhig zu. Und das mit der Schule, das habe ich jetzt schon im Griff.«

»Du hast gerade ganz andere Dinge im Griff! Lass das, wenn Korbi das sieht!«

Energisch zog Cäci meine Hände unter ihrem Top vor und küsste mich zärtlich. Sie hatte natürlich recht. Wenn Korbi das gesehen hätte, wäre er wahrscheinlich futterneidisch geworden.

Korbi war in seiner Spielecke und saugte an einem Stoffzebra herum und war rundum zufrieden.

»Also ich nehme dich beim Wort: Ich treffe alle Vorbereitungen, und du bist mit dem Termin einverstanden?«

»Mhhh. War's das, was dich so redselig gemacht hat?«

Und dann brach es sensibel, fingerspitzengefühlvoll, empathisch aus ihr heraus:

»Bene weiß sich nicht mehr zu helfen, er hat nicht als Arzt zu mir gesprochen, sondern als Freund. Sag einmal, spinnst du jetzt total, bist du völlig übergeschnappt? Warum hast du nicht mit mir darüber geredet?«

»Hat er mit dir *darüber* geredet? Das ist ja der Hammer! Da geh ich nachher gleich rüber und zieh ihn aus dem OP-Saal raus. Der wird was erleben!«

»Sag mal, tickst du eigentlich noch richtig? Du kannst dich gleich zu mir auf das Sofa legen. Obwohl, bei dir reicht eine Psychologin nicht aus. Du brauchst einen Psychiater! So was kann man doch nicht machen! Kein Wunder weigert sich Bene, das zu tun. So was darfst du doch nicht allen Ernstes von einem Freund verlangen!«

Ich versuchte das Thema zu wechseln, das sah mir zu arg nach Meinungsverschiedenheit aus:

»Hat Bene sonst noch was gewusst?«

»Äh nein, oder doch, wegen dem Finger, der Finger passt gar nicht zu dem Jungen, der im Koma liegt.«

»Was, das gibt's doch nicht. Wem gehört der dann?«

»Keine Ahnung. Aber weißt du, wer der Junge ist? Wohl einer von deinen Schülern.«

»Das weiß ich mittlerweile auch, er ist aber in der Para-Klasse. Woher weißt du das?

»Also, was ich weiß, ist Folgendes: Er ist in Sigmaringen an deiner Schule, Schreiner oder Tischler, irgend so ein Holzzeugs halt. So hat es mir Bene gesagt, natürlich hat er keine Namen genannt. Auf jeden Fall war wohl die Mutter des Schülers da und hat geklagt, dass ihr Sohn so viel in der Schule verpassen würde. Im Gespräch kam dann wohl heraus, dass er Tischler in Sigmaringen lernt. Und sei bitte Bene nicht böse, er hat es doch nur gut gemeint. Du weißt, er gehört zu unseren besten Freunden und würde alles für dich tun, aber so etwas doch nicht!«

Mit Bene hatte ich noch ein Hühnchen zu rupfen.

10 GLK1

We don't need no education
We don't need no thought control
No dark sarcasm in the classroom
Teacher, leave them kids alone
Hey! Teacher! Leave them kids alone!
All in all it's just another brick in the wall
All in all you're just another brick in the wall
(Pink Floyd, Another brick in the wall)

Nicht, dass es mir lästig gewesen wäre, aber eine Gesamtlehrerkonferenz am Donnerstag um 15:00 Uhr, also an einem meiner freien Tage, musste ja nun wirklich nicht sein. Aber so ist es, das Lehrerleben, nicht nur heiter. So war ich fast pünktlich. Alle Kollegen waren schon versammelt, als ich in das schöne Lehrerzimmer eintrat. Mein Rektor, der stehend eine PowerPoint-Präsentation moderierte, sah mich strafend an und tippte kurz auf seine Uhr.

Ich flüsterte ihm die gewünschte Information zu:
»15:32 Uhr.«

Er schien mich missverstanden zu haben, schüttelte ärgerlich sein rundliches Haupt. Drei Damenhände fuchtelten mir zu, sie hatten mir einen Platz freigehalten. Ich wählte Hilde, meine sportliche Dorfmitbewohnerin. Sie war sehr dankbar, dass ich sie erwählt hatte, und immer, wenn sie mir etwas zuflüsterte, legte sie ihre Hand auf mein Knie.

Die Tagesordnungspunkte hörten sich interessant und spannend gleichermaßen an:

TOP 1: Neuzugänge – den hatte ich wohl verpasst; TOP 2: Leitbild – Evaluationsbedarf; TOP 3: OES – Istzustand, Bedarf; TOP 4: Raucherecke; TOP 5: Sonstiges; TOP 6: Gemütlicher Ausklang.

Von alldem verstand ich nichts. Außer vom gemütlichen Ausklang. Mit einem acht-Stunden-Deputat musste und konnte man auch nicht alles wissen. Anderen schien es ebenso zu gehen. Während der Rektor sich mit seiner PowerPoint-Präsentation abstrampelte, spielten viele der Kollegen mit ihren Smartphones unter den Tischen, andere schrieben etwas ab, vermutlich Hausaufgaben, wieder andere beschrieben kleine Zettelchen und verlangten, dass man sie an die Adressaten weiterleitete, einige vesperten auch nebenher, die weiblichen Kolleginnen waren meist mit beruhigenden Bastelarbeiten beschäftigt. Ich hatte leider nichts dabei, was mich die nächsten drei Stunden beschäftigen konnte, daher ritzte ich mit meinem Messer ein Herzchen für Cäci in den noch jungfräulichen Tisch, und als ich gerade beim zweiten C von Cäci angekommen war, schreckte ich hoch.

»Schlaf doch nicht, der Chef schaut schon ganz kritisch zu dir her!«

Hilde kniff mich ins Knie. Erschreckt wollte ich mein Messer wegstecken, hatte aber gar keins in der Hand.

Der gemütliche Ausklang war dann das Beste an der ganzen GLK. Ich erfuhr vom Holzkollegen Gerd Strumpf, dass die Abteilung Holz in der Nähe von Beuron ein Floß liegen hätte. Eine Projektarbeit mit dem BEJ. Das Floß könne man von ihm jederzeit bekommen, er habe den Schlüssel. Das interessierte mich sehr, das wär doch was für die junge Familie. Gerd Strumpf, der von meinem Whisky-Cola-Einstand mehr als überzeugt war, führte mich abschließend in seine Werkstatt, wo er mir feierlich den Schlüssel für das Schloss, das das Floß am Ufer der Donau sicherte, übergab.

11 FLUSSFAHRT

Samstag, 16. Juni, nachmittags, auf der Donau zwischen Beuron und Inzigkofen und am Amalienfelsen

Rolling, rolling, rolling on the river
If you come down to the river
Bet you gonna find some people who live
You don't have to worry 'cause you have no money
People on the river are happy to give
(Creedence Clearwater Revival, Rolling On the River)

Träge bewegte sich das Floß auf dem Fluss. Die Abenddämmerung zauberte eine eigenartig melancholische Stimmung ins Tal der jungen Donau. Die schroffen Kalksteinfelsen lugten immer wieder nackt aus dem mittlerweile dämmerungsdunklen Grün des steilen Tals. Langsam zog die dichte Ufervegetation an uns vorbei.

Korbi schlief schon in seinem Autokindersitzchen, das ich vorsichtigerweise an einem Schwimmreif befestigt hatte. Zusätzlich trug Korbi noch Schwimmflügelchen. Da konnte man nicht sicher genug gehen.

Zunächst hatte Cäci gezickt, es sei noch so viel Arbeit in der Praxis. Als das bei mir nicht zog: Ob das Korbi überhaupt guttun würde, ob das überhaupt erlaubt sei, nachts mit einem Floß auf der Donau herumzuschippern. Naturschutz, brütende Enten, Schwäne und Fische. Ich sagte, dass mir die Brüter scheißegal seien, die Chance, mit einem Floß die Donau zu befahren, wäre einmalig. Ich konnte Cäci letztendlich von der Notwendigkeit sinnvoller, nicht nur multimedial geprägter Freizeitgestaltung überzeugen. Bene fuhr uns zum oberen Anlegeplatz des Projekt-Floßes.

In Benes Daimler ging es dann kurz etwas heftiger her, da ich mit ihm noch das Hühnchen zu rupfen hatte zwecks ärztlicher Schweigepflicht und so. Ich empfand es als Affront, dass er Cäci in die Sache involviert hatte, quasi hinter meinem Rücken. Mir war von vornherein klar, dass Cäci dem Eingriff nie zugestimmt hätte. So sind Frauen nun einmal. Kaum rational, immer emotional. Eigentlich: den Eingriffen. Und *nicht nötig* ist für mich kein Argument. Natürlich war nichts Akutes. Aber genau darum ging es ja. Ich wollte das Akute vermeiden. Als junger Vater hatte ich da meinem Körper gegenüber eine ganz besondere Verantwortung. Und Vorsorge ist besser als Nachsorge. Und wenn Dr. Bene, Chirurg von Gottes Gnaden, König des Bad Saulgauer Krankenhauses, nicht so rumgezickt hätte, wären die Eingriffe auch ruckzuck erledigt gewesen. Maximal eine Nacht noch im Krankenhaus. Da hatte ich mich schon im Internet schlaugemacht, schließlich ging es ja um mich. Aber er hatte sich vehement dagegen gewehrt, mir prophylaktisch die Mandeln und den Blinddarm zu entfernen, eventuell auch die Nasenpolypen. So etwas Dummes hätte er noch nie gehört. Ich sagte ihm nur, und da musste er mir erst mal das Gegenteil beweisen, nämlich dass, statistisch gesehen, mehr Menschen an einem geplatzten Blinddarm stürben als an einem prophylaktisch heraus operierten. Und bestimmt stürben mehr Menschen an den Folgen vereiterter Mandeln als an den Folgen einer prophylaktischen Mandeloperation. Jedes Kind weiß heute, selbst meine Schüler, dass vereiterte Mandeln auf das Herz gehen. Und das Herz ist ja nicht gerade das unwichtigste Organ des Menschen. Auch das wissen meine Schüler! Der studierte, promovierte Daimlerfahrer Dr. Benedikt Bein aber offensichtlich nicht. Meine glänzende Argumentation wurde von ständigen Ooohs und Aaahs meiner Lebenspartnerin kommentiert. In meinem Rücken spürte ich auch ganz deutlich ihre Augenverdreher. Der einzig Faire in dieser Diskussion war mein Sohn Korbinian T. Rex. Er enthielt sich jeglichen Kommentars, weil er an seinem Stoffzebra herumlutschte. Als Wiedergutmachung für den Vertrauensbruch verlangte ich Informationen von Bene über das

Komaopfer. Nur widerwillig, quasi wie Würmer aus der Nase, kam ich zu spärlichen Ergebnissen.

Meinen Chevy mit dem Zelt hatte ich flussabwärts an unserem Übernachtungsort beim Amalienfelsen geparkt. So war der Plan: Floßfahrt von der oberen Anlegestelle bis zum Amalienfelsen bei Inzigkofen, Übernachtung am Felsen im Aldi-Zweimannzelt.

»Du hast gesagt, wir sind spätestens um 18 Uhr am Amalienfelsen. Es wird aber jetzt schon Nacht.«

Es war kein Vorwurf, Cäci war erstaunlich relaxt. Sie kraulte durch mein dichtes schwarzes Haar.

»Wenn wir nicht ständig am Ufer hängen geblieben wären, dann wären wir schon längst am Amalienfelsen.«

»Wenn, wenn, wenn ... ist doch herrlich, so dahin zu treiben.«

»Für dich schon.«

Das Floß war gerade wieder knirschend auf eine Kiesbank aufgelaufen. Ich sprang auf und drückte es mit der Holzstange wieder zur Mitte des niedrigwasserigen Flusses.

»Was ist das Helle da vorn?«

Mittlerweile war es fast dunkel. Einige hundert Meter vor uns stand eine helle Wand im Fluss.

»Das ist er endlich.«

»Der Amalienfelsen?«

Ich nickte in die Dunkelheit und machte mich als Kapitän bereit für das schwierige Anlegemanöver. Direkt am Fels sei die Strömung unberechenbar, hatte mich der Holzlehrer und Hobby-Flößer Gerd Strumpf gewarnt. Mit einem geschickten, fast schon genialen Manöver schaffte ich es jedoch, an der geplanten Stelle, rechts am Ufer, einen dunklen, trägen Strudel umschiffend, gefährlichen Untiefen ausweichend, direkt am Amalienfelsen auf dem Kiesstrand zu landen. Ich musste, kräftig mit der Stange stochernd, ein letztes stromschnellenquerendes Manöver vollenden, um nicht auf das gegenüberliegende Ufer abgetrieben zu werden. Dann endlich das befreiende Knirschen von Holz auf Donaukies. Cäci sprang mit dem Seil in der Linken, Korbi auf dem rechten Arm grazil vom schaukelnden Gefährt und half mir, das schwere Floß auf den Strand zu ziehen. Hier wollte es der Holzkollege Gerd Strumpf am morgigen Sonntag übernehmen. So war es abgemacht.

Korbi, unser Erstgeborener, bekam von alledem nichts mit, er war ein ausgezeichneter Schläfer. Der Aufbau des Zelts, vor allem die Auswahl des Standortes sorgte dann doch noch für leichte Unstimmigkeiten. Cäci wollte das Minizelt direkt neben dem Chevy am Fuß des mächtigen Felsens aufschlagen. Ich bestand darauf, das Zelt oben auf den Fels zu stellen.

»Ich kraxle doch nicht mitten in der Nacht diesen Fels hoch. Mit Korbi auf dem Arm! Spinnst du?«

»Da muss man nicht klettern. Ein Stück nach vorn, da gibt es einen Weg, dann kann man sanft von hinten her aufsteigen. Ich war als Kind mit meinen Eltern öfters hier. Sonntagsausflug.«

»Sanft von hinten her! Fahren geht nicht?«

»Tolle Idee.«

Der schwere Chevy Impala war geländegängiger als ich dachte. Ich musste nur aufpassen, dass ich in der Baumallee, die zum Gipfel des Felsens führte, nicht mit den Außenspiegeln an einem Baum hängen blieb. Zumal ich aus Gründen der Vorsicht kein Licht eingeschaltet hatte.

Das Aldi-Zelt war genial. Man musste es nur aus der Verpackung nehmen und auf den Boden schmeißen. Zwei Stangen rein – fertig. Auf der obersten Spitze des Felsens hatten wir unsere dünnhäutige Burg. Cäci lief, vorsichtig meine Hand umkrampfend, zur ungesicherten Felskante. Unten schlängelte sich die nächtliche Donau.

»Uuuiii, das geht aber ganz schön weit runter.«

Korbi und sein Stoffzebra legten wir im engen Zelt zwischen uns. Aus Decken und Handtüchern formten wir ein Nestchen.

»Wenn Korbi nachts loskrabbelt und vom Fels fällt?«

»Der krabbelt nicht los, ich merke das.«

»Und wenn doch? Außerdem wachst du bestimmt nicht auf. Ich werde wieder wach liegen, bei deinem Geschnarche!«

»Dann merkst du ja, wenn er rauskrabbelt.«

»Und wenn ich doch einschlafe?«

»Dann bekommt er den Reißverschluss des Zelts nicht auf.«

»Wenn der aufreißt, wenn Korbi dagegen drückt … das gibt es oft.«

»Dann wird er nicht gerade zum Abgrund hin krabbeln.«

»Wenn doch?«

»Okay!«

Ich befreite mich aus dem knisternden Gewurstle meines Schlafsacks und kam mit einem großen Stein und einem Seil wieder. Vorsichtig band ich, auf ausreichend

Spiel achtend, das Seil um Korbis feisten Leib. Das andere Ende des Stranges befestigte ich mit einem sicheren Knoten am schweren Stein.

»Gute Nacht.«

»Gute Nacht, Schatz.«

»Mpf.«

»Mpf.«

Zwei Küsschen für unseren mittigen Schatz.

»Schläfst du schon, Dani?«

»Chrrrr, chrrrr.«

»Hei, Dani, schläfst du schon?«

»Chrrrr, chrrrr.«

»Hei, Dani, sag doch, schläfst du schon? Ich kann nicht schlafen!«

»Chrrrr, chrrrr.«

»Mensch, Dani, du schnarchst! Und ich liege auf einem Stein oder so was, außerdem ist alles schräg! Und der Schlafsack ist viel zu warm!«

»Chrrrr, chrrrr.«

Cäci befreite sich aus ihrem daunenen Schlafbehältnis.

Vorsichtig, um die männlichen Schläfer nicht zu wecken, öffnete sie den Reißverschluss des Zelts. Ebenso vorsichtig verschloss sie ihn wieder hinter sich, damit Korbi mit dem Stein und dem Seil nicht aus dem Zelt krabbeln konnte, um sich in die Tiefe zu stürzen.

Aus dem Chevy holte sie die feuchtkalten Jeans, zog ein Sweatshirt von Dani über und die Schuhe an. Sie brauchte einen Spaziergang, sonst würde sie nicht mehr einschlafen können. Zunächst lief sie durch die kühle Nacht zur Donau hinunter. Vom Ufer aus beobachtete sie, wie das dunkle Wasser in spiegelnden Strudeln den Fels umspülte. Das machte sie auch nicht müder. Ein bisschen joggen, den Wanderweg hoch. Je besser ihre steifen Knochen in Trab kamen, desto mehr Spaß machte es ihr, steil bergan den Wanderweg zu laufen. Dann kam die steinerne Brücke. Wie ein breiter schwarzer Balken überquerte sie die enge Schlucht. Noch kurz über die Brücke, dann wieder zurück. Mitten auf der Brücke blieb sie stehen. Unheimlich. Die eigenartige Form der Brücke. Sie schaute in die Dunkelheit nach unten, um die Donau zu sehen. Beugte sich weit über die steinerne Brüstung. Versuchte, das Dunkel zu durchdringen.

Eine dunkle zitternde Hand griff nach ihr. Cäci schrie spitz auf, schreckte nach hinten. Lachte. Der Wipfel einer Tanne wankte ihr sanft entgegen. In der Dunkelheit hatte ihr das räumliche Sehen einen Streich gespielt. Fasziniert blickte sie auf den Tannenwipfel unter ihr. Noch nie hatte sie eine Tanne von oben gesehen.

Sie wollte gerade umkehren, als sie das Klirren hörte. Flaschen, als ob Flaschen aneinander geschlagen würden. Cäcis Neugierde siegte, sie überquerte die steinerne Brücke, schritt vorsichtig durch einen eigenartigen Steintunnel. Vor ihr Dunkelheit und der gewundene Wanderweg. Deutlich hörte man nun Stimmen. Irgendjemand schien um diese Zeit noch am Feiern zu sein. Cäci hatte keine Uhr dabei. Einen heimlichen Blick auf die Zecher wollte sie dennoch riskieren. Wieder Klirren von Flaschen, die heftig aneinandergestoßen wurden. Cäci verließ den einsichtigen Wanderweg, um im Schutz von Bäumen und Büschen die nächtlichen Trinker beobachten zu können. Hinter einer steilen, mit dichten Büschen und jungen Tannen bewachsenen Geländebiegung öffnete sich der Hang zu steilen Felsformationen hin.

Cäci duckte sich hinter die Büsche.

Jugendliche hatten in einer hohen, aber nicht tiefen Felsaushöhlung ein Lagerfeuer gemacht. Einige lagen auf dem Boden, andere saßen auf Bierkisten. Es waren nicht mehr als zehn, auf den ersten Blick schienen alle männlich zu sein. Ganz normale Jugendliche, vermutlich Komasäufer. Sie wollte sich gerade wieder leise zurückziehen, als ihr auffiel, was eigenartig an der Szene war. Alle waren sie, soweit das im Schein des Feuers zu erkennen war, dunkel gekleidet. Und alle trugen sie Jacken mit Kapuzen, die über die Köpfe gezogen waren. Plötzlich wurde es still. Eine Person erhob sich, forderte die Aufmerksamkeit. Die anderen setzten sich. Mit hohler, gespenstischer Stimme sagte er etwas, was Cäci auf die Entfernung nicht verstand. Er deutete auf einen offensichtlich betrunkenen Jugendlichen, der am Boden lag, und auf ein Holzbeil, das in einem Baumstumpf steckte. Cäci wurde die surreal anmutende Szene zu gespenstisch. Vorsichtig zog sie sich zurück und trat auf den Ast, der unter ihr mit einem lauten Knacken zerbrach.

12 OPFERTIER

> *I left alone, my mind was blank*
> *I needed time to think*
> *To get the memories from my mind*
> *What did I see? Can I believe?*
> *That what I saw that night*
> *Was real and not just fantasy*
> *666, the number of the beast*
> *Hell and fire was spawned to be released*
> (Iron Maiden, The number of the Beast)

Sie hatten sich im Park versammelt. Dort, wo der mächtige Kalksteinfels eine große, schützende Einbuchtung formte. Die Kapuzen ihrer schwarzen Jacken hatten sie über den Kopf gezogen. Das Lagerfeuer brannte unter dem Felsvorsprung, knackend explodierte feuchtes Holz. Den Rauch würde niemand sehen. Sie waren acht, noch. Ganz nahe am Feuer stand der Holzstumpf. Darin steckte schräg das Beil.

Der Anführer stand auf, er wirkte älter als die übrigen und zeigte auf das Bündel am Boden. Im zuckenden Licht des nervösen Lagerfeuers war das Gesicht des Stehenden unter der tief in die Stirn gezogenen Kapuze nur zu erahnen. Er hatte sich so zum Feuer gestellt, dass der schwarze, monströse Schatten seiner Gestalt unruhig zitternd auf die gewölbte Felswand projiziert wurde. Theatralisch hob er die Hände, sein Schatten mutierte zu einer gigantischen, flatternden Fledermaus, seine Stimme klang hohl:

»Hebt ihn auf!«

Ein Jugendlicher schreckte hoch:

»Was war das, da ist jemand im Wald, da hat's geknackt!«

»Schau nach, vermutlich der Fuchs.«

»Es ist kuhnacht da unten, man sieht doch nichts!«

Der Jugendliche schlich zum dunklen Gebüsch. Die anderen schwiegen. Der Junge kam kopfschüttelnd zurück, setzte sich wieder auf die Bierkiste.

»Kuhnacht, ich habe nichts gesehen!«

»Da wird schon niemand sein.«

Der Meister hob noch einmal beide Arme in die Höhe.

»Hoch mit ihm, zum Richtpflock!«

Das Bündel wimmerte:

»Lasst mich in Ruhe, ich habe das nur so gesagt, ich will nicht aussteigen. Ich tu alles, was ihr wollt! Ich schwör's!«

Die letzten Silben gingen im Schluchzen des Jungen unter. Der Anführer deutete mit einer übertrieben verlangsamten Geste zum Holzpflock vor dem knackenden Feuer. Der Junge schrie mit sich panisch überschlagender Stimme:

»Nein, das könnt ihr nicht machen!«

Zwei der dunkel gekleideten Kapuzenträger packten auf ein Zeichen des Meisters hin den Jungen unter den Armen, zogen ihn ohne erkennbare Gegenwehr zum Feuer und legten seine Hand auf den Holzstumpf. Der Junge schrie auf, die Hand war so nahe den Flammen, dass die Härchen sofort versengt wurden.

Die Schattengestalt an der Wand wurde schlagartig größer. Der Anführer hatte beide Hände über den Kopf gestreckt. Mit einer schnellen Bewegung wurde das Beil von einem der Begleiter aus dem Holz gezogen und nach oben gerissen. Der Meister gab das Zeichen.

Der übermächtige zuckende Schemen an der Felswand wurde schlagartig kleiner, als der Anführer seine Arme senkte. Das Beil zischte zur Hand auf dem Holzpflock.

Der Junge schrie wie ein Tier.

Der Schatten richtete sich wieder zur vollen Größe auf, die Arme schwebten in die Höhe, wie ein Giftstachel zeigte die Spitze eines Dolches drohend in den nächtlichen Himmel.

»Das war die letzte Warnung. Steh auf, du weißt, was du zu tun hast«, dröhnte es hohl in die Dunkelheit hinaus.

Wankend richtete der Junge sich auf und starrte auf seine gerötete, aber unversehrte Hand. Die Brandblasen würde er verschmerzen können.

»Danke, danke, Meister! Ich tu alles, was du willst!«

Der dunkle Schatten zeigte mit der gelblich blitzenden Klinge des Dolchs auf den Jungen:

»Du weißt, was du zur Sühne zu tun hast, du kennst unsere Regeln. Tu es jetzt! Tu es sofort! Breche nie wieder die Regeln. *Tu, was du willst, soll sein dein ganzes Gesetz!*«

»Ja, ja, Meister, ich tu alles, alles, was du willst! Nie wieder, nie wieder breche ich die Regeln«, kam es mit hysterischem Lachweinen aus dem bebenden Mund.

Der Anführer zeigte mit der Spitze des Dolches zum Beil.

Der Junge zog das Beil, das ihn gerade noch bedroht hatte, aus dem dunklen Holz.

»Sieh das Zeichen, berühre es. Auf dieses Zeichen hast du geschworen. Erinnere dich. Berühre es!«

Der Junge fuhr mit zitternder Hand, fast zärtlich, mit Zeige-, Mittel- und Ringfinger über das eingravierte Zeichen.

666!

»Halt, nimm das mit! Du weißt, wozu!«

Der Meister warf dem Jungen ein kleines Schächtelchen zu. Dieser schaute noch einmal zum gespenstisch beleuchteten Richtpflock mit den dunklen Flecken. Dann rannte er in Richtung des Wanderweges durch den nächtlichen Wald davon.

Am Rande des Waldes beim Parkeingang stand, an eine Kastanie gelehnt, die Kreidler Florett, die sein Vater so liebevoll für ihn restauriert hatte. Der Zweitakter sprang nach einem energischen Tritt in den Kickstarter sofort an. Eine helle Rauchfahne hinter sich lassend, kreischte das Moped durch das Dunkel zur schwarz glänzenden Donau hin. Der Junge fuhr ohne Licht und Helm über die Feldwege.

Dann hatte er sein Ziel erreicht, den Schwarzen. Es war einfacher, als er gedacht hatte. Der Schwarze schien zu schlafen. Mit einem Schlag hatte er ihm den Schädel gespalten. Er zuckte noch kurz mit den Beinen, ein Röcheln beendete sein junges Leben.

Dann begann die eigentliche Drecksarbeit. Als er unter Keuchen und Ächzen den dunklen Kopf vom Rumpf trennte, murmelte er zwischen den knirschenden Zähnen hervor:

»Kuhnacht, bei denen im Kopf ist kuhnacht!«

13 MINIBASILIKA

Sonntag, 17. Juni, morgens, Basilika St. Georg im Donautal, bei Thiergarten

Schließ jetzt deine Augen. Hochzeit halten wir.
Schnuppen falln vom Himmel, noch schläft der große Bär.
Wünsch uns in ein Mondschiff, das seinen Kurs nicht hält
und weiterfliegt bis an den Rand der Welt.
(Franz Josef Degenhardt, Hochzeit)

Benediktinerpater Benjamin war an diesem herrlichen Sonntagmorgen mit seinem grünen VW Golf 3, Sondermodell Bon Jovi, vom heimatlichen Kloster an der Donau entlang zur St. Georgs-Kapelle nach Thiergarten gefahren. Die Kapelle ist die kleinste dreischiffige Basilika Europas, und so stolz stand sie auch an diesem Morgen im engen Donautal. Schlicht wurzelte sie als Zeugin der Übergangszeit von der Gotik zur Renaissance im feuchten Donaugrund.

Auf der Hinweistafel konnte man lesen, dass die Kapelle die kleinste Basilika nördlich der Alpen sei.

Das Innere war im Sinne klerikalen Understatements eher spartanisch ausgestattet. Der Namenspatron St. Georg blickte von der rau verputzten Wand in die Basilika hinein. Heute, so schien es, besonders sorgenvoll. Sein Kompagnon, der Heilige Sebastian, leistete ihm Gesellschaft. Auch er blickte heute leicht verunsichert ob des Szenarios, das sich ihm bot. Zwischen den beiden hing der

Gekreuzigte. Die Bilder von Andreas Vogel, das gotische dunkle Chorgestühl und ein barock anmutender Hochaltar vermochten es nicht, die beiden Heiligen milder zu stimmen.

Vor der Minibasilika fand der Pater das ratlose Brautpaar vor. Die Braut hatte rotgeweinte Augen. Die wenigen, früh angereisten Gäste und die Trauzeugen standen schweigend da, als der Pater, der das Sakrament der Ehe verbunden mit einer Eucharistiefeier auf speziellen Wunsch des äußerst religiösen Pärchens an diesem Sonntag an diesem romantischen Ort spenden sollte, aus dem sportlichen Fahrzeug stieg.

»Was ist denn mit Ihnen los? Sie sehen mir aber nicht wie eine glückliche Braut aus!«

Der Bräutigam zeigte auf die geöffnete Tür des Gotteshäuschens. Mit belegter Stimme formulierte er:

»Die Polizei ist schon verständigt.«

Alle schauten zur geöffneten Tür.

Zügig schritt der Pater durch die Öffnung und kehrte mit auffallend hellem Teint wenige Sekunden später wieder zu den Schweigenden zurück.

»Das ist ja schrecklich!«

14 HOCHZEITSPLÄNE

Sonntag, 17. Juni, morgens, im Donautal auf dem Amalienfelsen, später bei der Basilika St. Georg

Ja, dann reichst du mir die Hand
Und du siehst so glücklich aus,
Ganz in Weiß mit einem Blumenstrauß.
Ja, dann reichst du mir die Hand
Und du siehst so glücklich aus,
Ganz in Weiß mit einem Blumenstrauß.
Ganz in Weiß so gehst du neben mir
Und die Liebe lacht aus jedem Blick von dir.
(Roy Black, Ganz in Weiß)

Korbi war nicht davongekrabbelt und den Felsen hinunter in die Donau gestürzt. Beide waren wir froh, vor allem ich, weil Cäci noch tief ins Reich der Träume eingetaucht schien. Korbi strahlte seinen Baba an. Ich fasste vorsichtig ins Mündchen, er saugte ebenso begeistert wie herzhaft an. Ein Zähnchen, das könnte ein Zähnchen sein. Ich befreite den strahlenden Wonneproppen vom Seil und dem Stein und trug ihn, ohne Cäci zu wecken, zum Impala. Auf einem kleinen Gaskocher bereitete ich zwei Frühstücke. Für meinen Sohn erwärmte ich im Wasserbad ein Gläschen eines selbstgemachten Karotten-Kartoffel-Geflügel-Pürees. Der Gläscheninhalt wurde mir etwas zu warm, und so briet ich mir eine dicke Scheibe Fleischkäs an und legte ein Spiegelei darauf, um mit meinem Sohn gemeinsam frühstücken zu können. Ein Strammer Max am Morgen ist nicht

zu verachten. Korbi sah das bei unserem Männer-Früh-
stück ebenso. Immer wieder griff er in meine Spezialität,
um mir zu signalisieren, ein weiteres Ministückchen, aber
nur mit Ei, in seinem fordernden Göschchen verschwinden zu lassen. Das machte er ganz geschickt ohne Zähne.

»Morgen. Machst du mir auch einen?«

»Was hast du denn an, hast du so geschlafen?«

»Ich war noch unterwegs heute Nacht, konnte nicht
schlafen. Machst du mir auch einen?«

Sie nickte zu meinem Frühstück.

»Was?«

»Frag nicht so blöd, einen Strammen Max!«

»Kannst meinen haben, ich brate nochmal einen. Korbi
mag ihn auch.«

Die Mama war schon längst bei ihrem Söhnchen und
hatte ihn auf ihrem Schoß drapiert. Weit über der Donau
auf dem majestätischen Amalienfelsen nahmen wir, auf
den wenigen Grasbatzen sitzend, ein deftiges Frühstück
zu uns.

Cäci hockte sich neben mich, den Kleinen eng umschlun-
gen, schaute nachdenklich zur Donau hinunter, die sich
freundlich auf uns zu schlängelte.

»Das war doch eine tolle Idee.«

Fleischkäsebratenderweise nickte ich. Umdrehen. Ei
aufschlagen, daneben platzieren. Ei auf Fleischkäse. Fertig!

Schweigend saßen wir da, nur Korbi wurde plötzlich
rabiat. Er bekam einen roten Kopf und brüllte.

»Ich wickle ihn geschwind frisch.«

Ich zog Korbi zu mir und schüttelte energisch den
Kopf:

»Nein, lass mal, ich mach das. Iss in Ruhe.«

Während ich Korbi frisch machte, erzählte Cäci von ihrem nächtlichen Erlebnis. Zu alledem schwieg ich, machte mir jedoch meine Gedanken. Die verschmutzte Windel befüllte ich mit dem Stein, der Korbi nächtens gesichert hatte, und warf sie in weitem Bogen in die Donau.

»Sag mal, spinnst du?«

Meine Ökologin tippte nervös gegen ihre Stirn.

»Denkst du, ich fahre die stinkende Windel im Chevy spazieren?«

Ich hatte auch Zeigefinger und Stirn.

»Mein Gott, ist das schön hier, voll romantisch.«

Meine Schöne zog mich zu sich herunter, biss mir ins Ohrläppchen und gurrte:

»Gibt's hier auch Kirchen?«

»Ich sehe keine.«

»Depp! Hier in der Nähe.«

»Warum?«

Ich ahnte die Antwort. Das wär doch schön, hier irgendwo im Donautal zu heiraten. Und in der Mühle in Dietfurt dann das Essen.

»Hmmm.«

»Du bist doch Theologe, du musst doch wissen, wo man hier heiraten kann!«

»Da gibt es unterschiedliche Möglichkeiten. Ganz toll ist die Klosterkirche der Benediktiner. Ganz eigener Stil, ich glaube, das heißt sogar Beuroner Stil. Kommt ein bisschen wie der Jugendstil daher. Auf jeden Fall eine wunderbare Kirche. Und da könnte ich bestimmt was drehen. Ein Sigmaringer Kollege unterrichtet auch wenige Stunden Holz, der Pater Benjamin. Pfarrer Pater Benjamin. Gar keine schlechte Idee. Beuron? Hmmm?«

Cäci rückte noch näher an mich heran, sie gestattete sogar einen kühnen Griff unter mein Sweatshirt, das sie immer noch trug.

»Sollen wir da gleich vorbeifahren, wenn wir das Zelt abgebaut haben?«

»Hmmm, geht mir alles ein bisschen zu schnell.«

Cäci zog auch meine zweite Hand unter das Gewand.

»Okay, gute Idee. Wir müssen Nägel mit Köpfen machen.«

Sanft zog sie meine frustrierten Hände wieder unter dem Sweatshirt hervor.

»Gut, lass uns gleich aufbrechen zu deinem Pater.«

Korbi thronte auf der breiten Rückbank im Kindersitzchen und ließ sich, mit einem Piratentuch geschützt, den Fahrtwind um die Ohren streichen. Hingebungsvoll lutschte er an seinem Stoffzebra.

Vom Bahnhof Inzigkofen aus, der idyllisch und einsam im Tal liegt, fuhren wir über Gutenstein nach Thiergarten Richtung Beuron. Am Bahnhof Thiergarten fiel es mir ein, ich wendete den schweren offenen Wagen.

»Was ist?«

»Die Basilika!«

»Was für eine Basilika?«

»Die Dingens-Basilika, ich weiß nicht mehr, wie die heißt.«

»Ich will in keiner Basilika heiraten, das ist mir nicht romantisch genug!«

»Die ist romantisch, die ist der Hammer, das ist die kleinste Basilika der Welt oder so. Wurde ich sogar in der Theologie-Prüfung gefragt. ›Sie stammen doch aus der

Gegend, Sie kennen doch Beuron, dann kennen Sie doch die kleinste dreischiffige Basilika …‹«

»Das hast du gewusst?«

»Nein. Kirchengeschichte: fünf!«

»Dachte ich mir!«

»Da schauen wir hin, die liegt wildromantisch. Innen, wenn ich mich richtig erinnere, ganz schlicht.«

»Woher weißt du das?«

»Das willst du nicht wissen!«

»Woooher weißt du das?«

»Okay, ich hatte mal eine Bekannte in Thiergarten.«

»Aaahhaa! Bekannte! Alles klar! Wie lang warst du bekannt mit ihr?«

»Ungefähr ein halbes Jahr. Ich war noch jung!«

»Bist du immer noch, vor allem da oben!«

Die Tippbewegung.

Mittlerweile waren wir fast wieder am Ortseingang, bogen nach rechts ab und überquerten die Donau auf einer schmalen Brücke. Am Käppeler-Hof stellte ich den Chevy ab, da vor der Kapelle Autos und Menschen standen. Cäci klatschte vor Freude in die Hände:

»Oooh, wie schön, eine Hochzeit, oooh das Brautkleid, Wahnsinn, ist das schön hier!«

Bevor ich den Zündschlüssel abzog, küsste sie mich heftig auf die rechte Wange.

»Oooh, Dani, hier, bitte lass uns hier heiraten!«

»Zuerst mal schauen. Die sehen nicht sonderlich glücklich aus.«

Mit Korbi auf dem Arm näherten wir uns der betröppelt dastehenden Gruppe. Aus dem Inneren der Kirche trat ein Mann in Mönchskutte. Er sah bleich aus und sagte:

»Das ist ja schrecklich!«

Ich kannte den Herrn, so ein Zufall, und winkte ihm zu.

»Herr Bönle, was machen Sie denn hier, gehören Sie auch zu den Hochzeitsgästen?«

Mein Kollege Pater Benjamin erklärte mir die Situation. Entsetzt lauschte Cäci. Nach langen Erklärungen wollte ich mir ein eigenes Bild von der Situation machen. Der benediktinische Pfarrer ließ jedoch nicht zu, dass noch irgendjemand das Gotteshaus betrat. Ich gab Cäci ein geheimes Zeichen, den Pfarrer abzulenken. Der Pfarrer schien ein echter Mann Gottes zu sein, schnell hatte ihn Cäcis Charme umgarnt.

Ich schlüpfte durch die Tür in das Innere der Kirche. Das sah wirklich nicht schön aus. Überall an der Wand waren dunkelbraune okkulte Zeichen zu sehen. Und mitten auf dem barocken Altartisch lag der Kopf. Ein gehörnter Kopf. Der Kopf eines jungen Bullen. Die dunklen Augen blickten trüb ins Kircheninnere, eine bläuliche Zunge hing aus dem Maul. Das schwarze Fell glänzte.

Komischerweise fiel mir in diesem Augenblick die Geschichte ein, die mir einmal die ehemalige *Bekannte* erzählt hatte, als wir hinter der Kirche in der Wiese lagen:

In der kleinen Basilika lag früher, vor ganz langer Zeit, eine runde, radgroße Scheibe aus Eichenholz, die bunt angemalt war. Eine geheimnisvolle Reliquie war darin verborgen. Diese Eichenscheibe hatte wundersame Kräfte: Wenn jemand in der Donau ertrunken war und niemand ihn finden konnte, warf man die bunte Scheibe mit der Reliquie einfach ins Wasser. Wie durch Zauberkraft gelenkt fand sie dann genau die Stelle, wo der bedauernswerte Ertrunkene lag. Die Angehörigen konnten ihn nun bergen und anständig beerdigen. Im 17. Jahrhundert ging dann diese wundersame Eichenscheibe leider verloren. Heute könnte man viel Geld damit machen.

Ich krustelte zwischen den Kaugummis, Kaugummipapierchen und den alten, eingewickelten Kaugummis *Mentifresh extra strong* in der Innentasche meiner Jeansjacke nach meiner kleinen Kamera. Alles wurde abgelichtet, jedes Symbol, jede Zahl, jedes Schriftzeichen und der Kopf des unglücklichen jungen Stiers.

Das polizeiliche Signalhorn, von der Donautalstraße her kommend, ließ mich den Rückzug antreten. Ich gab Cäci ein Zeichen. Pater Benjamin, auf dessen Armen Korbi aufgeregt mit einem Rosenkranz herumfuchtelte, konnte sich kaum von Cäci losreißen.

»Komm, Cäci, wir verschwinden, die brauchen uns hier nicht zu sehen. Wehe, die Blonde ist dabei.«

Der Fluchtweg war uns jedoch schon abgeschnitten, vom Gehöft her hörte ich die Sirene des Polizeifahrzeugs. Ich zog Cäci mit Korbi schnell hinter die Basilika in den kleinen Friedhof. Vielleicht gab es dort eine Flucht- oder Versteckmöglichkeit. Am Seitenschiff entdeckte ich die eingeschlagene Glasscheibe des länglichen Fensters.

»Da ist er eingestiegen!«

»Wer?«

»Frag doch nicht immer so dumm – der Täter!«

»Aha, kann ja nur ein Mann sein. Schau dir mal das schmale Fenster an.«

»Du würdest da auch durchkommen.«

Anerkennend klopfte mir meine Cäcilia auf den Hintern.

»Oooooh, Danile, hier will ich trotzdem heiraten, das ist so romantisch hier! Bis dahin ist doch wieder alles in Ordnung. Das waren bestimmt nur ein paar verrückte Jugendliche hier aus der Gegend. Ich habe schon mit Pater Benjamin geredet, der würde unsere Hochzeit prinzipiell gern machen. Der mag dich wohl, obwohl er das mit dem Whisky-Cola nicht so gut fand.«

»Die Hochzeit – meinst du nicht, dass Deo das machen sollte?«

Erschrocken blickte mich Cäci an. Korbi fing an zu quengeln.

»Oh Gott, natürlich müssen wir Deo fragen. Das habe ich ganz vergessen.«

»Typisch. Nur Romantik, Brautkleidchen und so was im Kopf, aber …«

»Hör auf, das bekommen wir geregelt, da ist ja noch nichts versprochen. Das war ja nur ein kurzes Gespräch.«

Ich versuchte, das Thema zu wechseln:

»Meinst du, das hat was mit den Typen zu tun, die du heute Nacht beobachtet hast?«

»Keine Ahnung, möglich. Aber es ist doch ein ganzes Stück hierher, und ganz nüchtern haben die auch nicht mehr gewirkt.«

»Müssen ja nicht alle hier gewesen sein.«

Ich schaute mir die eingeschlagene Scheibe noch mal genauer an und fotografierte sie.

»Schau mal da!«

Cäci zeigte auf den Boden vor dem gotischen Fenster.

»Eine Zigarettenschachtel.«

»Und eine Kippe!«

Cäci ging in die Hocke. Korbi passte das offensichtlich

nicht, er fing an zu brüllen. Mit einem Steckelchen wendete ich das rote Rauchwarenbehältnis aus Papier.

»Komische Marke, habe ich noch nie gehört. Che Guevara. Lippenstift an der Kippe. Ziemlich dunkler Lippenstift. Korbi, sei doch ruhig. Hast du seinen Bapfi nicht dabei?«

In meinem Unterbewusstsein regte sich irgendetwas. Das ES kommunizierte jedoch nicht sonderlich erfolgreich mit dem ICH, und so blieb die Erinnerung an irgendetwas im ES stecken. Ich fotografierte auch diese verdächtigen Objekte, als ich jäh in meiner detektivischen Tätigkeit gestört wurde.

»Bööönle, was haben Sie hier zu suchen? Lassen Sie sofort die Finger von diesem Zeugs, das macht die Spurensicherung. Denken Sie, ich hätte Ihr Dinosaurierfahrzeug nicht gesehen? Dass Sie aber auch an jedem Tatort herumschnüffeln müssen!«

»Cäci, erklär ihr bitte, dass unsere Anwesenheit reiner Zufall ist, mir glaubt sie es sowieso nicht. Aber sagen Sie bitte nie wieder so etwas über meinen Chevy! Hat Ihnen der Pater verraten, dass ich hinter der Kirche bin? Was ist denn mit Ihrem Kopf passiert?«

Ich deutete auf ein großes Pflaster an der höchsten Stelle ihrer ansonsten edlen Stirn.

»Nein, das Gebrüll Ihres Sohnes hört man ja durchs ganze Donautal. Nerven Sie mich nicht schon wieder. Genießen Sie Ihre Lehrer-Freizeit, aber stören Sie bitte nicht meine Arbeit! Und mein Kopf geht Sie gar nichts an!«

»Das ist nicht nur mein Sohn. Außerdem sieht mir Ihr Outfit nicht nach Arbeit aus. Eher nach Baggersee mit abschließendem Kopfsprung in unbekannte Gewässer.«

Anerkennend schnalzte ich mit der Zunge und schaute an der überaus sommerlich gekleideten Dame herunter.

»Daniel, lass das!«

Cäcis spitzester Ellbogen traf mich hart in der Rippengegend.

»Hauen Sie schon ab. Und an Zufälle glaube ich bei Ihnen nicht mehr! Und das Geschrei Ihres Sohnes geht mir langsam auf den Wecker!«

»Bitte Cäci, erklär ihr das mit der Hochzeit! Korbi, was hast du denn? Macht dir die böse Frau so Angst?«

Die Kommissarin murmelte etwas, das sich wie Astloch anhörte.

Sie zeigte mir ihre kalte sonnengebräunte Schulter und wandte sich, die Freundliche mimend, meiner Cäci zu. Aufmerksam lauschte die beleidigte blonde Beamtin dem, was Cäci erzählte. Vor allem die Geschichte mit den nächtlichen Umtrieben im Inzigkofer Park schien sie zu interessieren.

15 LEHRBETRIEB

Montag, 18. Juni, Sigmaringen, Gewerbliche Schule

One of these mornings
You're going to rise up singing
Then you'll spread your wings
And you'll take to the sky

But till that morning
There's a'nothing can harm you
With daddy and mamma standing by
(George Gershwin, Summertime)

Das herrliche, sonnenverwöhnte Floßwochenende war noch in Form eines deftigen Muskelkaters präsent. Ich pfiff die Melodie von Gershwins Summertime. Kurze Zeit später stand ich vor meinem Rektor, irgendwie musste er einen Narren an mir gefressen haben. Auch der Umgangston war freundlicher geworden, er verzichtete mittlerweile fast immer auf das steife *Herr* bei meiner Anrede.

»Bönle, so geht das nicht weiter mit Ihnen. Zuerst rammen Sie meinen nagelneuen Audi mit einem Mähdrescher. Dann bringen Sie scharfe Alkoholika mit, man muss sich das mal vorstellen, scharfe Alkoholika, Whisky zu Ihrem Einstand. Dann erscheinen Sie stark verspätet zu einer Gesamtlehrerkonferenz. Da bin ich schon in Sorge und frage mich, was kommt als Nächstes? Ich möchte auch noch eines kurz ansprechen: Der Herr Kollege Dr. Müller hat mich darum gebeten – und es ist mir bei Gott mehr als peinlich, das erwähnen zu müssen, das hat man doch im Gespür, dass so etwas nicht geht – Sie mögen seine Verlobte ... äh, ihr nicht so nahetreten. Das würde ja schon dem ganzen Kollegium auffallen.«

Stille.

»Äußern Sie sich bitte dazu, Bönle!«

»Steht das auch in Ihrem Leitbild?«

»Wie bitte? Ich verstehe Sie nicht, Bönle, was soll das schon wieder?«

»Ob das auch in Ihrem Leitbild steht, dass man Kolleginnen nicht nahetreten darf?«

Urplötzlich explodierte mein kleiner, rundlicher, toupettragender Rektor:

»Bönle, noch so eine dumme Bemerkung, und ich hänge Ihnen ein Disziplinarverfahren an den Hals!«

Er war kurz aus seinem Sessel aufgesprungen. Sofort ließ er sich wieder zurückfallen, schnaufte kurz durch, schien innerlich auf drei zu zählen und wieder die Ruhe selbst zu sein. Wahrscheinlich hatte er es so auf einem Anti-Aggressions-Kurs für Schulleiter gelernt.

»Bönle, bitte, Sie haben die Chance, sich zu äußern. Nutzen Sie sie.«

»Ich weiß gar nicht, wer Dr. Müller ist. Und ich wusste gar nicht, dass Sie hier auch Ärzte beschäftigen. Auch weiß ich nicht, wer …«

Der Oberstudiendirektor mit der Besoldungsgruppe A16 machte wieder einen kleinen Satz nach vorn:

»Bönle, noch einmal so eine Provokation, dann …!«

»… seine Verlobte ist«, setzte ich meinen rektoral unterbrochenen Satz fort.

»Die kennen Sie wohl. Frau Knaus, Frau Hildegard Knaus aus Riedhagen.«

Ich war erstaunt. Hilde verlobt und dann noch mit einem promovierten Lehrer? Das interessierte mich schon ein bisschen, und ich forschte nach:

»Ach, *der* Dr. Müller, der hat doch in Dings, äääh in, helfen Sie mir doch, promoviert.«

»Richtig, Bönle, in Chemie. Es gibt auch engagierte Kollegen, die rechtschaffen ihrem Tagwerk nachgehen!«

Mir fiel leider das Gesicht zum Chemielehrer nicht ein.

»Also, Bönle, nun gehen Sie schon in Ihren Unterricht zu den Tischlern. Lesen Sie bitte unser Leitbild aufmerksam durch und schauen Sie, dass der Schulbetrieb reibungslos abläuft! Sie können gehen!«

Die kleine Aussprache konnte die Freude am Leben nicht trüben. Wie gesagt, das Wochenende war herrlich gewesen: Summertime and the livin' is easy ...

Bei den Tischlern fehlten diesmal acht Schüler. Ich trug sie alle ins Klassenbuch ein, das stand bestimmt so im Leitbild.

»Weiß eigentlich jemand etwas über den Peter Faller aus der Para-Klasse?«

»Das müssen Sie als Lehrer doch wissen! Der war letztes Jahr in unserer Klasse. Hat dann gewechselt.«

»Warum?«

»Woher sollen wir das wissen? Ist doch seine Sache.«

Unsichere Schülerblicke gingen verstohlen nach hinten.

»Noch mal, nur noch einmal: Weiß jemand von euch, was mit Peter Faller passiert ist?«

Mary Lou Findling, laut Sitzplan, meldete sich, indem sie ihren tätowierten Arm in die Höhe reckte. Bei jedem Zischlaut schlug ihr Zungenpiercing gegen die Schneidezähne.

»Das wissen doch alle. Der wollte sich umbringen, ist irgendeine Brücke runtergesprungen. Liegt im Koma.«

»Danke, Mary Lou. Mit wem war denn der Peter so zusammen?«

Die Blicke der Schüler gingen nach hinten, ins linke Eck zu den vier Hinterbänklern. Langsam gingen dort drei Hände hoch. Die Schüler nannten mir ihre Namen.

Viktor Mitzkow, Paul Schlee und Frank Käffer. Ich erinnerte mich, dass die Herren aus diesem Block nicht für den Einstieg mit dem Thema Okkultismus zu begeistern gewesen waren.

»Wer saß denn direkt neben Peter?«

Auf meine Frage bekam ich keine Antwort.

»Noch einmal: Neben wem saß Peter Faller im letzten Schuljahr?«

»Neben dem Fridolin, der war am engsten mit Peter befreundet, glaube ich! Aber der fehlt immer! Die saßen im letzten Jahr nebeneinander.«

»Was für ein Fridolin?«, forschte ich nach.

»Der Fridolin Saber, auch aus Engelswies. Der hat letzte Woche auch schon gefehlt.«

»Ach der. Die Namen kann ich mir noch nicht so gut merken. Und wie ist das mit dir?«

Ich deutete auf den Jungen, der sich nicht gemeldet hatte, als ich nach Peter und seinen Freunden fragte.

»Was soll mit mir sein?«

»Warst du mit Peter befreundet?«

Er schüttelte den Kopf und steckte seine Hand weiter unter den Tisch. Vermutlich ein Handy. Aber ganz am Anfang durfte man sich nicht blamieren. Vermutlich Schülertypus: Handy simulieren, Reaktion provozieren, Lehrer blamieren.

»Befreundet kann man nicht sagen.«

Ich ging zum Pult zurück, der Angesprochene hieß laut Sitzplan Ignatius Braun.

Als Ignatius sich im weiteren Verlauf des Unterrichts unbeobachtet fühlte, schaute ich nach der Beschäftigung unter der Bank. Ich konnte ihm kein Smartphone abnehmen. Er trug lediglich einen Verband, an dem er ständig herumzupfte. Tischler, da ging halt noch einiges daneben im zweiten Jahr. Inhaltlich ging es dann auch ganz flott weiter. Ein Brainstorming zum Begriff Okkultismus eröffnete die Unterrichtseinheit. Rasch zierten unter anderem die Begriffe Satan, Teufel, 666, Iron Maiden, Geister, Außerirdische, Sekte und ›Einer Fledermaus den Kopf abbeißen‹ die vorher jungfräuliche Tafel. Die Schülerideen wurden brav an der Tafel sortiert, farbige Kreide fasste Themenbereiche geschickt zusammen. Begriffe, die nicht allen Schülern ein Begriff waren, wurden erklärt. Es schien ein ganz guter Einstieg zu sein. Jawohl, das lief ja wie geschmiert in dieser Klasse: Summertime, easy livin'.

Aber irgendetwas stimmte nicht mit der Vierer-Bande im hinteren Eck.

Summertime und vor allem easy living schienen nicht gerade ihre Stärke zu sein. Sie wirkten hart und verstockt.

16 WACHSCHWEIGEN

Dienstag, 19. Juni, abends, und Mittwoch, 20. Juni, unchristliche Zeit, im Krankenhaus Bad Saulgau

I know nobody knows
Where it comes and where it goes
I know it's everybody's sin

You got to lose to know how to win
(Aerosmith, Dream on)

Peter Faller war aufgewacht. Das rotblonde Haar klebte am Schädel. Nervös zuckten die Augen. Er konnte sich aber offensichtlich an nicht viel erinnern. Er erkannte seine Mutter und seine Schwester, dachte aber, dass sein vor drei Jahren verstorbener Vater ihn auch bald besuchen würde. Warum er im Krankenhaus war, konnte er sich auch nicht genau erklären. Der Teufel sei hinter ihm her gewesen, dann sei er gestürzt, verunfallt. Die Knochenbrüche verheilten gut. Der von einer Rippe perforierte Lungenflügel schmerzte noch bei jedem Atemzug. Was eine Milz war, hatte er eh nie gewusst, und im jetzigen Zustand war es ihm egal, dass sie nicht mehr warm in seinem Körper ruhte.

Immer wieder fiel er in einen komaartigen, traumreichen Zustand, wobei die Träume nicht der Art waren, wie er sie gern hatte.

Er träumte vom Weglaufen, vom Abhauen, von Viechern, die hinter ihm her waren. Er sah einen Wald, der mit bunten Bäumen bestückt war, die, je schneller er floh, dünner wurden, sich vermehrten und ihm sich gummiweich, aber zäh entgegenstellten. Er versuchte, sich mit dem Einsatz seiner breiten Schultern durch die Baumschläuche zu zwängen. Doch von oben fielen wie feine Spaghetti-Bänder klebrige Äste herunter. Er versuchte sie mit den Händen, da sie sein Gesicht umfingen wie einen Vorhang, beiseitezuschieben. Das misslang, weil ihm an beiden Händen die Finger fehlten. Und als der Wald dann plötzlich in einer weiten schwarzen Steintreppe endete, die steil nach oben führte, war er so außer Atem, dass seine Lunge wie Feuer brannte. Er spürte, wie die Hitze aus der Lunge seine Nasenhaare versengte, seine Lippen dampfen ließ. Dann hörte er wieder die Viecher hinter sich, sie riefen etwas im Chor. Er konnte es genau hören, die Buchstaben des Wortes waren genau auf der Steintreppe vor ihm. Er konnte aber den Sinn nicht begreifen. Er ging zum ersten Buchstaben, es war ein handgemaltes S, das auf der Steintreppe vor ihm lag. Weiter oben bewegte sich ein P. Er wollte nach ihm greifen, als er viel weiter oben auf der Treppe ein R tanzen sah, dem plötzlich ein I auf den Kopf hüpfte. Ganz oben auf der Treppe tanzten zwei Buchstaben miteinander, ein G und ein N. Er kannte das Wort, es war ein ganz einfaches Wort. Es hieß SPRING, aber er wusste nicht, was es bedeutete. Plötzlich waren alle Buchstaben da, sie veränderten sich. Er erschrak. Es waren die Viecher, sie hatten sich als Buchstaben verkleidet. Da gab es nur noch eins: die Flügel, die Flügel aus Tannenzweigen. Er merkte, wie sie an seinem Rücken breiter wurden, ein schmerzhafter Prozess, aber der Prozess war wichtig. Nur mit weit ausgebreiteten Flügeln konnte er von der Steintreppe aus in den schwarzen Himmel starten, um den Viechern zu entkommen. Und dann hob er endlich ab, unter unendlichen Schmerzen. Die Viecher griffen noch nach seinen Beinen. Aber der schwarze Himmel half ihm, er sog ihn nach oben, wie in einen Strudel. Und ganz weit oben war sogar ein bisschen Licht.

»Hast du geträumt, Peterle?«

»Mama ... Mama ... hilf mir! Ich hab Angst!«

»Was hast denn?«

»Mama, ganz oben, da war's.«

»Peterle, was? Ich begreif dich nicht!«

Peter versuchte, sich im Bett aufzurichten.

»Lass das! Willst hoch? Komm, ich mach's.«

Frau Faller, Bäuerin aus Engelswies griff zur Fernbedienung und stellte die Rückenlehne des modernen Krankenhausbettes höher.

»Nauf, Mama, ich muss nauf! Ich hab Angst!«

»Weiter geht's nicht, und ich weiß nicht, ob das gut für deine Lunge ist. Und erzähl auch, was mit deinem Finger passiert ist. Das kann doch nicht vom Sturz kommen.«

»Nauf, ich muss ganz nauf, da ist die Luft besser.«

Hilflos scharrte der 17-Jährige mit seinen Füßen unter der weißen Bettdecke, als wolle er davonrennen.

»Nauf, sonst haben sie mich!«

»Peterle, was ist denn? Du machst mir Angst, ich ruf die Schwester.«

»Kommt die Patricia? Ja, die Patricia.«

»Nicht deine Schwester, die Krankenschwester.«

»Die Patricia soll kommen! Ich muss ihr was sagen.«

»Peter! Jetzt hör mal her, sag doch, was ist passiert … mit dem Finger … bist deswegen gesprungen? Peterle, du weißt doch, du kannst der Mama alles verzählen, alles. Wir krieget das wieder hin.«

Sie holte ein Stofftaschentuch aus ihrer alten Kunstlederhandtasche und schnäuzte sich kräftig. Dann streichelte sie ihrem Peterle sanft über das rotblonde Haar.

»Mama, mir tut alles weh. Hilf mir, sonst kriegen die mich!«

Dann fiel Peter erschöpft zurück in das Kopfkissen, schloss die Augen und murmelte:

»Alles tut mir weh, gar alles.«

Die Mutter blieb noch lang am Bett ihres Sohnes sitzen und machte sich Gedanken: Was war vorgefallen, was hatte sie falsch gemacht, warum war das Peterle gesprungen? Alles Fragen, auf die sie keine Antwort wusste. Mein Peterle ist doch kein Selbstmörder, das hat bestimmt was mit seinen komischen Freunden zu tun, die mit ihren Kapuzenkitteln, mit ihren schwarzen, seither ist er so komisch. Erst seither.

Sie redete noch mit dem netten Arzt, der ihren Buben operiert hatte, dem Dr. Bein. Sie freute sich, als der sagte, dass es ihrem Peter schon sehr viel besser ginge, und dass er sich sicher sei, dass er psychisch auch von Tag zu Tag stabiler würde. Doch die Sorgen blieben. Ihre Tochter Patricia holte sie vom Krankenhaus ab, als es schon dunkel war. Nach Hause, das Vieh musste noch versorgt werden. Auch wenn ein Hof noch so klein ist, man kann keinen Tag ruhen.

Der Dienstag war schon nicht mehr, als die Kreidler Florett langsam im Leerlauf auf den spärlich beleuchteten Parkplatz rollte. Am hintersten Winkel nahe am Bächlein stellte Fridolin Saber das perfekt restaurierte Moped mit zittrigen Händen ab.

Wenn er das sauber erledigen würde, hatte der Meister gesagt, dann würden sie ihn in Ruhe lassen. Dann könnte er sogar zum Meister hin aufrücken. So ein Scheißdreck, zum Meister hin aufrücken. Er wollte eigentlich nur noch in Ruhe gelassen werden. Aber sie hatten ihn in der Hand. Wenn er ausstieg, wäre er der Nächste, der springen oder sich vor den Zug werfen müsste. Er hatte Glück, dass er seinen Finger noch hatte. Bei Peter war der Meister, dieses Arschloch, nicht so großzügig gewesen. Eiskalt stand der an der Brücke und hat als Erster »Spring!« gerufen. Und er hatte mitgegrölt.

Und jetzt, in wenigen Minuten, bin ich ein Mörder. Bringe einen Freund um, nur damit ich nicht sterbe. Und wenn ich zur Polizei gehe, dann wird er meinen Vater töten, hat er gesagt. Ich muss ihm nur das Kopfkissen auf das Gesicht drücken. Bis er nicht mehr zappelt. Es sei ein schöner Tod, hatte der Meister gesagt. Der Seckel, der dreckige!

Fridolin stieg die Treppen zum zweiten Stock hoch und blieb stehen. Der Fisch, der interessierte ihn. Warum zog ihn jetzt ein Fisch in den Bann?

Im Treppenaufgang des Bad Saulgauer Krankenhauses waren großformatige Bilder von Meerwasserfischen ausgestellt. Dieser Fisch blickte ihn eiskalt, groß und bedrohlich an. Es war ein Hai. Ich bin der Hai, eiskalt, ein Killer. Ich bin nicht mehr Papas Fridl, wie er immer noch liebevoll genannt wurde: Hei, Fridl, das Moped ist für dich, und wenn du's so pflegst wie ich, kriegt das auch noch dein Bub. Eine Kreidler kriegt man nicht kaputt! Die rote Kreidler Florett RS, Baujahr 1969, mit der flachen Silhouette – Tank und Sitzbank bildeten eine nahezu gerade Linie – hatte er von seinem Vater zum 16. Geburtstag geschenkt bekommen.

Mein Sohn wird einen Mörder zum Vater haben. Einen gefühlskalten Hai. Aber was soll ich tun? Wenn ich's nicht tu, bin ich tot – oder mein Vater wird sterben.

War er schon zu weit im Treppenhaus hinaufgestiegen? Der Hai blickte ihn noch einmal eiskalt an. Dann suchte er den zweiten Stock.

Das Zimmer fand er schnell, unbeobachtet trat er ein. Gut, dass Peter allein lag. Aus dem zweiten, unbelegten Bett nahm er rasch das Kopfkissen. Das sanfte Licht vom

Parkplatz her beleuchtete Peters linke Gesichtshälfte und ließ die Haare rot schimmern. Er sah fast heiter aus. Fridolin führte sanft das weiche Kopfkissen zum Gesicht des Schlafenden, als ihm wieder der kalte Blick des Haifisches einfiel. Peters Gesicht war warm, er spürte es an der Rückseite seiner Hände, die nur noch wenige Millimeter vom Gesicht entfernt waren, um Peter den letzten, den langen Schlaf zu bringen. Peters Kopf nickte kurz im Traum, als ob er dem tödlichen Vorhaben zustimmen würde. Genau so hatte er damals auch genickt: Okay, wer schneller ist. Du mit deiner alten Kreidler oder ich mit dem Mountainbike? Es geht um die Flasche Jim Beam. Okay, am Grillplatz. Und dann ging es ab durch den Wald. Am Grillplatz lachten sie aufgedreht, warfen sich ins Gras. Die Flasche Whisky hatten sie dann gemeinsam geleert. Fast gleichzeitig hatten sie gekotzt.

Nein, er würde Peter nicht töten. Niemals würde er einen Menschen töten! Nie!

17 PARANOID

Mittwoch, 20. Juni, vormittags, Cäcis Praxis in Bad Saulgau

*All day long I think of things but nothing seems to satisfy
Think I'll lose my mind if I don't find something to
pacify*

Can you help me occupy my brain?
Oh yeah
I need someone to show me the things in life that I
can't find
I can't see the things that make true happiness, I must
be blind
Make a joke and I will sigh and you will laugh and I
will cry
Happiness I cannot feel and love to me is so unreal
(Black Sabbath, Paranoid)

Lehrbuchmäßig, da gehe ich einfach lehrbuchmäßig vor. Cäci war doch nervöser, als sie es sich vorgestellt hatte. Der erste Patient war eine Patientin, eine Gymnasiallehrerin aus Riedlingen. Burnout! Der zweite Patient war eine Patientin, eine Realschullehrerin aus Balingen. Burnout. Der dritte Patient war ein Patient, aber doch eine Patientin. Ein Mann aus Ebingen, der in den falschen Körper hineingeboren war. Der vierte Patient war ein Mann, er war Metzger im Frührentner-Ruhestand, der nun in Sigmaringen lebte. Der Metzger hatte immer noch das Bedürfnis, zu töten. Tiere zu töten, wie er betonte. Bis jetzt seien das immer nur kleine Tiere gewesen, so ab Katzengröße, aber seit Kurzem verspüre er den Drang nach mehr.

Lehrer sehen oft aus wie Schüler, Kontrabassbauerinnen wie Kontrabässe und Metzger wie ihre Produkte. Der frühverrentnerte Metzgermeister Gustav Franz Bräcklein, den Cäci Gustl nennen dürfe, sah sogar wie die prämortale Phase seiner Schweinskopfsülze aus. Er war von stämmiger Gestalt, seine Gesichtsfarbe war rosa, die

Wangen, von ganz feinen roten Äderchen durchzogen, wirkten bauernfrisch. Am auffälligsten war die Nase, die leicht nach oben gebogen, an das Rüsselchen eines Ferkels erinnerte. Ansonsten wirkte er sehr gepflegt. Sein schütteres blondes Haar duftete shampoofrisch.

»Ein Metzger und ein Hund, die könnet jede Stund«, war die erste bemerkenswerte Aussage des ehemalig Tierverarbeitenden.

Danach ging es in die Tiefe. In die ES-Tiefe, ins Unterbewusste. Gustl relaxierte zusehends auf Cäcis Sofa und kam geradezu ins Schwärmen:

»Und wenn ich dann ein Schwein in einem Stall sehe oder eine Kuh auf einer Weide, dann würde ich am liebsten mit dem Beil reinschlagen. Richtig zuhauen. Nicht mit Strom oder dem Bolzenschussapparat. Nein, einfach mit dem Beil auf den Schädel. Zuerst mit der flachen Seite zwischen die Augen, dann mit der Schneide den Kopf ab. Einfach ab. Den Kopf.«

»Herr Bräcklein, wie oft haben Sie diesen Wunsch?«

»Sag doch einfach Gustl zu mir.«

»Nein, Distanz, ich möchte auch, dass Sie mich siezen!«

Cäci drückte sich mit ihren Fußballen nach hinten ab. Ihr Therapeutensessel rollte nach hinten. Beim Wort Distanz streckte sie dem verdutzten Metzgermeister mit weit ausgestreckten Armen ihre Handfläche entgegen. So hatte sie es an der Uni gelernt.

»Schon in Ordnung, Mädle, keine Angst, das sind immer nur Tiere. Ich könnte keinem Menschen was zuleide tun. Ruck ruhig wieder her.«

»Ich habe keine Angst. Wie oft und wann verspüren Sie das Verlangen, Tiere zu töten?«

»Eigentlich immer, wenn ich eins sehe.«

»Das ist doch recht häufig der Fall.«

»Richtig. Gestern habe ich in Laiz einen Hund überfahren.«

»Der ist Ihnen ins Auto gelaufen?«

»Wie man's nimmt.«

»Das heißt?«

»Eher andersrum.«

»Ja?«

»Ich bin halt aufs Trottoir gefahren.«

»Extra?«

»Wie man's nimmt.«

»Das heißt?«

»Sonst hätt ich ihn nicht erwischt.«

»Der Halter des Hundes?«

»Das war ein Streuner.«

»Wer?«

»Der Hund.«

»Sie haben ihn liegen lassen?«

»Ja, glaubst du, ich überfahr den, um ihn dann wieder zu reanimieren? Sie sind ja gut!«

Gustl lachte rau.

»Es klappt ja mit dem Sie! Warum haben Sie den Hund überfahren?«

»Das weiß ich doch nicht, drum komm ich ja zu dir.«

»Sie, bitte!«

»Okay, drum komm ich ja zu Sie, äh dir.«

»Haben Sie Befriedigung oder Genugtuung empfunden, nachdem Sie ihn überfahren hatten?«

»Weil das so einen Schlag getan hat, habe ich mir Sorgen um den BMW gemacht.«

»Den BMW?«

»Ja, ob jetzt eine Delle im Kotflügel ist, das hat ganz schön gekracht.«

»Und der Hund?«

»Ich hab dann im Wald zwischen Sigmaringen und Krauchenwies bei Josefslust am Parkplatz angehalten.«

»Sie haben den Hund in Laiz überfahren!«

»Ich wollte nur nach dem Kotflügel gucken, vorne rechts. Nur ein bisschen braune Schmiere dran. Deutsche Wertarbeit, einfach solider als die Japsen. Früher hatte ich einen Dreier. Da weiß ich nicht, ob der das so locker wie der SUV weggesteckt hätte. Mädle, du weißt, was ein SUV ist?«

»Ja. Und nennen Sie mich nicht Mädle!«

»Und ein Dreier?«

»Garantiert nicht Ihre Verhaltensnote in der Schule!«

»Ein Dreier, hää? Das wissen die Studierten nicht!«

»Vermutlich in Rot als Cabriolet, obwohl sie Gustl heißen und nicht Achmed?«

»Hähähä. Der war gut, Mädle, den muss ich mir merken!«

»Was haben Sie verspürt, als Sie den Hund gesehen haben?«

»Nix, es war einfach klar: drüber, platt machen.«

»Haben Sie das Bedürfnis bei allen Tieren?«

»Nein, wenn ich so überlege, eigentlich nur bei Säugetieren. Aber eher bei größeren.«

»Der Mensch ist auch ein Säugetier!«

»Quatsch, du bist wohl nicht religiös. Der Mensch ist die Krone der Schöpfung. Gott hat ihn am siebten Tag erschaffen!«

»Am sechsten!«

»Und die Krone der Schöpfung ist unantastbar, der Mensch tut sich höchstens selbst was an.«

»Könnten Sie sich selbst etwas antun?«

»Nie im Leben, nie, da hätt ich viel zu viel Angst. Haben Sie das gehört von dem Jungen? Dem Schüler aus Sigmaringen. Der von der Teufelsbrücke gesprungen ist. So was könnt ich nie!«

»Wollen Sie darüber reden?«

»Nein!«

»Warum haben Sie den erwähnt?«

»Jetzt, Mädle, mach mal halblang, Du hast damit angefangen! Reden wir lieber wieder über Tiere.«

»Können Sie festlegen, ab welcher Größe Sie die Tiere ›interessant‹ finden?«

Bei *interessant* zeichnete Cäci mit beiden Händen, unter Zuhilfenahme aller Zeige- und Mittelfinger körpersprachlich sehr geschickt zwei Anführungszeichen in die Luft.

»Was? Ach so. Eine Maus reizt mich bestimmt nicht. Aber sagen wir mal, ab Katze wird's interessant. Gestern war ich spazieren. Da waren Kühe auf der Weide. Kein Mensch war da. Jetzt bin ich froh, dass ich kein Beil dabeihatte. Dort hat's mich geärgert.«

»Sie bereuen, wenn Sie ein Tier getötet haben?«

»Ja, was denkst du? Natürlich … das arme Vieh.«

»Warum denken Sie beim Töten von Tieren an ein Beil?«

»Warum, warum, blöde Frage!«

»Haben Sie es in Ihrem Beruf jemals bereut, wenn Sie ein Tier getötet haben?«

»Was denkst auch hin, Mädle! Was wär ich für ein Metzger, wenn ich nach jeder getöteten Sau, nach jedem Rind flennen würde?«

»Töten Sie jetzt, um zu bereuen?«

»Hää? Ja, Mädle, das müssen Sie rauskriegen!«

»Danke für das Sie, wenn Sie jetzt noch das Mädle weglassen könnten.«

»Sie denken, ich hab einen Schuss. Viecher töten, um nachher zu sagen, oh Entschuldigung Viech, das tut mir ja so leid, dass ich dich getötet habe. Ich bin doch kein Weib!«

»Was hat das mit Weib zu tun?«

»Ach, lassen Sie mich in Ruhe!«

Unvermittelt sprang Gustl, der Metzger im Ruhestand, von dem Sofa auf.

»Ich muss jetzt ... Auf Wiedersehen ... mal sehen.«

Er zwängte sich an der verdutzten Psychologin vorbei, murmelte noch etwas Unverständliches und schlug die Tür hinter sich zu.

Cäci schüttelte den Kopf, ging zum Computer, um das Sitzungsprotokoll anzufertigen. Sie hatte sich den Einstieg ins Berufsleben einfacher vorgestellt.

18 SCHREIBEN

Mittwoch, 20. Juni, vormittags, Sigmaringen, Gewerbliche Schule

Heile, heile Gänsche
Es ist bald wieder gut,
Das Kätzle hat a Schwänzle
Es ist bald wieder gut,
Heile heile Mausespeck
In hundert Jahr ist alles weg
(Martin Mundo, Heile, heile Gänsje)

Schreiben war noch nie seine Stärke. Es hatte ihn sichtlich angestrengt. Seine Rechte zitterte noch, so lang hatte er in seiner Freistunde noch nie einen Kugelschreiber zwischen Daumen, Zeige- und Mittelfinger fixiert. Nervös fuhr er sich durch das dunkle kurz geschnittene Haar. Dann spielte er unbewusst an dem kleinen dunklen Muttermal auf seiner Stirn, das eine kleine Erhebung bildete. Da hatte sein Vater ihn immer mit dem Daumen gestreichelt, als Kind, wenn ihm etwas passiert war. Genau an dieser Stelle. Und wenn er sich dann mal wieder schlimmer verletzt hatte, dann hat er ihn auf den Schoß genommen und ›Heile, heile Gänschen‹ gesungen. Am Schluss hat er einen Kuss auf das Muttermal bekommen.

Warum er überhaupt in der Schule aufgetaucht war, wusste er selbst nicht. Vielleicht wollte er auch nur ein bisschen reden. Ständig in Meßkirch und Sigmaringen in den Spielhallen rumhängen, war auch keine Lösung.

Mit heftigen Schüttelbewegungen löste er den Krampf. Steckte den Kugelschreiber in sein Mäppchen, dieses in seine Schulmappe. Mit dem Handrücken wischte er sich über die Stirn. Spürte das Muttermal und hörte das alberne Kindertröstlied wieder: Heile, heile ... Nervös las er zum wiederholten Mal sein Schreiben. Es sah gut aus, die Handschrift war sauber, und Fehler hatte er keine mehr entdeckt. Er riss das Blatt vom Block und nickte nervös mit dem Kopf.

Sehr geehrte Polizei

Es ist sehr wichtig was ich ihnen schreibe. Ich werde erprest meinen Freund Peter Faller, wo gerade im Saulgauer Kranckenhaus liegt um zu bringen. Weil ich es nicht kann bin ich jetzt selber in gefahr. Alles wäre gelöst wenn in der Zeitung steht das Peter tot ist. Das ist eine Große Bitte weil die mir dann nichts tun und denken das ich meinen auftrag getan habe. Das ist doch kein Problem für die Polizei. Mein leben hengt davon ab. Sonst sind sie schuld wenn dann 2 tod sind. Peter hat keinen selbstmord gemacht. Man hat ihn gezwungen von der Toifelsbruck zu springen. Die schneiden mir dann nicht blos den Finger ab. Das ist kein witz!!!

»Hallo, bitte raus in die Pause!«

Erschreckt sprang er auf, steckte rasch das Blatt Papier in seine Mappe, stieß gegen einen Stuhl, der krachend umfiel, und verließ fluchtartig das Klassenzimmer.

»Hallo, nicht so eilig! Und der Stuhl?«

»Entschuldigung, ich geh ja schon!«

»Was machst du hier überhaupt?«

»Das ist mein Klassenzimmer.«

»Wie heißt du?«

»Saber, Fridolin.«

»Ah, der, der meistens fehlt. Halt! Bleib noch kurz hier, ich muss dich was fragen!«

Doch schon war der blasse, schmächtige Fridolin Saber durch die Tür in die letzten Minuten der großen Pause verschwunden. Der Stuhl auf dem Klassenzimmerboden schaukelte noch leicht auf seiner Lehne und gab ein knarzendes Geräusch von sich. Auf dem Tisch lag der verwaiste Schreibblock. Die Hand griff langsam danach.

19 GLK2

Mittwoch, 20. Juni, 15:00 Uhr, Sigmaringen, Gewerbliche Schule im Lehrerzimmer, danach im Rektorat

It's a thousand pages, give or take a few,
I'll be writing more in a week or two.
I can make it longer if you like the style,
I can change it 'round and I want to be a paperback writer,
Paperback writer.
(The Beatles, Paperback writer)

»Es tut mir leid, dass ich Sie, liebe Kolleginnen und Kollegen, so rasch zu einer zweiten Gesamtlehrerkonferenz einberufen muss. Die meisten von Ihnen kennen den Grund.

Ein Teil unserer Schule, eine Schülertoilette männlich, der Aufenthaltsraum und vor allem der für die Bevölkerung sichtbare Außenbereich am Haupteingang sind heute Nacht mit Graffitis beschmiert worden. Die Schulleitung hat beschlossen, zunächst die Polizei nicht einzuschalten. Wir hoffen, mit Ihrer kollegialen Mithilfe die Täter zu ermitteln. Danke, dass Sie alle erschienen sind. Ich lasse die Anwesenheitsliste zum Unterschreiben für das Protokoll durchgehen. Protokoll führt Bönle, Bacher war letztes Mal dran. Danke!«

Mein beleibter Rektor Friedhelm Fröhlich, links und rechts flankiert von Besoldungsgruppe A15-ern, blickte betroffen in die Herde seiner Lehrer, nickte mir kurz zu – Arbeitsauftrag erteilt. Sein Hemd leuchtete noch weißer als sonst. Ich kramte nach einem Schreibblock in meiner Tasche, musste aber in Ermangelung eines solchen auf den Block des Schülers, den ich während der Pause im Klassenzimmer erwischt hatte, zurückgreifen. Saber Fridolin, der Schwänzer. Das erste Blatt drehte ich in der Spirale des Blocks nach hinten, da der Schüler auf der herausgerissenen, vorherigen Seite mit sehr viel Druck geschrieben hatte und die Vertiefungen der Schriftrillen mich störten. Meinem Rektor würde das bestimmt auch nicht gefallen, auf so etwas Wichtigem wie einem Protokoll. Ein bisschen war ich sogar stolz, mit dieser ehrenvollen Aufgabe betraut worden zu sein.

Direkt nach meinem Saulgauer Mittwochunterricht, der ohne bemerkenswerte Vorkommnisse ablief, war ich nach Sigmaringen gereist. Nicht, um überpünktlich die 15:00 Uhr-Konferenz genießen zu können, ich hatte mich mit meinem Freund Butzi zum Essen verabredet. Der engagierte MIKEBOSSler war über seine Schwester, Ärztin in Bad Saulgau, zum Job als Rettungswagenfahrer in Sigmaringen gekommen. Beziehung, quasi.

Die Stimme meines Chefs riss mich jäh aus meinen Gedanken:

»Kollegen Simmler sei herzlich gedankt, er hat die Schmiererein fotografiert. Ich habe sie zu einer Power-Point-Präsentation zusammengestellt. Ich zeige sie Ihnen, die Sie vermutlich ja nicht alle die Verwüstung gesehen haben – die Kolleginnen gehen ja nicht auf die Knabentoilette – ganz kurz. Ich habe folgendermaßen gegliedert: Teil 1: die Knabentoilette, Teil 2: der Aufenthaltsraum und Teil 3: der Außenbereich.«

Der Rektor erhob sich, zupfte seine schwarze Krawatte zurecht und griff zum Fiberglasstecken, den er sich auf seinen Tisch gelegt hatte. Mit einer winzigen Kopfbewegung nickte er seinem Konrektor zu. Dieser setzte die Nickbewegung seines Chefs in eine Zeigefingerbewegung um, linke Maustaste. Der Beamer beamte Folie eins der Präsentation mit der Überschrift *Verwüstungen in der Knabentoilette* auf eine riesige Leinwand. Mit einem dezenten Zischgeräusch flog Bild eins des Kollegen Simmler von rechts nach links auf die Leinwand ein. Es zeigte das ›Schüler-WC männlich‹ in einer Überblick gebenden Weitwinkelaufnahme. Klopapier war von Kabine zu Kabine gespannt. Schwarze und rote Graffiti-Symbole schmückten Wände und Tür der Toilette. Weitere Bilder, die ebenfalls von rechts nach links auf die Leinwand zischten, zeigten nun in vielen Detailaufnahmen düstere Symbole. Teufelsköpfe, Pentagramme und immer wieder die Zahl 666 waren in Rot und Schwarz gesprüht zu erkennen.

Kollege Simmler hatte, die Kapazität seiner Speicherkarte nutzend, jedes Vandalismus-Motiv aus jeder erdenklichen Perspektive abgelichtet. Für einige Aufnahmen schien er sogar Toilettenschüsseln bestiegen zu haben. Die jederzeit betroffenen Kollegen bedachten die 116 von rechts nach links einzischenden Bilder, die die Verwüstungen digital belegten, mit Oohs, Aahs und Tztztzs. Hilde, die neben mir saß und nicht neben ihrem Verlobten Dr. Müller, war sogar so betroffen, dass sie, erschüttert vom Simmlerschen Beweismaterial, immer näher zu mir heranrückte und ihre rechte Hand auf mein Knie legte. Ich konnte mich nicht wehren, da ich als Protokollant alle Hände und den Kopf voll zu tun hatte. Mein Harley-Füller mit dem Flames-Motiv leckte schon seit Langem, und da ein Teil der Feder abgebrochen war, blieb sie immer wieder im Papier des Leihblockes hängen und verspritzte die Tinte auf dem blütenweißen, karierten Protokollpapier. Abtupfen ergab noch größere Flecken. Ich wechselte deshalb auf meinen roten Liquid Longliner, der war jedoch CD beschriftungstauglich und drückte durch das Papier durch. So landete ich zuletzt bei meinem grünen Faber-Castell-Stift made in Germany. Zugegebenermaßen kam der im Vergleich zur schmierenden Harley-Füller-Tinte und zum durchdrückenden Rot des Liquid Longliners etwas fade herüber, aber er funktionierte mit regelmäßigem Nachspitzen, da die grüne Mine etwas anfällig schien, ganz passabel.

Nach der 85-minütigen PowerPoint-Präsentation war mein Sigmaringer Rektor so richtig warmgelaufen. Mit dem Fiberglasstecken stand er vor der leuchtenden Leinwand mit der letzten Folie, die in drei Visualisierungsbeispielen die anarchischen Bilder an der Wand neben dem Haupteingang zeigte. Ein stilisierter Teufelskopf mit roten Augen, ein wackeliges Pentagramm und die Zahl 666.

»Liebe Kolleginnen und Kollegen, ich habe nun versucht, mit einer einfachen Präsentation aufzuzeigen, was letzte Nacht, also Dienstag auf Mittwoch, vorgefallen ist. Ich bitte um Verständnis, dass wir vermutlich nicht in der KOOP-Zeit fertig werden. Der Schulleitung ist es jedoch wichtig, dass wir über das Problem reden, jeder Einzelne von Ihnen ist aufgefordert, ein Statement abzugeben.«

Der Rektor bewegte seinen Körper oberhalb der Gürtellinie professionell von links nach rechts und machte mit der weit ausgestreckten Rechten eine einladende Geste über das ganze Kollegium. Er vergaß dabei den Fiberglasstecken oder schätzte dessen Länge falsch ein. Er touchierte die Blumenvase, es gab ein klickendes Geräusch. Die Vase erzitterte leicht, die Blumen schüttelten ihre farbigen Köpfchen. Die Lehrer atmeten wieder auf. Nichts war passiert.

»Muss das auch ins Protokoll?«

Fragend schaute ich Hilde an. Sie lachte albern kurz und leise auf, zwickte mich ins Knie und flötete:

»Du bist ja witzig.«

Ich hatte es ernst gemeint, ich hatte noch nie in meinem Leben ein Protokoll geschrieben. Vermutlich musste alles rein.

»Hast du mir einen Kuli?«

Die Faber-Castell-Spitze brach nun im Minutenrhythmus ab. Das war mir zu viel. Hilde nickte, schob mir umständlich ihren Kugelschreiber zu. Blau.

Von der anderen Seite meldete sich der höfliche Gemeinschaftskundelehrer Mielke:

»Wenn Sie wollen?«

Er hielt mir einen Füllfederhalter vors Gesicht. Ich lehnte dankend ab. Mielke sagte mit einer beschwichtigenden Geste:

»Da brauchen Sie nicht so viel zu schreiben. Nur das Wichtigste, nur die Ergebnisse.«

Ich nickte ihm dankbar zu und bewunderte kurz seinen altmodischen, aber perfekt sitzenden Anzug.

Der Chef blickte auffordernd in die Gruppe der nachmittäglich Erschöpften:

»Ja wenn nun jemand bereit ist für ein Statement, wir hören!«

Der Schulleiter hatte ob der Ungeheuerlichkeit der Attacke gegen seine Schule offensichtlich mehr Resonanz aus dem Kollegium erwartet.

»Gut, ich kann verstehen, dass Sie wegen des Anschlages gegen unsere Schule noch geschockt sind, aber nur gemeinsam sind wir gegen dieses Verbrechen stark und können mithilfe jedes einzelnen Kollegen ... auch Kollegin, Entschuldigung, der Täter eventuell habhaft werden.«

Ich stöhnte kurz auf, das Protokollführen wurde immer schwieriger, ich wusste nicht, ob ich die gelungene Genitiv-Form auch erwähnen musste.

»Wir, die Führungsspitze, sind uns einig, dass der oder die Täter und oder Täterinnen schulisches Insiderwissen hatten. Die Wahrscheinlichkeit liegt also sehr nahe, dass die Täter aus dem Kontext Schule kommen.«

»Was soll das heißen?«, polterte der schöne Spanisch-,

Sport- und Wirtschaftskundelehrer Pfeiler los. »Wir Lehrer sind also auch verdächtig?«

Der kugelförmige Rektor hob beschwichtigend die Hände und sagte wieder das Falsche:

»Meine Herren, äh und Damen, Sie verstehen, dass wir nichts ausschließen können zu diesem Zeitpunkt der ...«

»Was? Sie schließen auch uns Frauen nicht aus? Das ist ja die Höhe, ich weiß gar nicht, wie man so ein Anagramm zeichnet!«

Die stämmige Kollegin Wermske-Bindemeyer, ein Import aus dem Sauerland, hatte sich geräuschvoll von ihrem Sitzplatz erhoben, beide Hände in die Hüften gestemmt und bestätigte ihren Zorn:

»Das ist ja wohl die Höhe. Meinen Sie, ich stehe nachts auf und pinsle Teufelsköpfe und solche Anagramme ans und ins Schulhaus? Das ist ja absurd, Herr Fröhlich.«

Mittlerweile war auch der hochsensible, transparent wirkende Veganer Herr Strakowski mit der Fächerverbindung Englisch und Holz-Theorie aufgesprungen und schnipste wie ein hochmotivierter Viertklässler mit seinen Fingern.

»Die Höhe, Frau Wermske, ist nicht ...«

»Wermske-Bindemeyer bitte, ich respektiere auch Ihren Namen.«

»Ja, schon gut, Frau Bindemeyer, für mich ist die Höhe, dass Sie ausschließen, dass nur wir Männer, ich meine, was soll denn das? Auch Frauen können! Das ist die Höhe! Als ob nur wir Männer, das ist eine Frechheit, eine Unterstellung. Das ist typisch, dass uns Männern mal wieder ...!«

Mein Protokoll wurde nicht leichter.

Der Rektor ließ seinen Fiberglasstecken auf den Tisch sausen:

»Ich bitte Sie! Gibt es sonst noch Wortmeldungen?«

Die Gruppe schaute fragend hin und her und her und hin, vermied jeglichen Blickkontakt mit dem Leitungstrio. Eine Hand ging zögerlich hoch:

»Ich weiß nicht, ob das passt, aber wir haben doch in der letzten GLK gesagt, wir würden über einen Lehrerfahrradabstellplatz abstimmen, damit wir nicht immer zwischen den Schülern parken müssen, und ich habe mir dann ...«

»Frau Perlich, das können wir unter Punkt Sonstiges notieren. Sonst noch Wortmeldungen zum Thema Vandalismus?«

Der ätherische Veganer Herr Strakowski hob seine Hand unsicher und blickte trotzig zu seiner Erbfeindin Frau Wermske-Bindemeyer:

»Das heißt übrigens nicht Anagramm, sondern Pentagramm, nur dass Sie das auch wissen!«

Eine Frauenstimme piepste aus den hintersten Reihen:

»Ach, und Sie müssen wieder mal eine Frau bloßstellen. Das ist doch egal, ob sie Anagramm oder Pentagramm sagt, wir wissen doch, was sie meint!«

Das war wiederum den Deutschlehrern und den wenigen Sprachpuristen zu viel, in wildem Durcheinander flogen die Wortfetzen:

»Nicht egal, Sprachverhunzung, unglaublich, Sprachdilettantismus, Frauenfeindlichkeit in Reinform, nicht alles gefallen lassen, Weibergetue, Scheiß-Männer ...«

Der Holz-Kollege Gerd Strumpf mit der weißen Künstlermähne ließ seine Faust auf den Tisch donnern und fluchte:

»Thema, Herrgott noch mal, Thema! Können Lehrer nie beim Thema bleiben?«

Der autoritäre Fiberglasstecken tätschelte dieses Mal penetrant den Tisch, bis wieder Ruhe im stickigen Raum einkehrte.

»Können wir mit dem Thema weitermachen? Danke, Herr Strumpf.«

Der Rektor wirkte äußerlich ruhig.

»Laut Schulselbstverständnis und unserem Leitbild, das sich aus jahrelangem, mühsamem Evaluationsprozess heraus entwickelt hat, bitte ich darum, den Grundsatz drei Strich eins: ›Störungen sind sofort zu behandeln und dulden keinen Aufschub‹ auch hier im Kollegium einzuhalten! Was ist sonst mit unserer Vorbildfunktion gegenüber den Schülern?«

Frau Penske-Hohlmaier, Geschichte, Psychologie und hochsensibler Motor jeglicher schulischen Evaluationsprozesse blickte Anerkennung heischend in die Runde. Ihr Spitzname war EVA-geil. Sämtliche Kollegen vermieden den Blickkontakt, da ›die Penske‹ nicht nur bei Schülern, sondern auch im Kollegium sehr beliebt war. Wenn nur nicht die EVA-Manie wäre.

»Wir sollten uns nun wirklich der eigentlichen Thematik nähern.«

Nervös tickerte der Fiberglasstecken auf dem Tisch. Der Rest des Oberstudiendirektors schien auffallend ruhig.

Die Hochsensible meldete sich energisch zu Wort:

»Dann, Herr Böckle, nehmen Sie das aber ins Protokoll auf, dass gegen unser Leitbild hier einfach weitergemacht wird, ohne die Störung aufzuarbeiten! Und das auf Wunsch der Schulleitung!«

Hilde stupfte mich mit dem Ellbogen in die Seite, sodass ein eleganter blauer Strich quer über die aktuelle Seite des Protokolls erschien.

»Böckle, hihihi, das passt. Böckle, hihihi, Daniel Böckle. Mach doch mal das Böckle!«, flüsterte mir Hilde ins Ohr.

»Heilandzack! Lass das, ich muss mich konzentrieren.«

Das Heilandzack war mir vielleicht etwas zu laut herausgerutscht. Frau Penske-Hohlmeier, die Kerzengerade, die Hochsensible schluchzte kurz auf und stakste schnurstracks aus dem muffeligen Lehrerzimmer hinaus, mit fester, gerechter Stimme modulierte sie ganz präzise:

»Anfluchen brauche ich mich nicht zu lassen, schon gar nicht von einem Religionslehrer. Herr Böckle, Sie sollten sich was schämen.«

Die gebremst Echauffierte zog die Tür ganz leise hinter sich zu, wie eine Mercedes-Tür, wenn am schönsten Tag des Lebens die Braut hinten einsteigt.

»Herr Blöckle, äh, Entschuldigung Bönle, wenn Sie mir im Anschluss an die GLK das Protokoll persönlich vorbeibringen würden. Und jetzt bitte, liebe Kollegen, zum Thema, äh, Entschuldigung, Kolleginnen!«

Äußerlich noch ruhiger zitterte allein die Hand des Rektors ganz leicht und verursachte ein Geräusch mit dem Stecken auf dem Tisch wie eine Schabe, die man in eine Streichholzschachtel eingesperrt hat, bevor man sie anzündet. Da wird die Schabe auch nervös.

Und so kam es, dass mein Protokoll noch die Themen Hygiene an der Kaffeemaschine, Falschbedienung der Mikrowelle und Stau am Kopierer in chronologischer Reihenfolge aufnahm. Ich schüttelte meine Hand kräftig aus, ich fühlte mich wie ein Taschenbuchromanschreiber in den Zeiten vor Erfindung der Schreibmaschine. Stoff hätte ich nun auch genug für einen Schundroman. Ja, die Beatles hatten das auch schon geahnt, was da auf mich zukommt: Paperback writer.

Die Meldung des Religions-Kollegen Striemle, der hinter mir saß, ging im allgemeinen Aufbruchs-Tohuwabohu unter:

»Hallo, bitte zum Thema. Die Tischler, die ich im letzten Jahr hatte, die sind nicht ganz koscher. Auch die Para-Klasse. Da müsste man mal nachhaken. Hallo, ja hört denn keiner zu? Was ist denn das für eine Gesprächskultur?«

Der Rektor stampfte mit kurzen energischen Schritten an mir vorbei und murmelte:

»Mitkommen, Bönle, aber sofort!«

»Ich muss noch fertigschreiben.«

»Sie müssen nur das tun, was ich sage: mitkommen!«

Im Rektorat wurde die Stimmung auch nicht bedeutend freundlicher. Der Toupet-Träger Fröhlich schien gar nicht fröhlich:

»So, Bönle, ich hoffe zu Ihren Gunsten, dass wenigstens das Protokoll sowohl formal als auch inhaltlich in Ordnung ist. Ich hoffe, Sie kennen den Unterschied zwischen einem Ergebnis- und einem Verlaufsprotokoll.«

Ich nickte, obwohl mein Kopf spontan anders wollte, und fragte zögerlich:

»Warum *wenigstens*?«

»Bönle, gut, dass Sie an Ihrem Saulgau-Tag hier noch nachmittags zur GLK erschienen sind, das weiß ich zu schätzen. Aber nächsten Montag hätten Sie sowieso bei mir zu einem Gespräch erscheinen müssen. Sie können sich bestimmt denken, um was es geht?«

Mein Kopf nahm diesmal unsicher die horizontale Pendelbewegung auf.

»Nicht? Ich sage nur Krankenhaus! Krankenhaus Sigmaringen!«

»Krankenhaus Sigmaringen?«

Der Mann redete in Rätseln. Mit Krankenhaus Sigmaringen verband ich lediglich den Namen meines Freundes und MIKEBOSS-Mitgliedes Butzi, der mittlerweile über Vitamin-B Krankenwagenfahrer beim Roten Kreuz war. Früher stand er in Bad Saulgau im adretten Anzügchen am Bankschalter. Aber all das konnte mein Rektor bestimmt nicht meinen. Ich schüttelte wiederum meinen Kopf.

»Dann sage ich: Herr Butzi, der fährt Krankenwagen! Fällt Ihnen jetzt etwas ein?«

Mir fiel schon etwas ein, aber das konnte mein Chef bestimmt nicht meinen. Die Leberkäswecken.

Also schüttelte ich weiterhin meinen Kopf:

»Der heißt nicht Butzi, das ist sein Spitzname, man kennt ihn aber nur unter diesem Namen.«

Drohend hub mein Chef an und sog die Luft zischend durch die Nase ein:

»Ich sage nur Fleischkäswecken! Fällt Ihnen immer noch nichts ein?«

Natürlich fiel mir auch zu Fleischkäswecken etwas ein, nämlich Leberkäswecken, die ich in der letzten Woche mit Butzi in der Stadt geholt hatte. Aber was sollte daran Schlimmes sein?

»Ihnen fällt auch nichts ein, wenn ich sage, mit Signalhorn und Blaulicht?«

Natürlich hatte ich zu Butzi gesagt, mit Blaulicht und Gehupe ginge es schneller. Und es war ja auch so. Deutlich schneller. Ansonsten wäre ich am Dienstag zu spät gekommen – in meine Hohlstunde.

»Die ganze Stadt echauffiert sich darüber, das kann Ihren Freund auch den Job kosten. Sie können doch nicht mit Blaulicht Ihren Fleischkäswecken holen. Bönle, das geht nun wirklich nicht. Ich gebe Ihnen nachher die gedruckte Version unseres Leitbildes mit.«

»Leberkäs!«

»Wie bitte?«

Ich musste mir dann noch gefühlte Stunden eine Gardinenpredigt zum Thema Vorbild und sittliche Reife anhören. Ich hoffte, er würde sich wieder beruhigen, als ich ihm mein handschriftliches, 28-seitiges Protokoll überreichte. Dem war aber nicht so.

Er entließ mich mit vielen guten Ratschlägen und dem Hinweis:

»Passen Sie ein bisschen auf. In Ihrer Tischlerklasse sind ein paar eigenartige Typen. Der Striemle, Sie wissen, Ihr Vorgänger in Sachen Religion, hat gemeint, denen sei so etwas zuzutrauen. Dieses Satans-Geschmiere. Ein bisschen Aufmerksamkeit, Bönle! Und jetzt gehen Sie endlich, mir ist schon ganz blümerant zumute!«

Stöhnend ließ sich mein Chef in seinen Chefsessel fallen. Ich ließ den Blümeranten allein.

20 ÜBERRASCHUNG

Mittwoch, 20. Juni, abends, Riedhagen, im Pfarrhaus

The only one who could ever reach me,
Was the son of a preacher man,
The only boy who could ever teach me,
Was the son of a preacher man,
Yes he was, he was, oh yes he was.
(Dusty Springfield, Son of a Preacherman)

Deo war freudig überrascht, uns zu sehen. Er breitete seine Arme weit aus und wirkte dadurch noch mächtiger. Der Massai aus Nairobi leitete seit Jahren als Pfarrer die Geschicke der katholischen Kirche in Riedhagen. Anfänglich war er der belächelte Buschpfarrer, aber seine Freundlichkeit, die Fähigkeit, auf Menschen zuzugehen und nicht zuletzt sein verschmitzter Humor machten ihn zu einer zentralen Figur Riedhagens. Er wohnte im idyllisch mit Efeu umrankten Pfarrhaus, Kirche und Friedhof in direkter Nachbarschaft.

»Das ist aba eina große Übeaschung, da Dani und die Cäci. Kommt herein.«

In Deodonatus Ngumbus guter Stube nahmen wir auf einem altmodischen Plüschsofa Platz, in das wir tief einsanken und mit den Schultern zusammenstießen. Deo setzte sich auf einen einfachen, soliden Holzschemel, den seine Soutane völlig verdeckte. Es sah aus, als ob der mächtige schwarze Pfarrer sitzend im Raum schwebte.

Er zeigte auf das jugendstilische Bistrotischchen, das zwischen ihm und uns stand.

»Wollt iah was zu trinka haba? Most, Bia, Wein?«

»Most gern.«

»Most mit süßem Sprudel.«

»Wo habt iah denn den kleina Hosascheißa?«

»Bei der Oma.«

»Nächsta Mal müsst iah den mitbringa, der ist ja zum Schießa! Der ist ja richtiga Wonneproppa geworda. Bei da Taufe war er noch ganz kleina Würschtle.«

Deo hatte Korbinian T. Rex getauft: *Und hiamit taufe ich dich auf da Nama Kobinian Tippex …*

Das hatte in der kleinen Gemeinde noch lang nach der Taufe für Lacher gesorgt. Es war nicht ganz einfach, zu verhindern, dass Korbi der Spitzname Tippex ein Leben lang blieb. Aber Cäci hatte das Ihrige dafür getan, meine Schwiegermutter Frieda ebenfalls. Wer Tippex sagte, bekam einfach das Bier schlechter eingeschenkt.

Mittlerweile standen Most und süßer Sprudel auf dem altmodischen Bistrotischchen. Deo genoss das rustikal-säuerliche Getränk aus seinem Keller ohne süße Verdünnung. Ich ebenfalls.

»So, was ist denn da Grund füa eura Besuch? Ich kann mia schon vostella, iah wollt endlich in da Stand da heiliga Ehe treta?«

Deo schaute sehr ernst, die Augen traten hervor wie Tischtennisbälle, seine Hände hatte er fromm um das Mostglas gefaltet. Cäci hatte ganz rote Bäckchen bekommen, aufgeregt schüttelte sie ihr brünettes glattes Haar und rutschte auf dem federnden Sofa hin und her.

»Würdest du das machen, Deo?«

Der Massai platzte schier vor Stolz:

»Geane, das ist mia eina große Ee!«

Wir erklärten ausführlich unserem Freund Deo, dass wir gern im Donautal heiraten würden, in der Basilika St. Georg. Deo versprach, alle bürokratischen Hürden für uns zu überwinden. Auch würde er für die nächste Woche einen gemeinsamen Gesprächstermin in Beuron abmachen. Abschließend wies er uns auf die Pflicht einer Brautseminar-Teilnahme hin:

»Da Ee-Vobereitungssemina ist heutzutag eina ressourcanorientierta, psychoedukativa Beratungs- und Trainingsprozess füa de künftige Ee-Paare und de soll auf die Herausforderunga eina Ee vorbereita.«

Cäci blickte verwirrt zu Deo:

»Was, das muss ich mir notieren. Und können wir die Termine auch schon abmachen?«

»Ja, könna wia so macha, ich orientia mich an da Schönstatt-Bewegung, damit iah vo allem eepädagogischa Kompetenza eaweabt.«

Cäci wurde immer unruhiger:

»Das habe ich mir viel romantischer vorgestellt. Dani, hast du was zu schreiben? Nun mach schon!«

Aus meiner Mappe krustelte ich für Cäci den Schülerschreibblock, den ich nächste Woche unbedingt wieder diesem Fridolin zurückgeben musste, und einen Bleistift. Deo referierte noch einmal über die Notwendigkeit des Ehevorbereitungskurses, und Cäci schraffierte nervös, da sie so schnell gar nicht mitschreiben konnte, mit dem Bleistift über das karierte Blatt Papier.

Als sie auf den Block schaute, während Deo eine kleine Mostnachschenkpause einlegte, erkannte sie einige helle

Buchstaben hinter der grauen Schraffur. Interessiert bewegte sie mit raschen Bewegungen den Bleistift in Schräghaltung über das Blatt, um den Rest des Textes sichtbar zu machen. Was da Dani wohl geschrieben hatte, mit dieser eigenartigen Schrift.

»Ich hol noch mal Most. Iah bleibt doch noch a bissale?«

Deo stand auf, um vom Kunststofffass im Keller einen weiteren Liter des sauren vorjährigen Apfelmostes abzuzapfen.

»Hei, Daniel, da steht aber was ganz Komisches auf deinem Block. Ist das von dir?«

»Was soll da stehen? Der Block war leer, der gehört einem Schüler von mir, irgendeinem Fridolin. Da stand aber nichts drin.«

Neugierig schaute ich auf die hellen Buchstaben, die wie durch Zauberhand durch Cäcis Schraffurtechnik erschienen waren.

»Lies mal vor!«

Cäci kniff die Augen zusammen und las stockend:

»Sehr geehrte Poli..., den Rest kann ich nicht lesen. Dann: Es ist sehr wichtig, was ich ... schreibe. Ich werde erpresst ... erpresst ist falsch geschrieben, nur mit einem s. Weiter:... meinen Freund Peter Fallar, oder Faller, wo gerade im Saulgauer Krankenhaus liegt ... Krankenhaus mit ck, das ist wirklich ein Schüler, aber nicht der beste. Und die letzten drei Worte im Satz sollen wohl ›umzubringen‹ heißen.«

Ich konnte Cäci nicht ganz folgen:

»Lies einfach mal am Stück weiter, ohne auf die Fehler hinzuweisen.«

Cäci tat, wie ihr geheißen:

»Weil ich es nicht kann, bin ich jetzt selber in Gefahr. Alles wäre gelöst, wenn in der Zeitung steht, dass Peter tot ist. Das ist eine große Bitte, weil die mir dann nichts tun und denken, dass ich meinen Auftrag getan habe. Das ist doch kein Problem für die Polizei. Mein Leben hängt davon ab. Sonst sind Sie schuld, wenn dann zwei tot sind. Peter hat keinen Selbstmord gemacht. Man hat ihn gezwungen, von der Teufelsbruck zu springen. Die schneiden mir dann nicht bloß den Finger ab. Das ist kein Witz!!!«

Als Cäci zu Ende gelesen hatte, ergriff ich den Block und studierte den Text aufmerksam. Kein Zweifel, das hatte etwas mit den absurden und gewalttätigen Geschehnissen der letzten Tage zu tun. Nur was?

Deo bemerkte unsere Betroffenheit, als er mit dem kühlen Krug aus dem Keller zurückkam:

»Aba, jetzt brauchta nicht so betropfelt sein, ist nicht so schwiaig, da Eevorbereitung. Ich mach des in kueze zwei Stunda und basta.«

Wir erklärten Deo, warum wir ›betropfelt‹ waren und beratschlagten lang, nachdem wir ihm die Hintergründe der Vorkommnisse geschildert hatten, was wir unternehmen könnten.

Als wir zurück zu Frieda liefen, kuschelte sich Cäci ganz eng an mich:

»Das ist schon ein toller Kerl, der Deo, mit dem kann man alles besprechen. Das wäre auch ein super Lehrer geworden. Wie der uns das erklärt hat mit dem Eheseminar, das macht mir jetzt gar nichts mehr aus. Das wird bestimmt ganz locker.«

Sie fing an zu singen:

»The only boy who could ever teach me, was the son of a preacher man.«

»Heee, da ging es aber um etwas anderes!«

21 VESPER

Mittwoch, 20. Juni, gegen 20:00 Uhr bis in den Donnerstag, 21. Juni, hinein, Riedhagen, im Goldenen Ochsen

Is it a beautiful day? You're beautiful!
I mentioned earlier that the world is watching
each of you.
You make me so proud I'm the happiest woman
in the world right now.
I have a dream come true.
It's more than you
It's more than me
No matter what we are
We are a family
(Diana Ross, Family)

Vor dem mächtigen Gasthaus mit dem rotschimmernden Ziegeldach und dem heimeligen Fachwerkgebälk lag auf der steinernen Treppe weit unter dem glänzenden Wirtshausschild mit dem vergoldeten Ochsen, wie meist, die schwarz-weiße Katze. Durch den großen, spärlich mit

Gästen gefüllten Schankraum schritten wir ins Nebenzimmer, das Kaiserzimmer, mit den gewöhnungsbedürftigen Exponaten. Frieda hatte uns den Tisch neben dem kalten Kachelofen gedeckt.

Unter einem grimmig bleckenden borstigen Schädel eines mächtigen Ebers, dessen gebogenen Hauer aus dem Maul herausragten, stand Korbis Stubenwagen aus hellem Weidengeflecht. Schon Cäci hatte darin geruht.

Ich ging geschwind zu ihm hin.

»Lass ihn schlafen, dann können wir in Ruhe essen!«

Cäci flüsterte beinahe, obwohl im Schankraum am Stammtisch eine hitzige, lautstarke Diskussion über das Für und Wider von Elektroautos und Elektrotraktoren und Elektromähdreschern geführt wurde.

»Und irgendwann haben wir noch Elektropanzer«, skandierte lautstark ein Alter und knallte seinen Walder-Bräu-Krug auf den Tisch, dass der Schaum nur so spritzte. Cäci zog die bernsteinfarbene Butzenglasschiebetür vorsichtshalber zu.

»Natürlich lass ich ihn schlafen, ich will nur nicht, dass er unter dem Eberkopf steht.«

»Warum denn das?«, fragte Cäci erstaunt.

»Ich will das einfach nicht!«

»Spinnst du jetzt ganz, meinst du, der Eber tut ihm was? Da hat mein Vater schon dafür gesorgt, dass der kampfunfähig ist. Und du willst doch bestimmt, dass dein Sohn ein richtiger Jäger und Kämpfer wird, also was soll das?«

Vorsichtig, um ihn nicht zu wecken, schob ich meinen ebergefährdeten Sohn im Stubenwagen etwas zur Seite. Unter den Fischpräparaten schien er mir sicherer.

»Lass ihn endlich stehen, Korbi wacht sonst auf!«

»So, jetzt passt's.«

Ich wollte Cäci nicht sagen, dass *ich* dieses Mal Angst um die Sicherheit meines Sohnes hatte. Wäre der präparierte Schädel des Prachtebers, durch ein Erdbeben motiviert oder durch korrodiertes Verankerungsmaterial verursacht, heruntergestürzt, hätte er meinen ahnungslos schlafenden Sohn einfach erschlagen. Das wollte ich nicht.

Allmählich füllte sich der frisch auf Hochglanz lackierte Tisch mit Bieruntersetzern, zwei Mal WalderBräu, Besteck, in rot-weiß karierte Stoffservietten eingehüllt, Brotkorb mit vier Scheiben Bauernbrot und zur abschließenden Krönung mit zwei Tellern Linsen mit Spätzle und Saitenwürstchen. Cäci hatte sich das von ihrer Mutter gewünscht.

Zuerst hatte sie die Idee, bei mir selbst zu kochen. Gott sei Dank hatte sie mit ihrer neuen Praxis viel zu tun, dass sie von selbst auf die Idee kam, jemanden kochen zu lassen, der es auch beherrschte. Immer mehr fand unser Familienleben im Goldenen Ochsen statt. Korbi war meist hier, bei seiner Oma. Cäci war, weil Korbi eben meist bei seiner Oma war, dann auch bei ihrer Mutter. Und ich war, weil mein Sohn und meine Lebenspartnerin im Goldenen Ochsen waren, gezwungenermaßen auch bei meiner Schwiegermutter in spe. So schlimm war das gar nicht, da musste ich auch nicht abspülen und sauber machen. Das machte die freundliche, russische blonde Chantal. Mittlerweile hatte ich mir unterm Dach neben Cäcis Kinderzimmer einen schönen, großen Raum gemütlich nach meinen Vorstellungen eingerichtet. Mein Erbhaus diente fast nur noch als Garage für den Chevy, die Harley und als Abstellplatz für den kleinen Fahr-Mähdrescher. Neuerdings hatte sich noch eine Honda Monkey aus den 70ern dazugesellt. Für Korbi.

Die Linsen waren erstklassig, die Spätzle phänomenal, beides Spezialitäten von Frieda. Die Würstchen, ebenfalls ausgezeichnet, kamen aus dem nahen Ostrach.

Mit der Rinde des Bauernbrotes säuberte ich den Teller mit festen Rundumbewegungen, um nichts von der köstlichen braunen Linsensoße verkommen zu lassen.

»So, hat's geschmeckt?«

Frieda stand mächtig mit einer blau-gelb geblümten Kittelschürze vor uns. Ihr voluminöser, vermutlich durch eine BH-Spezialkonstruktion, eventuell sogar Sonderanfertigung, gestützter Busen warf einen dunklen Schatten auf meine schmächtige Cäci. Immer wieder bin ich ihrem Vater, Gott hab ihn doppelt selig, dankbar, dass er in seiner Beziehung mit Frieda wenigstens genetisch dominant war.

»Prima, Frieda, es war wie immer vorzüglich. Wenn du mal Zeit hast, kannst du ja der Cäci zeigen, wie man die Linsen so gut hinbekommt. Die krieg nicht einmal ich ...«

»Was soll das heißen, findest du, dass meine Linsen nicht so gut sind wie Mamas?«

Ungläubig schaute mich Cäci an. Frieda verdrehte nur die Augen und bemerkte trocken:

»Ich bring noch zwei Bier, diese Diskussion will ich nicht mehr hören.«

Die stolze Wirtin drehte nahezu geräuschlos ab, um zwei frische Walder zu zapfen.

Cäci besann sich, legte eine Hand auf meine Linke und strahlte gesättigt:

»Eigentlich haben wir's doch schön: Korbi ist gesund, Mama mag dich, obwohl wir noch nicht verheiratet sind,

144

wir können hier fast jeden Tag essen, du bist finanziell unabhängig durch dein Erbe. Mit dem Geld sollten wir dann irgendwas machen. Das Grundstück unterhalb gehört Mama. Es ist das schönste in Riedhagen. Riedblick, unverbaubar. Der Teich. Umsonst!«

»Ach, das brauchen wir doch nicht, ich habe doch mein Elternhaus. Was meinst du, was das kostet? Bauen ist heutzutage sündhaft teuer, und die Handwerker pfuschen doch nur.«

Mit Daumen und Zeigefinger machte ich eine reibende Geste, indem ich mich Cäcis Handgetätschele entzog.

»Du bist doch nur zu geizig, jetzt ist die beste Zeit, zu bauen. Man bekommt keine Zinsen für das Ersparte, Ererbte. Und wenn eine Inflation kommt, geht alles flöten.«

Diese Argumentation zauberte nur ein dünnes Lächeln auf meine Lippen.

»Du könntest dein Elternhaus als Ferienwohnung vermieten. Da kann man ganz gut damit verdienen. Illmensee in der Nähe, das Ried zum Wandern.«

Auch dieses Argument perlte an mir ab wie Altöl auf einem Lotos-Blütenblatt. Ich machte mir nicht einmal die Mühe, ein Gegenargument zu finden.

»Das Grundstück ist so groß, da könnten wir für den Chevy, den Mähdrescher, die Harley, meinen Opel und Korbis Monkey eine große Garage bauen. Vielleicht schaffen wir's ja auch mal, den Porsche Diesel Traktor aus dem Ried zu bergen. Der würde da garantiert noch mit rein passen … Eine riesige Garage!«

»Okay, wann könnten wir da anfangen mit Bauen?«

»Mama sagt, jederzeit. Das ist ja voll erschlossen!«

»Auch nächste Woche?«

»Ob das so schnell geht, weiß ich nicht. Aber ich frage heute Abend noch Mama. Wow, die wird sich freuen! Meinst du das wirklich ernst? Du bist doch sonst so gei... sparsam?«

Ich nickte, denn ich hatte mich entschieden. Das Argument mit der Garage war erstklassig. Da könnte man sich sogar überlegen, einen kleinen prophylaktischen Fuhrpark für Korbi einzurichten. Mit echten großvolumigen Verbrennungsmotoren, denn wenn er führerscheinreif wäre, würde es bestimmt nur noch unsinnige Elektro- oder Wasserstoffmotoren geben.

Cäci beugte sich weit über den Tisch und steckte mir die Zunge bis zum Anschlag in den Mund. Ausgezeichnet, sehr linsig.

»So, aufpassen, sonst hab ich gleich das zweite Enkele am Hals!«

Lachend stand Frieda mit zwei leuchtenden, weiß schäumenden Waldern am Tisch.

»Was gibt's zu feiern?«

»Sitz her, Mama, sonst haut's dich um!«

Wunderfitzig, wie Frieda war, setzte sie sich breit neben ihre schmale, schöne Tochter.

»Jetzt red schon endlich. Was gibt's Neues?«

Cäcis braune Augen verflüssigten sich, sie schniefte, schlug mit den Armen wie ein Baby-Vogel vor dem ersten Flug und schluchzte:

»Dani will mich heiraten, noch dieses Jahr!«

»Waaas?«

»Ja, und Deo wird uns trauen. Im Donautal, sooo romantisch.«

Dann lagen sich die beiden weinend in den Armen, wie David und Goliath oder King Kong und Jane. Auf jeden Fall kam ich mir überflüssig vor. Frieda nahm Cäcis rotweiß karierte Stoffserviette und schnäuzte kräftig hinein. Ihre Brille war beschlagen, als sie schnorchelnd zu mir sagte:

»Oh, Danile, das ist das schönste Geschenk, was ihr mir machen könnt. Aber dann solltet ihr auch bauen, damit der Korbi ein schönes Zuhause hat. Weißt, dein Elternhaus ist feucht, und hier in der Gastwirtschaft, das ist auch nicht das Richtige. Ihr braucht ein eigenes schönes Heim! Ich weiß, dass man dich nicht aus deinem Elternhaus rauskriegt. Aber Danile, überleg doch mal, den schönsten Bauplatz in Riedhagen könntest haben. Den allerschönsten!«

Zum Spaß, um es etwas spannender zu machen, präsentierte ich der gerührten Schwiegermutter eine nachdenklich ablehnende Mimik.

»Ach, Danile, denk doch ans Kind und an die Cäci ... Ich zahl die Hälfte vom Haus, wenn du jetzt ja sagst.«

»Ja!«

»Waaas?«

»Ja!«

Frieda sprang auf, der Stuhl polterte nach hinten, sie riss die Arme weit auf, um sie hinter meinem Rücken wieder zu schließen. Ich hatte das Gefühl, mit einem Bären zu tanzen.

»Das ist der zweitschönste Tag in meinem Leben! Den streich ich jetzt immer im Kalender an, den 20. Juni«, frohlockte die feiste Frieda. Noch einmal schnäuzte sie kräftig in die karierte Stoffserviette.

»Was war der schönste?«, hakte Cäci nach.

»Als ich deinen Vater geheiratet hab und du auf d' Welt kommen bist.«

»Das sind zwei Tage.«

»Die waren aber gleich schön!«

Fünf Walder später, und aus dem Mittwoch war wie durch ein Wunder der Donnerstag geworden, saßen Cäci und ich immer noch in der Jägerstube. Mittlerweile hatte Frieda auf einem Zettel sämtliche Gäste notiert und das, was man sich sonst noch alles merken musste. Korbi war mittlerweile in Cäcis Kammer. Stellvertretend für ihn lag ein gelbblaues Babyphone auf dem Tisch. Manchmal leuchtete das rote Signal kurz auf, und ein rauschendes, wohliges Grunzen befriedigte unser Gehör. Beide waren wir in glückseliger Laune. Und Frieda, wenn sie weitere Getränke zu unserer Erfrischung hereintrug, schniefte jedes Mal vor Dankbarkeit um ihren prächtigen Schwiegersohn in spe kurz auf und erinnerte an etwas ganz Wichtiges, was man auf keinen Fall vergessen dürfe.

Dann fiel Cäci, die nüchterner war als ich – die zwei letzten Biere hatte ich mit Friedas Riedwässerle hinuntergespült – der Zettel wieder ein. Die Stimmung wurde wieder etwas seriöser.

»Komm, zeig mir nochmal den Zettel!«

Gemeinsam lasen und interpretierten wir den Text, den vermutlich Fridolin Saber aus meiner Tischlerklasse hin gekritzelt hatte.

»Komm, lass uns einfach mal zusammenfassen!«

Und wieder musste ein kariertes Blatt aus dem Schreibblock des Schülers für unsere Recherche der Ereignisse seit Schuljahresbeginn herhalten. Cäci notierte in einer

Art Mindmap, aufgeteilt in Wann?- Was?- Wo?- Von Wem erfahren?-Wölkchen:

1. Samstag, 9. Juni, Ende Pfingstferien: Korbi findet einen abgetrennten Finger bei Fest. Riedwirtschaft. Selbst erlebt! (Cäci, Dani)

    2. Sonntag, 10. Juni: Ein Fischer entdeckt jungen Mann, der von Brücke gesprungen ist oder gestoßen wurde. Es fehlt ein Finger. Inzigkofen, Teufelsbrücke. Von Bene. Aus Zeitung. Tratsch.

    3. Dienstag, 12. Juni: Opfer ist Peter Faller, Tischler-Schüler aus Sig. Para-Klasse. Früher in Danis Klasse. Engelswies. Freund Fridolin Saber auch Engelswies, nie in Schule. Finger aus Ried gehört nicht P. F. Info von Bene.

    4. Samstag, 16. Juni, nachts: Floßfahrt. Amalienfelsen. Komische Umtriebe im Park. Sekte oder Ähnliches. Anführer sagt etwas Unverständliches. Maximal 10 Personen. Jugendlicher liegt auf Boden. Betrunken? Holzpflock mit Beil. Selbst gesehen (Cäci).

    5. Sonntag, 17. Juni, morgens: Thiergarten Basilika St. Georg geschändet. Tierkopf auf Altar (Rind?). Okkulte Zeichen an Wand. Scheibe eingeschlagen (Seite; Fenster sehr eng!). Zigarettenschachtel und Stummel (Marke Che Guevara). Lippenstift an Stummel. Pater Benjamin (Schule Sig. – Holz). Bei Thiergarten im Donautal. Nähe Beuron.

Cäci legte den Stift auf dem hellen, glänzenden Tisch ab:
    »Und dann, was war dann? Da hatte ich in der Woche auch noch meine Praxiseröffnung, aber das hat ja nichts mit dem Fall zu tun. Obwohl ... der Metzger, der Tiere töten muss, das könnte doch auch passen.«

Ohne den Namen des Patienten zu nennen, schilderte Cäci die skurrile Situation in ihrer neuen Praxis und schrieb auf:

6. Mittwoch, 20. Juni: Praxis erste Patienten: Metzger aus Sig. muss Tiere töten. Geht überraschend vor Behandlungsende. Praxis Saulg. Selbst erlebt (Cäci).

7. Mittwoch, 20. Juni: Dani überrascht Schulschwänzer Fridolin Saber in Klassenzimmer in großer Pause. Versteckt Zettel. Ist nervös, vergisst Block. Dani nimmt Block mit. Adressat des Schreibens Polizei. Der Durchdruck ergibt im Wesentlichen folgende Nachricht:

Fridolin Saber wird erpresst, seinen Freund Peter Faller umzubringen. Da er ihn aber nicht getötet hat, muss er selbst um sein Leben fürchten. Als Lösung sieht er, wenn in der Öffentlichkeit bekannt würde, dass Peter Faller gestorben sei. Davon hängt sein, aber auch Peter Fallers Leben ab. Der Sprung von der Teufelsbrücke war kein Suizidversuch. Das Abschneiden des Fingers war wohl eine Art Warnung, eine Vorstufe. Der letzte Satz soll die Ernsthaftigkeit, Angst ausdrücken (Das ist kein Witz!!!)

Schule Sig. Selbst erlebt (Dani)

8. Mittwoch, 20. Juni, 15:00 zweite Lehrerkonferenz: In der Nacht v. 19. auf 20. Schule beschmiert. Okkulte Zeichen, wie in Mini-Basilika. Rektor gibt Hinweis, auf Tischlerklasse zu achten wg. Vorkommnissen, auch ehem. Relilehrer Striemle macht Andeutung. Schule Sig. Selbst erlebt (Dani)

»So, das wär's so weit. Mal sehen, was uns als Nächstes erwartet?«

»Da bin ich auch gespannt, das Ende war das bestimmt noch nicht!«

»Der Schrieb von Fridolin ist wirklich der Hammer, das bedeutet ja, dass wir mit zwei Toten rechnen müssen, wenn die Sache noch weiter aus dem Ruder läuft.«

»Eine Gruppe scheint die beiden zu bedrohen, sonst hätte er nicht *Die* geschrieben.«

»Ja, aber da muss doch ein Kopf dahinterstecken, jemand, der die Gruppe führt.«

»Denkst du, das waren die, die ich nachts im Park beobachtet habe? Was hätten die mit mir gemacht, wenn sie mich entdeckt hätten?«

Ich schluckte trocken.

»Hast du schon eine Erklärung für das alles, Dani?«

»Nein! Du meinst, ob ein Motiv zu erkennen ist?«

»Ja, das sieht zum Teil sehr pubertär aus, andererseits wirkt es gefährlich strukturiert.«

»Meinst du, dein komischer Metzger hat etwas mit der Sache zu tun?«

»Das kann ich mir kaum vorstellen, aber dass jetzt gerade einer bei mir auftaucht, der gern Tiere tötet, und fast zeitgleich ein Bullenkopf oder was das war in einer Basilika liegt. Ist das Zufall?«

»Keine Ahnung, sollen wir den Metzger von der Liste streichen?«

»Ich weiß nicht.«

»Was sagt die Psychologin zum Motiv? Warum springt ein Jugendlicher von einer Brücke?«

»Er ist unter Druck.«

»Was für ein Druck?«

»Gruppendruck, wenn er dazugehört. Vielleicht wurde

er gestoßen? Anscheinend ist er noch nicht vernehmungsfähig. Vermutlich der gleiche Druck, unter dem dieser Fridolin steht. Aus der Botschaft kann man schließen, dass er gezwungen wurde, in die Tiefe zu springen.«

»Da bin ich gespannt, ob der Peter Faller was sagt, wenn er vernehmungsfähig ist. Ich denke, der ist tatsächlich erpresst worden. So wie es in dem Zettel zu lesen ist.«

»Ich denke, hier haben gleich zwei Jugendliche ein ganz massives Problem.«

»Das müssen wir der Polizei melden.«

»Die wird wieder toben, wenn sie merkt, dass wir auch recherchieren.«

»Die wird froh sein, wenn sie weitere Beweise in die Hand bekommt. Der Zettel von Fridolin macht einiges klar.«

Cäci kramte nach ihrem Handy.

22 BULLENTREFFEN

Donnerstag, 21. Juni, vormittags, Polizeirevier in Bad Saulgau

A man's gotta do
what a man's gotta do
Don't plan the plan
If you can't follow through
All that matters

Taking matters into your own hands
Soon I'll control everything
My wish is your command
(Dr. Horrible, A mans gotta do)

Der schlanke, groß gewachsene Kommissar Härmle hatte die Hände wie zum Gebet gefaltet. Die Schultern ruhten über den Ellbogen, so weit hatte er sich über seinen aufgeräumten Schreibtisch nach vorn gebeugt. Er entfaltete seine Hände, griff ruhig in ein Körbchen mit Schreibtischutensilien und griff nach einem schwarzen Standard Marker.

Ich konnte darauf lesen: Standard Marker trocken abwischbar. Härmle klopfte einen Dreivierteltakt mit dem Stift auf den Schreibtisch.

Wie zwei Erstklässler saßen wir auf hässlichen Bürostühlen vor unserem Sherlock. Er fuhr sich kurz mit dem Standard Marker durch sein mählich ergrauendes, aber immer noch fülliges Haar. Er war schon ein echter Hingucker, unser Holmes. Nicht für mich, ich bedauerte es aufrichtig, dass die Tiefkühl-Blondine heute fehlte. Aber die Damenwelt schätzte unseren Härmle, immer seriös, immer freundlich, immer gut gekleidet, immer … eigentlich immer alles. Der Elegante räusperte sich einmal, zweimal, dreimal, dann schaute er von dem karierten, schraffurgefärbten Din A4 Blatt auf. Noch einmal räusperte er sich. Dann lehnte er sich langsam zurück, wobei die Rückenlehne seines Arbeitssessels ein seufzendes Geräusch von sich gab.

Er schaute zuerst mich dann Cäci mit seinen treuen Augen an. Ich betrachtete dies als Aufforderung, das nunmehr einstündige, gefühlt, Schweigen zu unterbrechen.

»Wo ist denn heute Ihre reizende Kollegin?«

»Sie meinen, die Frau Krieger? Ja, die ist, wie soll ich sagen, heute unpässlich.«

»Der ist die Decke auf den Kopf gefallen?«

»Sozusagen, aber das ist hier nicht relevant.«

Cäci stupfte mich mit ihrem rechten Fuß an meinen linken und bemerkte:

»Was sagen Sie zu dem Schreiben?«

»Das ist mir nicht unbekannt, das ist schon bei uns eingegangen, das Original sozusagen, nicht der Durchdruck. Neu und wichtig ist für uns, dass Sie uns geholfen haben, den Verfasser des anonymen Schreibens herauszubekommen. Danke, Herr Bönle, für Ihre Unterstützung, auch Ihrer Partnerin.«

Härmle hing sich noch weiter nach hinten in den Sessel und faltete die Hände über dem flachen weißbehemdeten Bauch. Mit beiden Daumen drehte er an der Spitze seiner schwarzen Krawatte. Ich hatte Angst, dass er nach hinten wegkippte.

»Was ist denn nun mit Ihrer Kollegin? Stimmt das mit der Decke, der Ravensburger Polizeidecke? Das Pflaster konnten wir ja schon bewundern.«

»Na ja, da wird viel getratscht, eine kleine Gehirnerschütterung eben. Übelkeit, so etwas geht oft mit Übelkeit einher, sozusagen.«

»Das kann auch andere Ursachen haben. Trägt sie vielleicht ein Kind unter dem Herzen? Alt genug wäre …«

Ich spürte einen starken Schmerz in meinem linken Knöchel. Cäci zischte:

»Lass das, provozier doch nicht immer so sinnlos herum.«

Herr Härmle lächelte: »Danke, Frau Maier, aber bald Bönle, das pfeifen gerade die Saulgauer Spatzen vom Dach.«

»Das ging aber schnell!«

»Also, um wieder zur Sache zurückzukommen. Das ist natürlich sehr gut für das Fortschreiten der Ermittlungen, dass Sie uns den Namen des Schülers nennen konnten, von dem vermutlich das Schreiben an uns stammt. Das lag heute Morgen einfach zusammengefaltet, sozusagen, im Briefkasten. Anonym. Ich werde nachher gleich einen Beamten in die Schule schicken, um den Schüler holen zu lassen.«

»Den werden Sie wohl kaum in der Schule antreffen. Dauerschwänzer, das am Mittwoch war wohl reiner Zufall, dass ich ihn dort angetroffen habe.«

»Dann schicke ich jemanden nach Engelswies zu den Sabers. Obwohl, das mache ich besser selbst, oder vielleicht schafft das ja die Krieger, auch im Krankenstand, sozusagen. Hoffentlich treffen wir dort diesen Fridolin an.«

Härmle, der Langgestreckte, lehnte sich noch weiter im bequemen Sessel zurück und schwieg. Er hatte fast schon die Sofaposition eingenommen.

In das Schweigen hinein fragte Cäci:

»Und, was machen Sie nun, gehen Sie darauf ein, diesen Peter Faller für tot zu erklären?«

»Das kann ich Ihnen nicht sagen.«

»Können oder wollen Sie nichts sagen?«, hakte ich nach.

»Können und wollen, Herr Bönle.«

»Sie müssen darauf eingehen, sonst besteht das Risiko, dass zwei Schüler tot sind.«

»Herr Bönle, ich weiß, was ich tun muss. Danke noch einmal für Ihre Bereitschaft der Kooperation, sozusagen. Wir melden uns wieder.«

Der Sessel seufzte wieder, diesmal aber anders rum. Härmle erhob sich zu seiner ganzen Pracht und reichte formvollendet zuerst Cäci die Hand, nickte dabei leicht mit dem Kopf. Dann reichte er mir die Hand und versuchte sie auszupressen. Es knackte leicht, dann stärker. Er schaute mir kerzengerade in die Augen, ich kerzengerader zurück. Der Schmerz in der Hand wurde stärker. Ich konterte.

»Wenn sich zwei Ochsen treffen«, murmelte Cäci im Hinausgehen.

Unisono sagten Härmle und ich:

»Bullen!«

Er grinste, ließ meine zerquetschte Hand los, ich grinste, ließ meine gepresste Hand locker beim Hinausgehen baumeln.

Cäci stakste knallend mit ihren schwarzen Cowboystiefeln über den Flur. Ihr Pfirsich-Gesäß pendelte gefällig im Stretchmini vor mir her. Die orange Bluse mit den Stickapplikationen suggerierte einen leichten Touch von Country und Western.

Draußen wartete der Dicke auf uns, der Chevy Bel Air, Impala 1960, Cabriolet zweitürig, Serie 1800, mit mächtigem V8-Motor und sieben Liter Hubraum, in Rot natürlich. Der Dicke war unanständig, er hatte einen Strafzettel bekommen.

»Willst du fahren?«

»Ich?«

Cäci war mehr als erstaunt, mit unverhohlenem Misstrauen schaute sie mich an, als sie schlagartig abgebremst und sich umgedreht hatte.

»Wir haben doch noch Zeit, können ein bisschen cruisen und Musik hören.«

»Und ich darf fahren? Außerdem hast nur du Zeit, in einer knappen Stunde kommt mein Metzger aus Sigmaringen.«

»Das reicht noch locker für eine Stadtrunde und eine Tour um den Golfplatz.«

Was sollte ich sonst mit diesem angebrochenen Donnerstag noch anfangen? Und Cäci hatte dann doch nichts dagegen, eine kleine Spritztour bei herrlichstem Oberschwabenwetter zu wagen. Sie liebte das große Auto fast so wie ich, gab es nur nie zu.

Ich holte aus dem winzigen, stylischen Kühlschrank, den mir mein Hofmechaniker Herrmann eingebaut hatte, ein Fläschchen WalderBräu naturtrüb hell. Bevor Cäci richtig protestieren konnte, hatte ich auf Höhe der Kleber Post zum Gedröhne von AC/DC, Whole Lotta Rosie, schon zum kräftigen ersten Schluck angesetzt. Was gab es Schöneres als Chevy V8-Sound, gute Musik, ein kühles Walder und eine schöne Frau. Schade, dass Korbi nicht mit von der Partie war, das hätte ihm auch gefallen.

An der Kleber Post, ihres Zeichens gastronomisches Highlight Oberschwabens, standen, mit offenen Mündern unsere Vorbeifahrt bewundernd, zwei bekannte Gesichter und die dazugehörigen Körper: Saitling, mein Saulgauer Rektor, und sein Hilfssheriff.

»Spinnst du eigentlich? Ich frage mich manchmal wirklich, warum ich gerade mit dir zusammen bin. Du tust Dinge, die kein normaler Mensch macht.«

»Vielleicht deshalb!«

»Das gibt doch bestimmt Ärger. Und mach endlich diese gottverdammten AC/DC leiser. Das ist doch pubertär. Und versteck das Bier, solang wir durch die Stadt fahren.«

»Was ich in meiner unterrichtsfreien Zeit mache, geht niemanden etwas an.«

»Du hast doch Vorbildfunktion als Lehrer.«

Cäci schien tatsächlich böse zu sein. Sie hatte keine Lust mehr auf Cruisen. Sie fuhr zur Praxis und stieg aus, knallte die Chevy-Tür heftig zu.

»Tschüss, viel Spaß mit deinem geschuckten Metzger. Ich hole dich wie verabredet ab. Ich gebe Korbi ein Küsschen von dir.«

Erst jetzt drehte sie sich um, zog die Nase kurz nach oben, dass sich eine kleine, neckische Falte ergab, dann tippte sie gegen ihre Stirn und grinste mich frech an.

Na also!

23 ENGELSWIES

Donnerstag, 21. Juni, zur Mittagszeit, Engelswies

I'm crazy like a fool
What about it Daddy Cool
Daddy, Daddy Cool
(Boney M., Daddy Cool)

Da das Chevy V8-Aggregat jetzt richtig warm war, beschloss ich, warum auch immer, nach Engelswies zu fahren. Nicht den direkten Weg von Saulgau aus. Zuerst cruiste ich nach Mengen, von dort nach Scheer, dort fielen mir auf der Donaubrücke Mörikes ›Zwei Liebchen‹ ein:

Ein Schifflein auf der Donau schwamm,
Drin saßen Braut und Bräutigam,
Er hüben und sie drüben.

Den mittleren Teil hatte ich längst vergessen, nur an das dramatische Ende, das der Scheer-Liebhaber Mörike verfasst hatte, konnte ich mich fragmentarisch erinnern.

Und als der Mond am Himmel stand,
Die Liebchen schwimmen tot ans Land,
Er hüben und sie drüben.

Das Gedicht musste ich in meiner Gymnasialzeit auswendig lernen. Als Strafarbeit, weil ich in das Papierschiffchen, von dem ich wusste, dass es der Deutschlehrer wie immer konfiszieren würde, dieses eine Mal Linolschnitt-Druckfarbe, rot wasserfest, eingefüllt hatte. Nun war es mir eingefallen, und es brachte mich in eine sentimentale Stimmung. Ich dachte an Cäci und an Korbi. Cäci hatte es nicht immer leicht mit mir. Oft war es bei uns auch so, dass ich hüben und sie drüben saß. Trotzdem immer in einem Boot. Beide waren wir die Kapitäne für unseren Korbinian T. Rex, aber irgendwann würde er das Ruder übernehmen.

Hinter Scheer, weil es die schönere Strecke war, der Umweg über Laucherthal nach Bingen, von dort durch Sigmaringen. Vor Laiz ins Donautal, Vollgas auf der langen Geraden an der Bahnstrecke entlang, 150 km/h. Am Bahnhof Inzigkofen links ab, durch Inzigkofen, von dort nach Vilsingen, auf der Geraden vor Engelswies nach einmal Volllast. Der nahende gelbe Glockenturm der ehemaligen Wallfahrtskirche zur Schmerzhaften Muttergottes und jetzigen Barock- und Wallfahrtskirche zu Ehren der Mater Dolorosa und der Heiligen Verena mahnte mich, abzubremsen. Ein beherzter Tritt auf das Pedal, fading, 80 km/h am Ortsschild, das ist ein guter Wert. Die strahlend gelbe Kirche mit den weiß gemalten Fensterumrandungen, in herrlichem Kontrast zum azurblauen Himmel, passierte ich in gemächlichem Tempo. An der Bushaltestelle bei der Kirche stand eine etwa 100jährige Frau mit einem leeren grauen Drahtkorb in der Hand. Auf dem Kopf trug sie ein graues Kopftuch mit dunkelgrauen Punkten. Der gekrümmte, magere Körper steckte in einer ebenso attraktiven grau-dunkelgrau karierten Kittelschürze. Den Abschluss der Bäuerin bildeten aufregende graue kniehohe Wollsocken, von wadenhohen schwarzen Gummistiefeln umschmeichelt.

Sie schrak etwas zurück, als ich neben ihr anhielt. Da sie keinen hellhörigen Eindruck vermittelte, stellte ich den grummelnden Motor ab und grüßte freundlich:

»Grüß Gott.«

»Häää?«

»Grüß Gott!«

»Grüß Gott.«

»Können Sie mir sagen, wo hier Fallers wohnen? Der Junge heißt Peter.«

»Der d' Bruck na gsprungen ist?«

»Ja.«

»Gleich hinter der Kirche rechts, des findet Sie schnell.«

Frau Faller war zunächst nicht gesprächig. Sie bot mir in der engen Küche, die auch als Esszimmer diente, einen Platz auf der Eckbank an. Schwieg dann aber. Immer wieder schüttelte sie den Kopf. Unruhig lief sie mit einem grauen Tuch hin und her und wischte mal hier, mal dort.

»Möchten Sie einen Kaffee?«

»Gern.«

»Und Sie sind also Peters neuer Religionslehrer. Ganz schön jung für einen Lehrer. Die sind sonst älter.«

»Danke, aber ich bin nicht ganz Peters Religionslehrer. Ich komme eher im Auftrag der Schule, um Ihnen, ähm, Trost auszusprechen und um die besten Genesungswünsche für Peter zu überbringen.«

»Haben Sie nichts mitgebracht?«

»Wie bitte?«

»Ha, Blumen oder einen Saft?«

»Ähm, nein.«

»Aber so was gehört sich doch!«

»Ach so, natürlich, ähm, jetzt verstehe ich, habe ich im Auto vergessen.«

»Dann holen Sie's!«

Mit vier grünen Fläschchen WalderBräu naturtrüb hell, der letzten Reserve, kam ich in die muffelige Stube zurück.

»Bier? Ungewöhnlich. Stellen Sie's her! Hoi, noch ganz kühl. Haben Sie's extra frisch kauft?«

Jetzt lächelte sie ein bisschen. Sie schien versöhnt. Ich wusste nicht, was ich bisher falsch gemacht hatte.

»Das ist ja nett, dass auch jemand von der Schule vor-
beikommt. Eigentlich sollte jetzt schon jemand von der
Polizei hier sein. Ich hab zuerst gedacht, das sind Sie.«

Jetzt war Eile geboten.

»Hat sich da jemand angemeldet, von der Polizei?«

»Ja, ein Herr Krieger oder so ähnlich.«

Jetzt war doppelte Eile geboten. In meiner Tasche
drückte ich den Aufnahmemodus meines iPods.

»Ja, Frau Faller, das ist ja alles sehr tragisch. Als Reli-
gionslehrer interessiert mich natürlich, warum ein junger
Mensch von einer Brücke springt, um seinem Leben ein
Ende zu setzen?«

»Ach was, alles Geschwätz und Zeitungsgeschmiere.
Der ist nie im Leben von allein gesprungen. Nie im
Leben.«

Es brach regelrecht aus ihr heraus.

»Das hat mit seinen komischen Freunden zu tun. Die
können einem ja nicht einmal in die Augen schauen. Und
immer wird nur geflüstert. Kommt man mal ins Zimmer,
herrscht sofort Schweigen, da ist doch etwas faul. Und
immer wieder diese Treffen, wo's dann richtig spät wird.
Eigentlich müsste man *früh* sagen. Bevor er diese Kerle
kennenlernte, hat er wenigstens noch ein bisschen mit mir
und seiner Schwester geredet. Jetzt pflaumt er mich nur
noch an. Jetzt im Krankenhaus, wo er mal zu sich gekommen ist, da war er wieder wie mein kleines Peterle früher. Irgendwie ist da was faul, der war völlig verstört und
hat wirr geredet. Wie wenn ihn etwas Schlimmes verfol-
gen würde. Ich darf gar nicht dran denken, sonst könnt
ich heulen. Der Patricia, seiner Schwester, wollte er etwas
Wichtiges sagen. Ich befürchte, dass er in irgendetwas hin-

eingeraten ist und jetzt bedroht wird. Der springt doch nie von allein. Mein Peterle doch nicht.«

Sie fing zu weinen an und wischte sich die Nase mit dem grauen Tuch, mit dem sie auch ständig ziellos auf dem Tisch herumfuhr.

»Hat er mit seiner Schwester geredet?«

»Nein, der ist ja immer noch nicht richtig bei Sinnen, der fällt immer wieder so halb ins Koma. Der Arzt, der ist ja sehr nett, meint, dass das halt seine Zeit braucht, und es geht immer wieder mal ab, nicht nur auf.«

»Sein Freund, Fridolin Saber, der wohnt doch auch hier in Engelswies?«

»Ja, früher waren die wie Brüder, immer zusammen unterwegs, immer die gleiche Schule. Zusammen an den Mopeds rumschrauben. Den ersten Rausch hatten die sogar zusammen! Doch im letzten halben Jahr haben die sich immer seltener getroffen, und wenn, dann haben sie nicht mehr gelacht. Dann haben sie diskutiert und gestritten.«

»Warum hat Ihr Peter im zweiten Schuljahr in die Parallelklasse gewechselt?«

»Das müssen Sie doch besser wissen als Lehrer!«

»Ich bin ganz neu an der Schule.«

»Und dann haben Sie schon den Auftrag, mich zu besuchen?«

»Ähm, ja, ich habe schnell das Vertrauen der Schulleitung gewonnen und einen guten Draht zu den Schülern. Warum hat Peter gewechselt?«

»Peter hat gesagt, die Schule hätte das so beschlossen. Das habe ich nicht geglaubt, da war irgendetwas zwischen ihm und seinen Kumpels. Vielleicht auch, dass er sich mit Fridolin so auseinandergelebt hat.«

Durch das Küchenfenster sah ich einen kleinen Fiat auf das Haus der Fallers zu schießen. Gott sei Dank hatte ich mich verfahren und war auf der Rückseite des kleinen Fallerschen landwirtschaftlichen Anwesens gelandet.

»So, ich muss! Wo wohnt denn der Fridolin?«

»Gleich ums Eck, drei Häuser weiter.«

Ich sprang auf und ging auf den Hintereingang zu, dort war ich auch klopfenderweise hereingebeten worden.

»Und ich bräuchte ihn doch so, vor allem im Stall, ich schaff das allein nicht. Seit der Mann tot ist, und die Patricia, die will ja zur Bank. Bleiben Sie doch noch ein bisschen.«

Als auf der anderen Hausseite die Klingel betätigt wurde, war der Chevy schon gestartet.

Herr Saber war jünger, als ich ihn mir vorgestellt hatte. Jeanstyp, halblanges Haar, Dreitagebart, von hinten schlank, von der Seite Bierbauch.

»So, von der Schule kommen Sie, das ist ja nett, damit habe ich nicht gerechnet. Die Lehrer haben doch heute für Pädagogik oder sogar Seelsorge gar keine Zeit mehr. Die evaluieren doch nur noch im Nebel herum, die eine Hand weiß nicht, was die andere tut. Bürokratismus statt Pädagogik. Den Deppen da oben gehört doch mal der Kopf gewaschen. Sie an der Basis müssen denen ihren Schwachsinn ausbaden. G8, ein Paradebeispiel für diese Idiotie! Und Sie an den Berufsschulen hocken zwischen allen Stühlen. Glauben Sie, dass durch Inklusion bessere Schüler heranwachsen? Von wegen, man wird sich natürlich an den Deppen orientieren, die nun in jeder Klasse sitzen, und das Niveau wird noch schlechter werden. Das haben wir nur diesen Grünen zu verdanken. Aber ich möchte Sie nicht langweilen. Wie war noch mal Ihr Name, und warum sind Sie hier?«

»Sind Sie auch Lehrer, Herr Saber?«

»Nein, warum?«

»Hat sich so angehört.«

»Ich bin Frührentner, schwerer Unfall. Mit dem Motorrad.«

»Ihre Frau?«

»Beim Frisör.«

»Um diese Zeit?«

»Schwarz. Bei der Schwägerin, wenn die wegen der Haare nach Sigmaringen fährt, ist die ja einen Hunderter los. Die spinnen doch heute überall. Es gibt nichts Normales mehr. Wissen Sie, was die für einen Kundendienst verlangen … aber ich möchte Sie nicht langweilen, Sie kommen wegen Fridl? War der heute an der Schule?«

»Ja, Fridolin. Ich weiß nicht, ob er heute an der Schule war, ich unterrichte nur sechs Stunden in Sigmaringen. Den Rest meines umfangreichen Deputats habe ich an der Saulgauer Berufsschule.«

»Ha, wahrscheinlich noch eine Stunde! Entschuldigung, war nur ein Scherz. Ich weiß, was Lehrer heute leisten müssen, das ist enorm!«

Ich nickte.

»Schwänzt er mal wieder? Sind Sie deshalb hier?«

»Ja, auch.«

»Wissen Sie, vor einem Jahr war da alles noch Friede, Freude, Eierkuchen, aber seit er in dieser Berufsschule ist, stimmt irgendetwas nicht mehr mit Fridl. Der hatte so ein Interesse an Holz. Schauen Sie, der Tisch ist von ihm, das Schränkchen auch. Der hat Talent. Und jetzt rumhängen, chillen, mit seinen Freunden. Ich glaube nicht einmal, dass die chillen. Da stimmt etwas nicht. Sie müssten mal mit der Nachbarin reden, die Faller … da stimmt doch auch etwas nicht. Ein Jugendlicher springt doch nicht mir nichts, dir nichts so von einer Brücke. Und was waren die früher oft zusammen, was heißt früher, vor einem Jahr noch. Unzertrennlich! Mit den Mopeds zusammen raus, rumgeschraubt. Echte Freunde, meine Frau hat noch gesagt, das hält bestimmt ein Leben lang.«

»Können Sie sich erklären, warum sie sich so auseinandergelebt haben? Oder ist etwas vorgefallen? Auch kleine Details können da eine sehr große Rolle spielen.«

»Sagen Sie mal, sind Sie von der Kripo? Nichts für ungut, kleiner Scherz. Aber die rufe ich nachher sowieso noch an, das ist mir unter diesen Umständen schon suspekt, dass er heute Nacht nicht zu Hause war. Früher ist er öfters mal weggeblieben, vor allem an den Wochenenden. Er hatte dann behauptet, dass er bei Peter übernachtet hat. Bis meine Frau herausgefunden hat, dass der Peter seiner Mutter vorgelogen hat, er hätte bei Fridl übernachtet. Aber in letzter Zeit war er eigentlich immer hier, nachts. Da ruf ich nachher gleich mal bei der Polizei in Sigmaringen an. Und da tut man alles für den Kerl, ich hab ihm sogar die Kreidler Florett restauriert, picobello, picobello, sage ich Ihnen. Bis ich überhaupt die Originalfarbe herbekommen habe. Und mit meinen kaputten Knochen, das war eine Heidenarbeit. Wollen Sie die Kreidler nachher mal sehen?«

»Gern!«

»Und wie danken's die einem? Mit Schule schwänzen und ausflippen. Das war doch nicht mehr normal, seit einem Jahr diese Geheimnistuerei. Nichts mehr haben wir erfahren, gar nichts mehr, was er in seiner Freizeit macht, mit wem er unterwegs ist. Und die Freundschaft mit dem Peter ging dann auch in Brüche. Eigentlich, seit dieser komische Typ mal hier war. Den habe ich aber nie wieder ...«

»Was für ein komischer Typ?«

»Ein älterer Herr, Sonnenbrille, Hut, Kragen hoch. Man konnte kaum etwas erkennen. Die haben sich in seinem Auto unterhalten. Schwarzer Daimler, älteres Modell. 190er. Fridl wurde von dem wohl hergefahren. Fridl war auch ganz erschreckt, dass ich an dem Nachmittag hier war und in der Tür stand und die beiden hereinbitten wollte. Meine Physiotherapeutin in Meßkirch hatte mir abgesagt. Als der Mann mich gesehen hatte, ist Fridl sofort ausgestiegen, und der Mann schnurstracks abgefahren. Irgendwie kam mir die Sache faul vor. Als ich Fridl fragte, wer das gewesen sei, war er sehr abweisend und hat nur gesagt, ein Bekannter aus Sigmaringen, der nach Meßkirch müsste.«

»Können Sie den Mann nicht näher beschreiben?«

»Nein!«

»Was, denken Sie, steckt hinter allem?«

»Meine Frau und ich haben schon ein paar Mal gesagt, da stecken garantiert die Scientologen oder eine andere Sekte dahinter. Aber man bekommt ja nichts aus ihm heraus, das ist echt zum Mäusemelken. Auch komisch, dass er sich mit diesem Beuroner Pater so gut verstanden hat.

Ihr Kollege, aber ich meine, der machte Holz mit denen und nicht Religion. Das war schon komisch, den hat er ab und zu positiv erwähnt. Ausgerechnet Fridl, den kriegt man ja nicht einmal in den Sonntagsgottesdienst. Und dann ein Pater, wissen Sie, ich versteh gar nichts mehr! Ich zeig Ihnen jetzt mal die Kreidler. Das ist ein echtes Schmuckstück!«

Das Schmuckstück wurde aus der Garage herausgezogen, damit man in der Sonne den Originallack besser erkennen konnte. Der Zweitakter mit der windschnittigen Form sah tatsächlich aus wie neu. Mittlerweile war auch Frau Saber vom Schwarz-Frisieren wieder eingetroffen. Ich erschrak. Waren solche Frisuren auf dem Land tatsächlich noch modern? Sie sah aus wie eine Zwillingsschwester von Atze Schröder.

Sie fing dann gleich zu weinen an, nicht wegen ihrer Frisur, sondern wegen ihrem Fridl, dass er nachts nicht nach Hause gekommen ist, er sich verändert hat, die Schule schwänzt, und ihr Mann würde das alles auf die leichte Schulter nehmen. Sie wäre extra noch zum Frisör gegangen, denn wenn ihr Mann schon nichts unternähme, würde sie mit dem Golf noch heute Nachmittag zur Polizei fahren, um Anzeige zu erstatten.

Ich wusste nicht, dass die Polizei beim Eingang neuerdings eine Frisurenkontrolle macht.

Gerade als der Zweitaktmotor der Kreidler unter Ausstoßen weißen Rauchs startete, raste ein stylischer Fiat auf unsere Vierer-Gruppe zu. Am wenigsten erschrak die rauchende Kreidler. Am meisten ich. In der Kreidler-Euphorie war es mir völlig aus dem Gedächtnis gerutscht, dass die wohlproportionierte, schöne Kommissarin sich ebenfalls auf Spurensuche in Engelswies befand.

»Ja spinnt die!«

Der cholerische Saber wollte gerade lospoltern, als er die langen Beine mit den roten Highheels sah, die mit dem ansehnlichen Rest dem Kleinstfahrzeug entstiegen.

»Ja, Heilandzack!«

»Grüß Gott.«

»Verdammt!«

»Bönle, bleiben Sie sofort stehen! Ich habe gesagt: stehen bleiben!«

»Ich muss meine Lebenspartnerin abholen!«

»Bleiben Sie jetzt endlich stehen … oder …«

»Oder? Sie schießen?«

»Was haben Sie hier zu suchen? Was hatten Sie bei Frau Faller zu suchen? Anschauen, wenn ich mit Ihnen rede!«

Jetzt fiel es mir wieder ein, was ich hier zu suchen hatte:

»Die Kreidler, ich interessiere mich für die Kreidler!«

»Sie sind verrückt, Bönle. Wie hält es Ihre Partnerin bei Ihnen aus? Sie sind ein Narr! Crazy like a fool! Aber Sie sind weit davon entfernt, ein Daddy Cool zu sein!«

24 ALLTAG

Samstag, 23. Juni, später Vormittag, Riedhagen, im Goldenen Ochsen, und früher Nachmittag, Bad Saulgau, in Cäcis Praxis

Doing the garden, digging the weeds,
Who could ask for more?
Will you still need me, will you still feed me,
When I'm sixty-four?
(The Beatles, When I'm Sixty-four)

Zum Frühstück saßen wir im Jagdzimmer. Es war guter Brauch, seit Korbi auf dieser Welt war, dass ich samstags das Frühstück zubereitete. Frieda genoss es, mit von der Partie zu sein, es suggerierte ihr ›richtige Familie‹. Ansonsten wurden wir immer bedient, jetzt bediente ich. Auch war somit gewährleistet, dass das auf den Tisch kam, was zu einem richtigen Frühstück gehört. Cäci hatte da manchmal ganz eigenartige Anwandlungen. Früher stellte sie oft nur eine Milchpackung auf den Tisch, dazu einen bunten Karton, in dem es verdächtig trocken raschelte. Abgerundet wurde das Ganze mit einem Porzellanschälchen und einem Plastiklöffel. Bei Plastiklöffeln allein schon könnte ich einen oberschenkeldicken Strahl erbrechen. Plastik sollte niemals in Verbindung mit Nahrungsmitteln stehen. Ich bin überzeugt davon, dass das Böse im Plastik, die Weichmacher oder Ähnliches, vom Plastik zur Nahrung wandern und diese damit verschlechtern. Deshalb waren heute das gute Geschirr und das gute Besteck auf dem Tisch. Eine zweite schreckliche Frühstücksvariante, das Aufwändige, konnte ich durch mein morgendliches Engagement ebenfalls verhindern. Den Teller mit rohen Karottenstiftchen, grob geschnittenen Scheibchen von ungeschälten Gurken und Vierteln von roter Paprika, aus denen weder Kerne noch unappetitliche, wattige Stege entfernt waren. Dazu, und so etwas können nur Frauen, ein Plastikkübelchen mit Frischkäse, Bippeleskäse, wie Frieda ihn nannte.

Dieses Bild eines Frühstückschreckens vor Augen hatte ich Friedas Kühlschrank, die Speisekammer und den Garten durchwühlt.

So gab es als Entrée quasi Rührei mit Speck, garniert mit frischem Schnittlauch und Frühlingszwiebeln aus Friedas Garten. Das Rührei war nicht so, wie es Cäci machte. Die rührte alle Zutaten hektisch zusammen, dass sie dazu keinen Betonmischer verwendete, muss lobend erwähnt werden. Das Ganze ließ sie dann in einer Teflonpfanne anbrennen. Dass man so etwas nie in einer Teflonpfanne anbraten darf, brauche ich nicht zu erwähnen, da das Böse aus der Pfanne in das Gargut diffundiert und es damit verschlechtert.

Mein Rührei war dagegen flockig, und dadurch, dass es nur ganz zart gerührt wurde, waren noch Eiweiß und Eigelb zu unterscheiden, was dem Rührei nicht nur zu besserem Aussehen verhalf, auch geschmacklich kam es so besser rüber.

Vor allem Korbi, der in seinem Kinderstühlchen mit integriertem Töpfchen thronte, war vom Rührei begeistert. Er schlug mit einem Löffel darauf ein, und weil es eben von herrlich weicher Konsistenz war, sah es rund um Korbis Plätzchen nicht sehr freundlich aus. Seinem Stoffzebra wollte er auch zu essen geben, immer wieder tunkte er es ins Rührei ein. Im Kinderstuhl aus Holz, den man auch rollen konnte, saß schon Cäci als Kind. Er wurde vom Dachstuhl geholt. Eigentlich müsste man so etwas, vor allem für Heranwachsende und Teenager, in jedem Haushalt zur Pflicht machen. Man sieht daran genau, wie der Mensch funktioniert. Das, was man oben in den Kopf reinsteckt, fällt auch unten wieder ins Töpfchen raus. Wenn oben ganz viel reingesteckt wird und unten gar nicht so viel rauskommt, dann wird man fett. Korbi hatte dieses Problem aber noch nicht, obwohl er sich schon überirdisch auf den nächsten Gang freute. Vor Freude hatte er seinen lauwarmen Kaba in Cäcis Rührei umgestoßen. Laut rief er aaaaeeee, das heißt, es schmeckt.

Ich ging kurz in die Küche, der Pfannkuchenteig war schon vorbereitet. Der gewöhnungsbedürftige Pepp an ihm war frische Bourbon-Vanille, ansonsten konventionell. Da war mir die Füllung wichtiger. Frieda wollte Speck, Zwiebel, Käse. Cäci frische Erdbeeren mit Sahne. Korbi, der kleine Schlingel und Purist, liebte ihn ungefüllt. Meinen machte ich mir ganz am Schluss. Ich rührte nochmal etwas Mehl ein, achtete darauf, dass es keine Klümpchen gab, dann gab ich einen Esslöffel WalderBräu naturtrüb hell bei, den ich beim letzten Freitagsbier übrig ließ und in den Kühlschrank stellte. Das gab dem Pfannkuchen eine leicht malzige, feinherbe Note. Gefüllt wurde dieses Mehlspeisenrundprodukt mit einem gekochten Schinken aus Ostrach, über das ich eine selbstgemachte Knoblauch-Kräuter-Majo strich. Das Ganze rollen, fertig.

Der dritte Gang war dann eine eher einfache Geschichte. Ein Kollege aus Ostrach kultivierte auf seinem ansehnlichen Grundstück in Quellwasser, das in unterschiedlich große Teiche kaskadierte, Forellen. Die fing er dann, schlug sie tot und räucherte einige von ihnen. Eine davon lag nun, der lästigen Haut entledigt, schon filetiert auf einem silbernen Tablett, das lustigerweise wie ein Fisch geformt war, flankiert von frischem Dill und Zitronenscheiben. Die Zitronen natürlich Bio. Wenn ich etwas nicht leiden kann, dann ist es Gift auf Nahrungsmitteln. Ich bin absolut überzeugt davon, dass das Böse aus dem Gift in das Nahrungsmittel hineingeht und es qualitativ verschlechtert.

Korbi war vom Fisch begeistert, er rief wieder sein aaaaeeee, das so viel bedeutete wie: Darf ich auch mal vom frischen Meerrettich probieren, den der Papa frisch geraspelt hat? Korbi bereute es dann bitterlich, aber so hatte er schon gelernt, dass man als Kind nicht unbedingt das darf, was Erwachsene dürfen.

Cäci schimpfte, ich hatte aber damit gerechnet:

»Du kannst ihm doch keinen Meerrettich geben, sag mal, spinnst du? Komm, Korbi, zur Mama.«

Sie tröstete ihn auf ihrem Schoß. Sekunden später lächelte er wieder und streckte mir seine Händchen entgegen und gab ein langgezogenes aaaaa von sich, das hieß so viel wie: noch einmal Meerrettich. Er war wohl auf den Geschmack gekommen. Ich erfüllte ihm diesen Wunsch aber nicht, da er lernen muss, dass man nicht alles haben kann, was man will.

Ich ging dann in die Küche für den vierten Gang.

Aus dem Jagdzimmer rief mir Cäci zu:

»Hei, das musst du hören, in der Schwäbischen steht heute etwas über die Vorfälle an eurer Schule und über das ganze Teufelszeugs. Die schreiben mittlerweile, dass es wahrscheinlich Umtriebe aus einem Satanisten-Milieu sind, das straff organisiert ist und im Untergrund agiert. Hörst du? Das ist ja auch interessant, die Ermittlungen beschränken sich nicht nur auf deine Schule, die reden von weiten Kreisen und Vernetzung.«

Als ich den Abschlussgang kredenzte, frisches Baguette, in dünne Scheiben geschnitten, darauf über einer hauch-dünnen Butterschicht Lachs-Wachteleiersalat mit Joghurt-soße und frischem Dill angemacht, war Korbi eingeschlafen, Cäci in die Schwäbische vertieft und Frieda schon beim Abräumen, obwohl ich das machen wollte. Ich fühlte mich wie der Hausherr. Eigentlich wie der männliche Teil eines alten Ehepaares. Rollentausch: Cäci an der Zeitung, ich mit dem Schürzchen in der Küche. Würde so meine Zukunft aussehen?

In der eleganten Art eines Oberkellners versuchte ich, meinen Lachs-Wachteleiersalat anzubieten:

»Hallo, die Damen: Eine Frau, die nicht will, ist wie ein Fisch ohne Dill.«

Cäci blickte nicht einmal von der Schwäbischen Zeitung auf. Frieda schnalzte strafend zzz mit ihrer Zunge.

»Oder sollte ich mir selbst noch etwas mit Petersilie anbieten? Petersil lupft den Stiel und kost nicht viel.«

»Oh, Danile, du mit deinen dummen Sprüchen! Ein zweites Enkele wäre so schön! Aber die kriegt man nicht mit so einer Verbalerotik! Da musst schon richtig zupa-cken!«

Frieda zwinkerte mir aufmunternd zu.

So hatte ich das nicht gemeint. Ein letztes Mal versuchte ich, den leckeren Lachs-Wachteleiersalat anzupreisen. Die Damen schienen jedoch mal wieder auf Diät zu sein.

»Mach doch nicht immer so viel. Wir wissen, dass Kochen dein Hobby ist, aber was sollen wir jetzt mit den Schnittchen mit dem Fischzeugs drauf machen?«

Cäci tippte in die Zeitung:

»Du, die stellen hier einen Zusammenhang zwischen dem, was in der Minibasilika passiert ist, mit diesem Stierkopf und den anderen okkulten Umtrieben her.«

»Da sind die auch nicht weiter als wir. Apropos Stierkopf, was hat sich denn mit deinem Psycho-Metzger in der letzten Sitzung ergeben? Darüber haben wir noch gar nicht geredet.«

»Das darf ich auch nicht. Schweigepflicht!«

»Jetzt tu nicht so, ich will ja keinen Namen wissen, noch nicht.«

Cäci schaute nachdenklich von der Zeitung auf:

»Der Metzger war wieder eigenartig drauf, zuerst hat er mich gesiezt und wirkte sehr distanziert, dann fing er wieder mit *Mädle* und *Du* an. Ansonsten hat er eigentlich nur monologisiert, im Gegensatz zum vorherigen ersten Termin, wo ich ihm die Würmer aus der Nase ziehen musste. Er erzählte, wie gern er große Tiere töten würde und dass er seit der ersten Sitzung wieder einen Hund getötet hätte mit bloßen Händen und zwei Katzen. Er hat regelrecht damit geprahlt. Und er sei noch zu viel mehr fähig. Menschen töten hat er aber ausgeschlossen.«

»Den müssen wir anzeigen.«

»Das geht nicht, ich habe Schweigepflicht. Außerdem glaube ich dem gar nicht mehr alles, was er sagt. Ich habe in der Schwäbischen recherchiert, nirgendwo stand da etwas von getöteten Hunden oder Katzen. Die Leute würden so etwas garantiert anzeigen.«

»Meinst du, der hat einen großen Schrank, in dem nicht alle Tassen sind, und darin ist ein kleinerer Schrank, in dem noch weniger Tassen sind?«

Cäci schaute mich erstaunt an:

»So kann man's sehen! Wir sollten jetzt aber in die Praxis gehen, den Rest noch fertigmachen, vor allem das Schränkchen aufstellen und ein bisschen umstellen. Bevor Korbi aufwacht.«

Die Abschlussarbeiten in Cäcis Praxis gingen schnell vonstatten. Beim Umstellen des Schreibtisches bemängelte ich die Sauerei auf demselben.

»Das kommt alles in das neue Schränkchen, deshalb hab ich's doch gekauft!«

Ich nahm einen Stapel Zeitschriften, Papiere und Post und wollte ihn zum neuen Aufbewahrungsort tragen, als ein Umschlag herausfiel. Cäci hob ihn auf, stutzte, wendete ihn, zog die Stirn in Falten und schien sich zu erinnern:

»Ach, den hab ich ganz vergessen in der Hektik. Den hat mir der Metzger hingelegt, als er beim letzten Mal gegangen ist: Erst reinschauen, wenn ich weg bin, Überraschung, hat er gesagt.«

Sie öffnete den mit Tesafilm zugeklebten Umschlag. Er enthielt lediglich einen Zeitungsausschnitt. Es war die erste Nachricht aus der Schwäbischen Zeitung über die Schändung der St. Georgs Basilika. Das schwarz-weiße Bild, das den Altar mit dem Stierkopf zeigte, war mit einem roten Stift bearbeitet. Der Kopf des Tieres war eingekreist, vom Kreis führte ein Strich zur helleren Altarfläche. Dort war in winziger Schrift angemerkt: Das war ich!!!

»Der hat doch eine Meise!«

»Drum ist er ja bei mir!«

»Glaubst du, dass er das wirklich war?«

»Das kann ich nicht sagen. Vielleicht hat er auch nur eine histrionische Persönlichkeitsstörung, gekoppelt mit dem Zwang, Tiere zu quälen aufgrund einer antisozialen Persönlichkeitsstörung.«

Ich war erstaunt, was meine Diplompsychologin alles so wusste, verlangte aber keine Übersetzung.

»Das sollten wir der Polizei melden.«

»Das geht doch nicht, ich habe Schweigepflicht! Als Diplom-Psychologin unterliege ich nach dem Paragrafen 203 des Strafgesetzbuches der Schweigepflicht.«

»Da gibt's doch garantiert Ausnahmen, kein Paragraf in Deutschland, der nicht 1000 Ausnahmen hätte.«

»Das ist schon richtig, Ausnahmen sind tatsächlich bevorstehende Straftaten, die bei der Polizei angezeigt werden müssen. Das trifft aber auf den Metzgermeister nicht zu.«

»Warum? Was sind das für Straftaten?«

»Hochverrat, das liegt hier nicht vor. Vorbereitung eines Angriffskriegs, das können wir auch ausschließen. Mord und schwerer Menschenhandel liegen auch nicht vor. Raub und räuberische Erpressung ist das auch nicht. Brandstiftung, Fehlanzeige. In solchen Fällen besteht keine Schweigepflicht, soviel ich weiß, bin ich sogar verpflichtet, Anzeige zu erstatten.«

»Er hat aber das Tier ermordet und vorher hat er es geraubt!«

»Blödsinn, das kann man so doch nicht interpretieren.«

Lange recherchierten wir zu diesem speziellen Problem im Internet. Je länger wir recherchierten, umso verworrener wurden die Aussagen, auf die wir stießen. Das Internet entwickelte sich mehr und mehr zu einem Verwirr-Net. Unschlüssig, was wir unternehmen sollten, verließen wir Cäcis schmucke Diplompsychologinnenpraxis. Cäci hatte sich bei mir untergehakt – wie ein altes Ehepaar.

25 UNFRIEDHOF

Montag, 25. Juni, früh morgens, Sigmaringen, Friedhof bei der Hedinger Kirche

Zitternd öffnest du die rostige Pforte.
Was suchst du hier an solch finsterem Orte?
Verdorrte Sträucher und einsame Gräber,
Ein heiserer Keucher, ein Beißen in der Leber.
Nebelschwaden umwabern dein Gesicht;
Ein Streichholz wirft dir sein funzliges Licht.
Warum schlugst du auch jegliche Warnung in den Wind?
Hast du überhaupt eine Ahnung, wer wir sind?
Höllenboten, emporgestiegen von den Toten.
(Fettes Brot, Friedhof der Nuscheltiere)

Für Frau Häberle war es ein festes Ritual. Zu Wochenbeginn stand sie ganz früh auf, denn da waren die Gießkannen noch an ihrem Ort, man kam nicht ins Schwitzen, und die Vögel zwitscherten um diese Zeit so schön. Den Blumenstrauß, den sie für ihren Mann schon am Samstag gekauft und in eine Vase mit einem Stückchen Würfelzucker gestellt hatte, hob sie sorgsam aus dem Glasbehältnis und wickelte ein Tuch, das sie vorher befeuchtete, um die Schnittstellen der Gladiolen. Rasch in die Sommerlodenjacke mit der grünen Bordüre geschlüpft und das Hütchen mit dem kecken Gamsbart aufgesetzt. Die Aldi-Plastiktüte, seit sechs Jahren treue Begleiterin, raschelte. Ein Kontrollblick hinein, jawohl, das Ewige Licht war nicht geflohen. Nun konnte es losgehen. Von der steil absteigenden Bergstraße aus hatte sie es nicht weit zum Friedhof bei der Hedinger Kirche. Der Rückmarsch würde anstrengender werden. Dem monumentalen, beeindruckenden Kuppelbau der Kirche, der aus ihrem Betrachtungswinkel von der Bergstraße her hinter dem Friedhof lag, schenkte sie keinerlei Beachtung. Wie immer nahm sie den Eingang am kleinen Parkplatz, wo die Mauer durchbrochen und mit einem Türchen versehen war.

Bevor sie zum Grab ihres Ernstle kam, machte sie noch einen Abstecher zu ihrer Schwester Hedwig. Sie zupfte etwas Unkraut heraus. An der Tankstelle, wie sie den Brunnen mit den bereitgestellten Gießkannen nannte, schnappte sie sich eine Gießkanne, befüllte sie zur Hälfte und stutzte. Wer hatte den Stein beschmiert mit einer Zahl? 666 prangte es leuchtend rot an der Wasser-Tankstelle. Unsicher sah sie sich um, dann sah sie die Bescherung. Gräber waren verwüstet, Pflanzen herausgerissen. Grabsteine waren umgeworfen, Kreuze steckten zum Teil umgekehrt in der Erde. Dazwischen lagen Zigarettenschachteln und Getränkedosen und anderer Unrat, nichts, was auf einen Friedhof gehört hätte. Sie ließ die Gießkanne krachend auf den Boden fallen, hob hilflos die Hände. So schnell die müden Beine sie tragen konnten, rannte sie los und keuchte:

»Ernstle, hoffentlich nicht!«

Sie und Ernstle hatten Glück, der Grabstein ihres Mannes war verschont geblieben. Trotzdem spurtete sie los, so schnell es eben in ihrem Alter noch ging, hin zur etwa 500 Meter entfernten Polizeidirektion Sigmaringen in der Karlstraße.

26 OKKULTUNTERRICHT

Montag, 25. Juni, vormittags, Sigmaringen, in der Gewerblichen Schule

Teacher, there are things that I don't want to learn
And the last one I had made me cry
So I don't wanna learn to hold you, touch you
I think that you're mine
'cause there ain't no joy
For an uptown boy
Whose teacher has told him Goodbye
(George Michael, Teacher)

»Wissen Sie was vom Fridl, Herr Bönle?«

Seit Mittwoch, dem 20. Juni, war Fridl Saber aus Engelswies spurlos verschwunden. Fahndungsplakate mit dem
bleichen Konterfei des Schülers hingen überall in Oberschwaben. Seit fünf Tagen keine Spur von ihm. Die Eltern
waren am Verzweifeln. Sie riefen jeden Tag bei der Polizei und in der Schule an. Die Engelswieser Landjugend
war selbstorganisiert losgezogen und durchstreifte Wälder und Wiesen. Ein Hubschrauber mit Wärmebildka-
mera wummerte über die Region. Keine Spur, wie vom
Erdboden verschluckt.

»Nein!«

Rosi, die Rothaarige, klapperte frustriert mit den Sil-
berringen, die ihr zartes Handgelenk schmückten.

»Sollen wir für Fridl beten?«

»Und für den Peter aus der Para-Klasse, der wacht ja
nie wieder aus dem Koma auf!«

Ich war erstaunt, ich kannte die Klasse ja noch nicht
lang, aber Rosi Maier hätte ich eher atheistisch eingeschätzt.

»Das können wir.«

»Was sollen wir beten?«

Die Klasse schwieg. Viktor, Paul, Frank und Ignatius,
der schweigende Block im Hintergrund, wurde etwas nervös. Sie schienen sich gegenseitig zu kontrollieren. Ein
kaum wahrnehmbares Grinsen glitt immer wieder unsicher über ihre Gesichter. Von der Polizei waren sie häu-
figer verhört worden als der Rest der Klasse.

Ignatius Braun hob provokativ seine verbundene Hand
und forderte arrogant:

»Beten Sie doch was aus den Apokryphen!«

Seine Nebensitzer schienen kurz zu erschrecken. Die restlichen Schüler waren ratlos.

»Lass den Blödsinn, ihr dahinten geht mir ganz schön auf den Wecker mit eurer Abgrenzung von der Klasse! Und du zeigst mir jetzt, was unter deinem Verband ist!«

Ich zeigte auf Ignatius' verbundene Hand.

»Das dürfen Sie gar nicht! Dafür kann ich Sie anzeigen!«

»Das ist mir so was von egal, wickle die Binde ab!«

»Okay!«

Siegessicher grinste mich der Schüler an. Und ich ahnte jetzt schon, dass ich nicht recht hatte. In Zeitlupe fuhr er mit der gesunden Hand um die verletzte. Alle Finger waren dort, wo sie hingehörten, eine beträchtliche Kruste zeugte von einer Schnittverletzung.

»Auf die Idee ist die Bullenschlampe auch schon gekommen. Die Drei können bezeugen, dass Sie mich gezwungen haben, den Verband abzumachen! Ich kann Sie anzeigen!«

»Danke, Ignatius, dass du mir geholfen und den Verband weggemacht hast. Gern darfst du mich anzeigen. Die Polizei freut sich bestimmt, wenn ausgerechnet du kommst!«

Ich ergriff seine verletzte Hand, drückte zum aufrichtigen Zeichen meines Danks so fest ich nur konnte. Ignatius fing an zu wimmern, als die Wunde wieder aufbrach und Blut und Eiter warm in meine Hand schossen.

»Das hat sich ja entzündet, Ignatius, jetzt ist wenigstens der Eiter mal raus. Du siehst, ich habe dir nur geholfen. Das hätte böse ausgehen können, bis hin zu einer Blutvergiftung. Ich denke, die meisten in der Klasse können bezeugen, dass ich dir nur helfen wollte.«

Noch einmal drückte ich zu:

»Welches Gebet für deine Mitschüler, Herr Braun?«

»Das Vaterunser!«, zischte es aus Ignatius' Mund.

Ich wusch meine Hände am Waschbecken in Unschuld und fing an:

»Vater unser, der du bist im Himmel …«

Die Klasse setzte zögerlich ein, wurde dann lauter und kreszendierte zu beträchtlicher Lautstärke. Mit Ausnahme der Vierer-Bande, die saß schweigend und drohend wie ein fleischgewordener Schatten im hintersten Eck des muffigen Klassenzimmers.

Nach dem Vaterunser waren dann Iron Maiden im Klassenzimmer zu Gast. Die Briten, die seit 1975 zusammen sind, ließen es so richtig krachen mit ihrem Song aus dem Jahr 1982: The number of the Beast. Zuerst der gespenstisch artikulierte Vorspruch:

Woe to you, O earth and sea
For the devil sends the beast with wrath
Because he knows that time is short
Let him who hath understanding
Reck on the number of the beast
For it is a human number
Its number is six-hundred-and-sixty-six. Danach der Einsatz der rhythmisch klirrenden Gitarren. Nur begleitet von der kreischenden Stimme des Sängers Bruce Dickinson.

I left alone, my mind was blank …

Dann der mächtige, hämmernde Einsatz des Schlagzeuges und der Urschrei:

Yeeeaaaah!
Night was black, was no use holding back ...
666, the Number of the Beast
Hell and fire was spawned to be released.

Nach dem Song versuchten wir gemeinsam, den Text zu übersetzen, was nur marginal gelang. Dafür hatte ich aber, methodisch geschickt, eine Folie mit der deutschen Übersetzung zur Hand. Damit versuchte ich den Schülern klarzumachen, dass eigentlich nur der Vorspruch des Liedes interessant ist. Der Rest ist lyrische Verirrung und Verwirrung.

Im folgenden Unterrichtsschritt legte ich wieder methodenvielfältig geschickt eine Folie unter das Auge des Visualizers und zoomte einen Textausschnitt aus dem letzten Buch des Neuen Testaments auf die Projektionswand: die Apokalypse oder die Offenbarung des Johannes.

1:9 Ich, euer Bruder Johannes, der wie ihr bedrängt ist, der mit euch an der Königsherrschaft teilhat und mit euch in Jesus standhaft ausharrt, ich war auf der Insel Patmos um des Wortes Gottes willen und des Zeugnisses für Jesus.

13:1 Und ich sah: Ein Tier stieg aus dem Meer, mit zehn Hörnern und sieben Köpfen. Auf seinen Hörnern trug es zehn Diademe und auf seinen Köpfen Namen, die eine Gotteslästerung waren ...

13:10 Wer zur Gefangenschaft bestimmt ist, geht in die Gefangenschaft. Wer mit dem Schwert getötet werden soll, wird mit dem Schwert getötet. Hier muss sich die Standhaftigkeit und die Glaubenstreue der Heiligen bewähren. 13:11 Und ich sah: Ein anderes Tier stieg aus der Erde herauf. Es hatte zwei Hörner wie ein Lamm, aber es redete wie ein Drache.

13:12 Die ganze Macht des ersten Tieres übte es vor dessen Augen aus. Es brachte die Erde und ihre Bewohner dazu, das erste Tier anzubeten, dessen tödliche Wunde geheilt war.

13:13 Es tat große Zeichen, sogar Feuer ließ es vor den Augen der Menschen vom Himmel auf die Erde fallen.

13:18 Hier braucht man Kenntnis. Wer Verstand hat, berechne den Zahlenwert des Tieres. Denn es ist die Zahl eines Menschennamens; seine Zahl ist sechshundertsechsundsechzig.

Nun interpretierte ich mit den Schülern den Text, machte klar, dass die Tiere und Zahlen Menschen und Gegenden entsprechen. Dass Johannes als Christ, wie viele seiner Glaubensbrüder, verfolgt wurde und er genötigt war, um nicht selbst getötet zu werden, die Briefe an seine Mitbrüder auf diese Art zu verschlüsseln. Hinweise auf Rom, das am Meer liegt und auf sieben Hügeln erbaut wurde, ist in Vers 13:1 zu erkennen. Die Schüler staunten, nur die vier Verstockten aus der letzten Reihe hielten demonstrativ die Hände über der Brust verschränkt. Als wir dann noch über einen Dechiffrierungscode herausbekamen, dass mit der Zahl 666 der Kaiser Nero gemeint war und in Vers 13:13 der Hinweis versteckt ist, dass er Rom angezündet hat, waren die Schüler tatsächlich erstaunt. Nur die Viererbande nicht. Sie stand auf ein Zeichen von Ignatius auf, und die vier verließen den Unterricht zwei Minuten vor dem Pausenläuten. Ignatius fluchte im Hinausgehen noch laut:

»Sie erzählen einen Granaten-Mist!«

Ich trug die Querulanten prompt ins Klassenbuch ein, so ging es ja nicht.

Diesen Montag würde ich in der unterrichtsfreien Zeit sicherlich nicht mit Butzi zum LKW-Holen fahren. Der Spaß war mir nach der Moralpredigt meines Chefs gründlich vergangen. Auch Butzi hatte keine Lust mehr auf einen Leberkäswecken, den wir vor anderen Käufern retten mussten. Auch er musste bei seinem Chef vortanzen. Aber Butzis Schwester hatte die Situation wieder nonchalant für ihren geliebten kleinen Bruder gerettet. Von Arzt zu Arzt quasi. Manchmal wünschte ich mir auch eine große Schwester. Obwohl, ich hatte ja Cäci, die war ja nicht nur streng zu mir. Manchmal verstand sie mich.

So schritt ich nach meinem ganz erfolgreichen »666 – Die Zahl des Tieres«-Unterricht mit einem bescheidenen Stolz ins Lehrerzimmer zwecks informeller Kommunikation.

Im Lehrerzimmer saß Hilde mit ihrem Verlobten Dr. Müller, am Computer tippte eifrig die dunkle Gestalt der Schulsozialarbeiterin, und, verwaist im hintersten Winkel des Lehrerzimmers, studierte Pater Benjamin ein dickes Buch. Als Hilde mich sah, rückte sie spontan etwas von ihrem Dr. der Chemie ab. Pater Benjamin nickte kurz. Die Schulsozialarbeiterin stierte wie hypnotisiert in den Computerbildschirm. Sie trug wieder eine ihrer engen, dunklen Blusen. Ich setzte mich in ihre Nähe. Im Internet recherchierte sie auf einer Seite, die offensichtlich Modeaccessoires für Gothicfreaks anbot.

Dann fiel es mir ein: Die Zigaretten, genau dort in ihrer Brusttasche hatte ich sie gesehen, die Che Guevara Zigaretten. Das rote Päckchen mit dem bekannten Konterfei des Revolutionärs und der Aufschrift Che. Von hier aus konnte ich lediglich ihre rechte Brust sehen, damals steckten sie in der linken Brusttasche. Langsam stand ich auf, quasi unbemerkt, und drehte eine sanfte Runde. Nun sah ich es, da steckte, weit herausragend, das rote, zerknitterte Papierbehältnis. Genau so ein Päckchen lag bei der Basilika.

»Aber Herr Bönle, wo schauen denn Sie hin?«

»Ähm, was recherchieren Sie da?«

»Na, was recherchieren Sie denn?«

Sie zog den Ausschnitt ihrer sehr weit ausgeschnittenen Bluse noch weiter nach unten, sodass ein lilafarbener BH mit Spitzenbesatz hervorblitzte. Ihre weißen Brüste ruhten wie pralle Halbkugeln darin, ich musste trocken schlucken.

»Na, ein Kaffee in meinem Büro? Der ist besser als der im Lezi.«

Vermutlich meinte sie das Lehrerzimmer mit Lezi. Ich zweifelte keinen Augenblick an ihrer Aussage, beschloss jedoch, vor meiner Abfahrt noch mit Pater Benjamin zu reden. Einfach so, Kommunikation von Kollege zu Kollege quasi. Zumal mit starkem Schritt die attraktive Hilde in meine Richtung stampfte. Ihr Verlobter hatte das Lezi bereits verlassen.

»Pfui, schäm dich, billigste Anmache. Du kannst ja gleich deinen Kopf in ihre Bluse stecken. Schäm dich, bei so einer! Sag mal, hast du kein Niveau mehr? Die ist doch in ganz Sigmaringen bekannt für ihre … Männergeschichten!«

Sie hatte mich am Ärmel an meinen Platz gezogen und zischte mir die Worte leise ins Ohr. Das Fräulein Schulsozialarbeiterin schaute provokant her, bis sie auch des Blickkontakts mit Hilde versichert war, öffnete ihren schwarz geschminkten Mund und ließ ihre gepiercte Zunge über die dunkel gefärbten Lippen gleiten.

Hilde war entsetzt, ich nicht minder.

»Siehst du, was ich meine? Jetzt mal ehrlich, Dani, lass dich von der nicht eingarnen!«

»Von wem dann?«

»Du, ich meine das ernst. Man munkelt, dass die mit einigen Männern hier schon etwas hatte. Ich finde, die hat auch nicht die nötige Distanz zu den Schülern. Man sagt, die würde sich sogar mit einigen in Kneipen treffen.«

»Das lässt sich nicht immer vermeiden.«

»Nein, die *trifft* sich da mit denen, auch mit Schülern aus deiner Klasse.«

»Mit welchen?«

»Ich kenne die nicht, das erzählt man sich halt. Und ich warne dich nochmal vor der da, die hat es faustdick hinter den Ohren«, flüsterte mir Hilde verschwörerisch zu und bewegte ruckartig ihren Kopf zu Sanne Sauter hin, die so tat, als würde sie intensiv am Computer arbeiten.

Hilde nickte mir noch einmal ernst zu und verließ auffällig langsam das Lehrerzimmer, warf vorher noch der Schulsozialarbeiterin einen vernichtenden Blick zu.

Die lila gefärbten Augenlider der Schulsozialarbeiterin blinzelten mir kurz hoffnungsfroh auffordernd zu, ihr Mund formte stumm das Wort *Kaffee*. Ihr Zeigefinger deutete zur Tür. Meine Antwort bestand aus einem ebenso stummen *Nein* und einem bedauernden Kopfschütteln. Ich stand auf und setzte mich zu meinem Kollegen Pater Benjamin.

»Na, Ärger mit den Damen?«

»Missverständnisse!«

»Aha. Und sonst, haben Sie sich schon ein bisschen eingelebt?«

»Klar!«

»Ganz schön turbulent zurzeit, bei Ihnen sogar doppelt.«

»Warum?«

»Ihr Einstieg hier. So eine Initiationssituation erfordert immer mehr Energie. Dann die Sache mit den Schülern: Einer springt von einer Brücke, der andere verschwindet spurlos. Und noch Ihre Missverständnisse mit den Damen des Kollegiums.«

Der Pater lachte freundlich.

»Ich habe gehört, dass Sie sich mit Fridolin Saber gut verstanden haben.«

Eine Millisekunde lang schien der Pater zu erschrecken.

»Wie meinen Sie das?«

»Das hat mir sein Vater gesagt.«

»Wann haben Sie mit dem geredet?«

»Kürzlich.«

»Warum?«

»Weil mich interessiert, was hier los ist. Ich sehe eine Verbindung zwischen dem, was hier in der Schule passiert ist, dem, was in der St. Georgs Basilika geschehen ist, und den Schmierereien hier an der Schule. Und der makabre Verbindungsstoff zwischen all dem ist ein verschwundener und ein toter Schüler.«

»Tut mir leid, ich muss jetzt in den Unterricht!«

Der Pater stand auf und ging zur Tür. Die Uhr zeigte, dass noch 25 Minuten bis zu Unterrichtsbeginn waren.

27 VERHAFTET

Montag, 25. Juni, ein bisschen später am Vormittag, immer noch Sigmaringen, in der Gewerblichen Schule, noch später auf dem Polizeirevier in Sigmaringen und wieder zurück zur Schule

Number forty-seven said to number three:
You're the cutest jailbird I ever did see.
I sure would be delighted with your company,
Come on and do the jailhouse rock with me.
Let's rock, everybody, let's rock.
Everybody in the whole cell block
Was dancin' to the jailhouse rock.
(Elvis Presley, Jailhouse Rock)

»Herr Bönle, bitte umgehend ins Rektorat, umgehend!«

Umgehend! Missmutig trottete ich los, was war jetzt schon wieder vorgefallen? Ich konnte mich keines Vergehens entsinnen. Im Rektorat saß die blonde Kommissarin auf dem Stuhl, auf dem ich sonst immer saß. Mein Rektor tänzelte nervös durch den Raum.

»Da sind Sie ja endlich!«, presste er verärgert heraus, »Frau Krieger wartet schon!«

Die Kommissarin stand auf, zupfte ihren engen beigen Rock züchtig auf Kniehöhe, und ich spürte sofort, dass atmosphärisch diesmal alles anders war.

»Haben Sie mir einen Kaugummi?«

»Wie bitte? Äh, ja.«

Die Kommissarin musterte mich eiskalt und bemerkte völlig ungerührt:

»Ich gehe jede Wette mit Ihnen ein, dass Ihre bevorzugte Marke *Mentifresh extra strong* heißt!«

Ich beförderte völlig verdutzt aus meiner Hosentasche eine Handvoll Gerümpel zutage, darunter auch ein dünnes, originalverpacktes Exemplar der Marke *Mentifresh extra strong*. Auch einige gekaute, steif gewordene Exemplare, die ich in Ermangelung eines Papierkorbs wieder in die schützenden Folien eingewickelt hatte, befanden sich auf meiner flach ausgestreckten Hand. Auf alles aus meiner Hosentasche war die Blonde scharf:

»Hier in das Tütchen rein! Ich muss Sie mitnehmen aufs Revier, Herr Bönle. Ihr Chef weiß schon Bescheid!«

»Wie bitte? Warum soll das in das Tütchen? Warum ich aufs Revier?«

»In das Tütchen! Sind Sie schwerhörig?«

»Was soll das?«

»Das erkläre ich Ihnen auf dem Revier, dort können Sie, wenn nötig, auch Ihren Anwalt anrufen.«

»Ich habe keinen Anwalt.«

»Kommen Sie jetzt mit!«

»Und mein Motorrad?«

»Das bleibt hier!«

»Macht nichts, es soll eh Regen geben.«

Jetzt endlich wurde mein Chef aktiv, Fürsorgepflicht quasi:

»Das geht wirklich nicht, Frau Krieger. Das Motorrad steht mal wieder auf den für die Schulleitung reservierten Parkbuchten!«

Leider blieb es nicht ganz unbemerkt, wie die Kommissarin mich abführte. Aber es kam noch viel dicker. Ich sollte in ihren albernen Fiat einsteigen, in dieses Girly-Gefährt, und das unter den Augen vieler Schülerinnen und weniger Kolleginnen. Die Würde eines Menschen darf nicht verletzt werden, quasi unantastbar. Artikel 1, Absatz 1 des Grundgesetzes.

»Die Würde des Menschen ist unantastbar. Sie zu achten und zu schützen, ist Verpflichtung aller staatlichen Gewalt. Sie sind die staatliche Gewalt und wollen mich dazu zwingen, in dieses Auto einzusteigen?«

»Bönle, das ist hier kein Spaß!«

»Für mich erst recht nicht, aber mit diesem Auto fahre ich nicht mit!«

»Bönle, Sie steigen jetzt sofort ein oder Sie bekommen zusätzlich noch eine Anzeige wegen Widerstandes gegen die Staatsgewalt!«

»Die Leute hier können bestimmt alle bezeugen, dass ich keinen Widerstand geleistet habe.«

Ich rief in die anwachsende Menge der Neugierigen:

»Hallo, könnt ihr alle bezeugen, dass ich hier keinen Widerstand leiste?«

Die Schüler schauten sich zuerst etwas unsicher an, dann nickten einige, ein paar riefen:

»Okay, das können wir bezeugen.«

»Werden Sie gerade verhaftet, Herr Bönle?«

Der Kreis der Schüler bewegte sich immer enger um uns und das alberne Auto. Der schönen Beamtin wurde die Nummer, die sie hier abzog, offensichtlich zu heiß, sie plapperte irgendetwas Unverständliches in ihr Smartphone. Schon fünf Minuten später hörte man das Signalhorn. Acht Minuten später wurde ich vernommen.

»Lassen Sie das mit der Schreibtischlampe!«

Ich hatte die Schreibtischlampe angeknipst, den Schirm so gedreht, dass die Birne mir ins Gesicht leuchtete, wegen der Authentizität quasi.

»Generell Finger weg von meinem Schreibtisch!«

»Ihr Schreibtisch? Sind Sie nicht für Saulgau zuständig?«

»Das ist Härmle, es fehlt nicht nur an der Schule an gutem Personal. Die brauchen hier jede Verstärkung! Durch die Umstrukturierung bei uns habe ich eigentlich zwei, mit Ravensburg sogar manchmal drei Dienststellen. Aber das geht Sie nichts an, ist ein vorübergehendes Strukturproblem. Nur dass Ihnen klar ist, dass hier alles formal richtig abläuft.«

»Können Sie mir mal sagen, warum ich hier bin?«

»Die Fragen stelle ich, klar? Waren Sie schon einmal in der Basilika St. Georg?«

Aha, also daher wehte der Wind. Krampfhaft versuchte ich eine Verbindung herzustellen.

»Äh, schon möglich.«

»Ja oder nein!«

»Ja.«

»Wann?«

»Als Sie auch dort waren! Sie haben mich ja gesehen.«

»Ein Kaugummi der Marke *Mentifresh extra strong*, der sich eindeutig Ihrem Gebissschema laut Aussage Ihres Zahnarztes zuordnen lässt, wurde in der verwüsteten Basilika gefunden.«

»Das wundert mich.«

Sie zog, quasi zum Beweis, einen der vorher eingesammelten Kaugummis aus dem Tütchen und hielt ihn vergleichend neben den aus der Basilika:

»Sehen Sie? Identisch!«

Ich sah nichts, war aber beeindruckt.

»Laut Pater Benjamin aus Beuron, der diese Basilika betreut, hat er dafür gesorgt, dass nach dem Brautpaar niemand mehr in das Gebäude konnte. Was sagen Sie dazu? Und er war sich sicher, dass vor dem Brautpaar niemand in der Kapelle war, und die sei mit Sicherheit sauber gewesen. «

»Das stimmt, er hatte uns verboten, hineinzugehen, wegen der Spuren. Ich habe aber Cäci auf ihn angesetzt, um ihn abzulenken. Das ist gelungen. Ich konnte unbemerkt hineingehen.«

»Was haben Sie in der Kapelle gemacht?«

»Fotografiert!«

»Was?«

»Alles!«

»Wo haben Sie die Bilder?«

»Auf meinem Rechner und noch auf meiner Kamera.«

Die Kommissarin wurde allmählich sanfter, ihr Ton weniger militärisch, die gefühlte Kälte ihrer Ausstrahlung von minus 196 Grad Celsius, Kryokonservierung quasi, stieg auf angenehme minus 40 Grad Celsius.

»Haben Sie die Kamera dabei?«

»Klar, immer!«

Ich zog meine kleine Digitalkamera aus der Brusttasche und reichte sie ihr über den Schreibtisch.

»Die ist ja Bluetooth fähig«, staunte die technisch versierte Beamtin.

Drahtlos wurden meine Bilder auf ihren Computer gebeamt. Die Kommissarin begutachtete sie gleich.

»Ja, an diesem Tag waren Sie in der Basilika. Das hätten Sie einfacher haben können, Bönle. Sie können gehen.«

»Wie, ich darf nicht in die Zelle, keine Eisenkugel ans Bein?«

»Bönle, lassen Sie den Schwachsinn. Raus!«

»Ich habe noch eine Info für Sie, möchte aber niemanden falsch verdächtigen ...«

»Ich höre!«

»Wirklich nur zur Info, vielleicht ist das auch reiner Zufall. Unsere Schulsozialarbeiterin, Frau Sauter, die hat immer Che Guevara-Zigaretten in ihrer Brusttasche stecken, aber wie gesagt, das muss nichts heißen. Und bei der Basilika wurde so eine Zigarettenschachtel gefunden. An den Kippen waren Lippenstiftspuren zu erkennen, das kann aber auch alles reiner Zufall sein. Von einer Kollegin habe ich auch die Information bekommen, dass die Frau Sauter, wie soll ich sagen ... distanzlos manchen Schülern gegenüber ist.«

Sie notierte sich Hildes Namen und wedelte dann mit der Hand, um mir zu signalisieren, dass sie mich nun nicht mehr brauchte.

»Danke für die Info, Sie können jetzt gehen! Stopp, noch etwas: Sie haben vielleicht schon mitbekommen, dass der Friedhof an der Hedinger Kirche heute Morgen verwüstet vorgefunden wurde. Sie wissen auch, dass wir ein Auge auf einige Ihrer Schüler haben. Ist Ihnen in der Klasse etwas aufgefallen? Sind Schüler verändert?«

Ich schilderte ihr das auffällige Verhalten der Viererbande in allen Details. Sie machte sich Notizen.

»Danke, Bönle, jetzt können Sie endgültig gehen ...
Ich habe gesagt, Sie können jetzt gehen. Haben Sie mich
nicht verstanden?«

»Und Sie haben den Kaugummi wirklich untersuchen
lassen und meinen Zahnarzt befragt?«

Sie tippte kurz gegen ihre Stirn. Sie hatte geblufft.

»Was stehen Sie denn immer noch hier herum wie ein
Ölgötze? Ich muss arbeiten!«

Die Kommissarin blickte mir streng in die Augen:

»Ähm, gehen ... wäre es zu viel verlangt, wenn einer
Ihrer geschätzten Kollegen, gern auch Kolleginnen, mich
zur Schule fahren würde? Dann könnten Sie mich ja gleich
gegen die Sauter austauschen?«

Kurz blickte sie mich ärgerlich an, dann huschte ein
allerliebstes Lächeln über ihr edles Gesicht. Die braunen
Augen blitzten hämisch auf.

»Da habe ich eine viel bessere Idee! Strafe muss sein!«

Schüler und Kollegen staunten nicht schlecht, als ich mich
vom Beifahrersitz aus dem Frauenfahrzeug schälte. Aber
lieber schlecht gefahren als gut gelaufen. Sie staunten noch
mehr, als sich wenige Minuten später die Schulsozialarbeiterin Sanne Sauter mit versteinerter Miene in das Fahrzeug der Kommissarin setzte.

28 ÜBERRASCHUNG

Montag, 25. Juni, am frühen Nachmittag, immer noch
Sigmaringen, in der Gewerblichen Schule

Das ist ein Tag
wo ein jeder gleich spürt
dass noch was passiert …
Mir ist so komisch zumute
ich ahne und vermute:
Heut' liegt was in der Luft
ein Duft
der lockend ruft
der liegt heut' in der Luft!
(Bully Buhlan, Heut' liegt was in der Luft)

Als mein Rektor mich schon im Eingangsbereich abpasste,
ahnte ich, dass irgendetwas in der Luft lag. Der Fürsorgepflicht wegen müsste er alles erfahren, was vorgefallen sei. Ich tat ihm den Gefallen und erzählte ihm eine
Light-Version der Geschehnisse. Er entließ mich, indem
er x-Mal betonte, wie wichtig die Kommunikation zwischen Leitung und Basis sei. Wobei er bei dem Wort Leitung die Hand nach oben streckte, das Wort Basis unter-
strich eine sinkende Bewegung.

Vom Lehrerzimmer aus rief ich dann noch Bene an,
den feinen Herrn Dr. Bein, der vermutlich auch aus reiner Fürsorgepflicht heraus – die haben bestimmt ebenfalls
ein Leitbild im Krankenhaus – mit meiner Cäci über mein
Vorhaben der Prophylaxe-Operation geplaudert hatte.

Also war er mir noch mindestens eine Info schuldig, und die wollte ich jetzt haben.

Es war zwar richtig zäh, aber dann wurde der harte Chirurg doch weich:

»Ja, diesem Schüler geht's besser, aber der muss solche Angst haben, dass er kein Wort sagt. Die Schwestern berichten, dass er nachts oft schreit und völlig verängstigt aufwacht. Mit den Eltern und ihm haben wir abgesprochen, in der Zeitung zu schreiben, dass er im tiefen Koma liegt und vermutlich nicht mehr aufwacht. Wir haben ihn auch auf ein anderes Zimmer verlegt, die Nummer wird geheim gehalten. So hofft die Polizei, ihn am besten schützen zu können.«

In meinem Fach fand ich dann eine weitere Überraschung, eigentlich war mit diesem Tag das Überraschungskontingent eines halben Jahres abgedeckt. Dort lag ein Briefumschlag ohne Adresse und Absender. Darin steckte ein anonymer Brief, auf blütenweißem Papier sauber ausgedruckt.

Herr Bönle,
halten Sie sich raus! Sonst passiert Ihrem Sohn etwas!
Jemand, der es guth mit Ihnen meint

Wäre mein Sohn nicht erwähnt gewesen, hätte ich über das Schreiben gelacht. Ich starrte minutenlang auf die Zeilen, bis mir auffiel, was mich unbewusst gestört hatte. Da setzt jemand alle Kommata richtig. Die Anrede *Sie* ist altmodisch korrekt groß geschrieben. Selbst hinter dem letzten Satz, der Unterschriftscharakter hat, fehlte der Punkt. Das könnte jemand geschrieben haben, der öfters Briefe unterschreibt, und hinter eine Unterschrift kommt richti-

gerweise kein Punkt. Alles korrekt, bis auf das Wort *guth*.
Hier will mich wohl jemand glauben machen, dass die
Botschaft von einem Ungebildeten, quasi Schüler stammt.
Der Verfasser war offenbar in Eile, sonst hätte er den Brief
besser gefakt. Vermutlich hat da jemand meine Abholung
durch die Polizei missverstanden.

Für irgendjemanden an dieser Schule hier schien die
Luft immer dünner zu werden. Leider war das Lehrerzimmer verwaist, so hatte vermutlich niemand beobachtet,
wer den Brief in mein Fach gelegt hat. Zuerst mal wollte
ich die Polizei mit diesem Brief nicht belästigen. Ich war
mir sicher, dass bald noch mehr geschehen würde. Da lag
was in der Luft. Ich roch es förmlich.

29 BLIND

Montag, 25. Juni, abends, in der St. Georgs Basilika und
später an der Donau bei Inzigkofen

Wondering blindly
How can they find me
Maybe they don't even know
My body is shaking
Anticipating
The call of the black footed crow …
(Deep Purple, Pictures of home)

Die letzten Spuren der Vandalen hatte Pater Benjamin beseitigt. Erschöpft kniete er sich in die hinterste Bankreihe auf der linken Seite. Von hier aus konnte er den Heiland am Kreuz am besten sehen, so musste er den Kopf nicht so weit nach hinten strecken. Im stillen Zwiegespräch mit dem Herrn wollte er klären, ob er richtig gehandelt hatte. Es war eine typische Dilemmasituation. Wie er es machte, es war immer falsch. Einerseits war da das Beichtgeheimnis, andererseits könnte die Information der Polizei weiterhelfen. Vielleicht konnte es sogar Fridl retten. Es war schon rührend gewesen, als der Engelswieser Schüler ihm erlaubt hatte, ihn Fridl statt Fridolin zu nennen, so würden ihn Eltern und Freunde auch nennen. Das wäre ihm lieber. Nachdem Fridl zu Beginn des ersten Lehrjahres ein auffallend interessierter und freundlicher Schüler mit guten Noten war, entwickelte er sich immer mehr zu einem verschlossenen Jugendlichen.

Seine neuen Freunde schienen ihm nicht gutzutun. Pater Benjamin erinnerte sich daran, wie der Schüler nach etlichen Gesprächen plötzlich im Kloster stand und sagte: Ich möchte beichten, aber bei Ihnen. Er müsse seine Schuld loswerden. Während des Beichtgesprächs gestand er ihm dann seine Zugehörigkeit zu einem geheimen okkulten Zirkel, was den Schüler zunächst fasziniert hatte, da man zusammengekommen, Feuerchen gemacht und getrunken hatte. Einige seiner Mitschüler seien auch dabei. Namen nannte der völlig verängstigte Junge keine. Dann wollte er aufhören, weil ihn die Aktionen mit den okkulten Umtrieben verstörten. Auch erwähnte er seine Angst, auszusteigen, da sie mittlerweile zu allem fähig wären.

Und nun war der schüchterne, eigentlich ganz liebenswürdige Schüler spurlos verschwunden. Der Pater befürchtete das Schlimmste. Nach einem Vaterunser setzte er sich erschöpft in die Bank. Es war spät geworden. Die Melodie des plötzlich einsetzenden Regens, der auf das Dach trommelte, machte ihn schläfrig. Pater Benjamin nickte ein.

Als er hochschreckte, war es dunkel in der kleinen Basilika. Nur der flackernde, rötliche Schimmer eines Ewigen Lichtes brachte etwas Helligkeit in den sakralen Raum. Ein polterndes Geräusch, aber jetzt war wieder Stille. Er spürte, dass jemand hinter ihm stand. Vorsichtig erhob er sich von der unbequemen Bank, seine Knochen schmerzten und knackten unangenehm. Er hörte Atemgeräusche hinter sich. Es waren mehrere Personen. Langsam drehte er sich um. Vier Gestalten zeichneten sich hinter ihm ab. Vier Kapuzen ohne Gesichter schwebten vor ihm. Dann wurde er ergriffen und aus der Bank gezogen.

Der Pater gab keinen Ton von sich, als er von drei dunklen Gestalten aus der Kirche hinaus zu seinem VW Golf Bon Jovi gezerrt wurde.

»Schlüssel!«, ertönte es dumpf.

Mit auffallend ruhiger Hand kramte der Pater den Fahrzeugschlüssel aus seiner Hosentasche. Er legte ihn in eine behandschuhte Hand. Dann wurde er in die Mitte der Rücksitzbank gezwängt. Eine dunkle Gestalt quetschte sich links, die andere rechts neben ihm in den engen Golf. Eine Person setzte sich ans Steuer, startete Motor und Scheibenwischer. Es waren Männer, Pater Benjamin spürte es.

Die vierte Person war wohl in ein anderes Auto gestiegen, irgendwie mussten sie ja hergekommen sein. Er wagte einen Blick auf die Seite. Der Mann links von ihm trug unter der Kapuze einen Gesichtsschutz, wie er ihn schon bei Motorradfahrern gesehen hatte. Vermutlich waren alle drei derart vermummt. Sie sprachen kein Wort. Dann zog ihm plötzlich der Mann auf seiner rechten Seite eine Mütze oder etwas Ähnliches über den Kopf. Zuerst bekam Benjamin Atemnot und Erstickungsangst. Schnell konnte er sich wieder beruhigen. Sehen konnte er nun nichts mehr. Er versuchte, sich auf die Strecke zu konzentrieren. Jetzt kam ihm zugute, dass er früher oft mit seinen Glaubensbrüdern in Ausübung seiner seelsorgerischen Tätigkeiten in der Gegend unterwegs war. Meist saß er auf dem Rücksitz des Wagens und meditierte. Manchmal spielte er mit geschlossenen Augen das Spiel: Wo sind wir gerade? Und so konnte Pater Benjamin sofort feststellen, dass es nicht Richtung Beuron ging, sondern an der Donau entlang Richtung Sigmaringen. Er erkannte auch am veränderten Fahrgeräusch, wenn der Schall reflektiert wurde, wann sie durch einen der Tunnel auf der Strecke fuhren. So war es für ihn auch ein Leichtes zu erkennen, als sie die Bahngleise bei Inzigkofen überquerten und kurz danach rechts auf einen ungeteerten Weg abbogen. Höchstens eine Minute, der Pater zählte die Sekunden mit, befuhren sie den holprigen Weg. Dann stoppten sie. Hinter ihnen hielt ein weiteres Fahrzeug an. Brutal zerrten sie ihn aus dem Wagen, er versuchte, so wenig wie möglich Widerstand zu leisten. Der Regen hatte aufgehört. Sie gingen einige Meter durch unwegsames Gelände, man führte ihn links und rechts untergehakt. Er zählte stolpernd 116

Schritte. Seine Schuhe waren nass, die Schritte schmatzten feucht. Dann flüsterte jemand. Ein Schloss wurde geöffnet, eine Tür quietschte, und der Pater wurde über einen kleinen Absatz in einen Raum geführt. Eine zweite Tür wurde geöffnet, er in einen nächsten Raum hineingestoßen. Unsanft wurde er auf ein weiches Polstersitzmöbel hinuntergedrückt, und sofort fesselten sie ihm die Füße, danach die Hände mit einer Art Klebeband nach vorn. Die Männer verließen den Raum und schlossen die Tür, ohne abzuschließen. Gerade als der Benediktinermönch sich erschöpft in eine bequemere Position bringen wollte, öffnete sich die Tür wieder. Handy, Armbanduhr und Geldbeutel wurden ihm nach einer kurzen Leibesvisitation abgenommen. Die Mütze riss man ihm vom Kopf. Er konnte wieder sehen. Dann wurde er von dem vermummten Mann mit seiner Angst im Raum alleingelassen. Draußen hörte man kurze Zeit später aus der Ferne das Rangieren von Autos. Dann war es still. Bis auf die Schritte. Ein Wächter war bei ihm geblieben.

30 SCHAFSECKEL

Montag, 25. Juni, abends, Bad Saulgau, in Cäcis Praxis

It must be something psychological
It may be something very physical
That makes me feel the way I do

Whenever I'm in touch with you
I think it's something strange and mystical
It might be something very chemical
What is this force between us two
That makes me gravitate to you
(Katie Lee, It must be something psychological)

Cäci erzählte ich sicherheitshalber nichts von meiner ›Verhaftung‹, auch nichts vom anonymen Drohbrief. Sie sollte sich nicht unnötig Sorgen machen.

Ich hoffte sie nicht zu stören bei einer ihrer Sitzungen. Dem war aber nicht so, die Praxis steckte noch in der Anlaufphase, nur zögerlich kamen weitere Anmeldungen.

»Nichts zu tun?«

Cäci schaukelte in ihrem braunen bequemen Ledersessel und fuhr, sich mit den Zehenspitzen abstoßend, rückwärts durch den Raum.

»Der Idiot hat mich versetzt!«

»Welcher Idiot?«

»Der Metzgermeister! Einerseits bin ich ganz froh, dass er nicht gekommen ist, nach seinem eigenartigen Brief, den er mir beim letzten Mal auf den Schreibtisch gelegt hat. Wenn das mit dem Stierkopf stimmt … Obwohl ich dem so etwas gar nicht zutraue, das ist doch ein Feigling, ein Schwätzer!«

»Er ist ein Schafseckel!«

»Und ich erreiche ihn nicht, der ist zu blöd, die richtige Telefonnummer anzugeben!«

»Hast du seine Handynummer in der Kartei?«

Cäci weckte ihren Mac aus dem Schlummermodus, schüttelte den Kopf.

»Die wollte er mir nicht geben.«

»Wo wohnt der denn?«

»Das darf ich dir eigentlich nicht sagen! Heuberger-straße 26, Sigmaringen, habe ich hier stehen.«

»Geh mal auf Google Earth. Ich möchte sehen, wo das ist. Dann kannst du ihm ja was schreiben, und ich schmeiß es morgen bei ihm ein.«

»Was soll ich da eingeben? Da ist nur die Erde als blaue Kugel im Weltall zu sehen.«

»Lass mich kurz ran.«

Ich tauschte meinen Hocker-Platz gegen Cäcis Sessel ein.

Ich tippte: Sigmaringen Heubergerstraße 26, ein. Google Earth schien kurz verdutzt und meldete dann: *Ihre Suche lieferte keine Ergebnisse. Vorschläge: Stellen Sie sicher, dass alle Straßen und Städte richtig geschrieben sind. Stellen Sie sicher, dass für die Adresse Stadt und Bundesland/Provinz angegeben sind. Versuchen Sie, eine Postleitzahl einzugeben.*

Weitere Recherchen bestätigten, dass es in Sigmaringen keine Straße mit diesem Namen gab. Laut Internet gab es auch dort keinen Gustav Franz Bräcklein, den man Gustl nennen durfte. Der Mann war ein Phantom. Ärgerlich klickte ich Google Earth und Google weg.

Gustl war mit einem Mausklick schlagartig kein Phantom mehr. Cäci hatte die Adressbuch-App ihres Macs optimal genutzt. Mit Einverständnis ihrer ersten Patienten hatte sie diese fotografiert und das digitale Abbild in das Kästchen links neben den Namen integriert. Und nun grinste mich Gustl aus dem Bildschirm heraus frech an.

»Das gibt's doch nicht! Den Typen kenn ich, der steht immer beim Metzger in der Fürst-Wilhelm-Straße und hält große Reden.«

»Was, den kennst du?«, rief Cäci.

Erstaunt sprang sie vom Hocker auf.

»Ja, das ist der Schorsch, arbeitsloser LKW-Fahrer. Immer eine große Klappe. Den knöpf ich mir vor!«

»Was machst du in Sigmaringen beim Metzger und warum kennst du da schon die Leute?«

»Butzi arbeitet doch als Fahrer im Krankenhaus, hab ich dir doch erzählt. In den Pausen holen wir gelegentlich in der Stadt einen Leberkäswecken vom Metzger. Und Butzi kennt doch Gott und die Welt. Dort steht der Typ wohl immer am Tischchen und schwingt große Reden. Immer fein gekleidet, immer duftend. Keine Kohle, wenn man ihn so hört, bezahlt aber immer mit dicken Scheinen, hat Butzi erzählt! Als wir das letzte Mal dort waren, hat er sogar etwas von einer Top-Privat-Therapeutin herumerzählt! Daran kann ich mich genau erinnern, weil ich an dich gedacht habe. Dabei hat er ganz genüsslich mit der Zunge geschnalzt und eindeutige Gesten gemacht.«

»Das ist ja unglaublich! Stimmt, er ist hier immer sehr gepflegt erschienen. Komm, lass uns gehen. Es ist schon spät genug, hier läuft heute nichts mehr. Ich freu mich auf Korbi. Mama hat uns für heute Abend Krautwickel versprochen. Die magst du doch auch so.«

Gerade als wir die Tür hinter uns zuschlagen wollten, klingelte das Telefon in der Praxis. Cäci hüpfte mit den Händen flatternd zurück und sang:

»Wer ist denn das so spät? Neue Kundschaft, hoffentlich neue Kundschaft!«

Dem war nicht so, eher das Gegenteil.

Nach einem freundlichen *Hallo, Praxis Diplompsychologin Maier, Cäcilia Maier am Apparat, mit wem spreche ich?*, wurde ihr Gesicht energisch. Sie zog die Nase leicht nach oben und sah gefährlich und trotzdem schön aus. Sie schob den ausgestreckten Zeigefinger vor ihre Lippen und drückte auf den Lautsprecherbutton.

»… kannst mich aus deiner Datei löschen. Ich komm nicht mehr!«

»Warum denn, Herr Bräcklein, waren Sie nicht zufrieden?«

»Nimm's nicht persönlich, Mädle. Schick die Rechnung an meine Adresse, die hast du ja, Heubergerstraße 26. Ich bin eh privat versichert.«

»Aber Herr Bräcklein, Sie können doch nicht einfach die Therapie abbrechen. Können Sie mir wenigstens einen Grund nennen?«

»Das musst schon selber wissen, als Therapeutin!«

»Machen Sie es doch nicht so geheimnisvoll.«

»Hmmm … ich hätt von einer guten Therapeutin schon erwartet, dass sie gleich Kontakt aufnimmt. Sie wissen, der Brief mit dem Zeitungsausschnitt! Aber ich find bestimmt eine bessere Therapeutin. Tschüss, Mädle, war eigentlich immer ganz nett bei dir!«

Verblüfft fragte ich meine Diplompsychologin:

»Warum hat der jetzt angerufen, wenn er nicht mehr kommen will?«

»Ich glaube fast, gekränkte Eitelkeit ist der Grund. Der leidet unter einer histrionischen Persönlichkeitsstörung, ich bin mir sicher. Der will nur im Mittelpunkt stehen, er ist doch nur ein Trittbrettfahrer.«

»Bist du dir sicher?«

»Hmmm, ja! Ziemlich!«

»Ich befürchte vielmehr, dass er sich zu dir hingezogen fühlt!«

»Hoffentlich nicht!«

31 VERSCHWUNDEN

Dienstag, 26. Juni, nachmittags, zuerst im Chevy durch das Donautal nach Beuron ins Benediktinerkloster, später St. Georgs Basilika, danach Sigmaringen-Hopping

Ich will Spaß, ich will Spaß, ich will Spaß, ich will Spaß,
ich geb Gas, ich geb Gas, ich will Spaß, ich will Spaß,
Deutschland Deutschland spürst du mich
heut Nacht komm ich über dich
das macht Spaß, das macht Spaß, das macht Spaß,
der Tankwart ist mein bester Freund
hui wenn ich komm, wie der sich freut
er braucht Spaß, er hat Spaß, er hat Spaß
(Markus, Ich will Spaß)

Deo plapperte vor Aufregung ununterbrochen. Nicht, dass es sonderlich genervt hätte, dass mir sein natürlicher Dialekt immer noch schlecht verständlich war. Es war eher die Tatsache, dass er gegen den Fahrtwind anbrüllte und sich ständig an meinem Sitz nach vorn zerrte, um näher an Cäcis und meinem Ohr zu sein. Da man in einem Chevy Impala schon längere Kommunikationsstrecken als in einem Golf überwinden muss, versuchte Deo alles Mögliche, um verstanden zu werden. Er hatte eine Ausgabe des Konradsblatts, der Bistumszeitung des Erzbistums Freiburg, zu einem Megafontrichter gerollt und kreischte nun abwechselnd Cäci und mir gezielt ins Ohr. Eigentlich wollte ich die Fahrt mit chilliger Musik genießen. Rammstein hatte ich jedoch schon beim Ortsschild ›Ende Riedhagen‹ abgewürgt, weil Deo vor Freude schier ausflippte, *mit da großa Automobil von da Dani* und nicht *mit da kleina Fuazguakale von da Cäci* nach Thiergarten zur Basilika fahren zu dürfen. Lokaltermin, erste Inaugenscheinnahme des Sakralortes zum Zwecke der Sakramentsspendung quasi.

Bis Krauchenwies hüpfte er nervös auf der weiten Rücksitzbank herum und suchte verzweifelt nach *da Sichaheitsguat*. Ich hatte Cäci ein Zeichen gegeben, nicht zu verraten, dass der amerikanische Oldtimer selbstverständlich nicht mit so einem überflüssigen Schnickschnack ausgestattet war. Motorräder haben ja auch keine Sicherheitsgurte. Und so suchte Deo aufgeregt nach dem Gurt. Ich rief immer wieder nach hinten:

»Jetzt stell dich doch nicht so an, du wirst doch wohl den Gurt finden!«

Bei Krauchenwies klärte dann Cäci aus Mitleid den schwarzen Geistlichen und Freund auf, dass der Chevrolet so etwas Modernes nicht hatte.

»Ooooh, Dani, das ist ja lebansgefäalich.«

Geschockt war Deo wenigstens bis zum Baggersee

ruhig. Doch seit circa 15 Minuten plapperte er konradsblattverstärkt ununterbrochen und wurde immer mutiger:

»Ooooh, ist so schöna Landschaft hiea, mit da schöna Felsa und da Donau«, rief er nach vorn, als wir Laiz rechts am Hang liegen ließen und auf die lange Gerade längs der Donau kamen.

»Ooooh, Dani, kannsta mia mal eina kleina Gefalla macha, einmal da volla Gaas, ich will Spaaß haba!«

Cäci quietschte vor Vergnügen:

»Au ja, ich will Spaß, ich geb Gas!«

Ich entsprach dieser Bitte ohne Widerrede und drückte das Gaspedal schlagartig durch. Deo kreischte:

»Wie viela Lita braucht dea jetzt?«

»50!«

Am Kletterfelsen, dort wo die Schmeie die Donau küsst, mussten wir dann anhalten. Der adrenalingeschwängerte Priester hatte Kletterer in einer Felswand ganz nahe der Straße entdeckt.

»Ooooh, was machat denn die da? Oooh, ist ja lebansgefäalich in de steila Felsa. Gott sei Dank mit Seil gesichat!«

Ja, so etwas kannte er nicht, unser schwarzer Pfarrer, unser ehemaliger Steppenläufer und jetziger Flachlandriedler.

»Das ist schon etwas anderes, als mit einem Lendenschürzchen bekleidet und mit einem Speer in der Hand durch den Busch zu hüpfen, um Meerschweinchen zu jagen, gell, Deo?«

»Dani, manchmaa bist du richtig gemeina Keal!«

Immerhin war er dann zwei Minuten ruhig.

Cäci legte ihre linke Hand auf meinen rechten Gasfuß-schenkel. Den Trick hatte sie wohl von Hilde gelernt und sinnierte:

»Denkst du, Pater Benjamin ist jetzt im Kloster? Das ist schon komisch, dass er nicht erreichbar ist. Hoffentlich ist da nichts passiert.«

Geplant war, wegen der Dispens für die Eheschließung in der St. Georgs Basilika, dass Deo und Pater Benjamin das Formaljuristische und Bürokratische besprechen und regeln sollten. Doch Pater Benjamin war aus unerklärlichen Gründen heute Morgen nicht in der Schule erschienen. Nach meinem Unterricht hatte ich versucht, ihn telefonisch im Kloster zu erreichen, dort war er aber auch nicht aufzufinden. Daher änderten wir spontan unseren Plan, den Pater direkt an der Mini-Basilika zu treffen, und beschleunigten an der Abzweigung vorbei, weiterhin der schmaler werdenden Donau folgend Richtung Beuron, da wir eh viel zu früh dran waren. Mächtig tauchte sie links vor uns auf, die Benediktiner-Erzabtei St. Martin zu Beuron mit ihrer Klosteranlage, eingebettet in das grüne Tal der Oberen Donau, geschützt von Gott und Kalksteinfelsen.

Erst im Jahr 1862 wurde das vorherige Augustiner-Kloster aufgrund einer Stiftung durch Fürstin Katharina von Hohenzollern für die Mönche Maurus und Placidus Wolter zur Heimat der Benediktiner auserkoren. Beuron ist Gründungskloster der ›Beuroner Kongregation‹ mit 16 Klöstern in Deutschland, Österreich und der Schweiz. 1887 wurde das Kloster Erzabtei.

»Bitte, lass uns noch mal die Kirche anschauen, die gefällt mir so gut«, bettelte Cäci, als wir auf den Parkplatz einfuhren.

»Die ist so schön, mit dem Reiter da vorn drauf.«

»Das ist St. Martin.«

»Und die hübsche Kapelle, die war so interessant, so bunt, so würdig! Da war doch das psychodelische Muster an der Decke. So spiralige Kringel, und darunter war Jesus am Kreuz abgebildet mit zwei Figuren links und rechts.«

»Du meinst die Gnadenkapelle? Wenn Zeit bleibt, können wir schon noch mal reinschauen.«

»Ja, da waren wir doch mal vor Jahren, als wir Mama von den Exerzitien abgeholt haben.«

»War die nicht an den Edith-Stein-Tagen dort?«

»Das weiß ich nicht mehr.«

»Mir wäre ein Besuch in der Kloster-Metzgerei lieber!«

»Ooooh, haba die auch Metzgaei? Dani, da wüade ich auch gean mitgeha. So lang kann Cäci ja da Kiach angucka!«

»Dann noch acht Paar Landjäger und …«

»Füa mich zwei Paaa und noch von de Wandawüstcha auch zwei Paa!«

»Wie bitte?«

»Er meint die Wanderwürstchen. Und für mich noch 400 Gramm von der Beuroner Gutssalami, geschnitten.«

»Geane füa mich auch!«

»Deo, warte doch! Außerdem, wann willst du das denn alles essen?«

»Lass das ma meina Soaga sein! Ein Ring Knobalauch-wuast und von jeda Dosawuast eina Soata.«

»Wie bitte?«

»Er meint von jeder Sorte eine Dose Wurst und einen Ring Knoblauchwurst.«

»Außerdem?«

Während Cäci die Abteikirche besichtigte, waren Deo und ich in der Metzgerei einkaufen. Seit 60 Jahren wurden hier erstklassige Fleisch- und Wurstwaren angeboten. Als Stärkung für Leib und Seele vor der Fahrt zurück zur Basilika bei Thiergarten erwarben wir uns noch fünf Leberkäswecken mit Essiggürkle. Zwei für Deo, zwei für mich und einen für Cäci.

Wir waren frustriert, weil Pater Benjamin im ganzen Kloster nicht aufzutreiben war. Die einzig verwertbare Aussage war, dass der Pater von der Basilika nicht mehr zurückgekommen sei und sein Auto auch nicht dort stünde. Die Mitbrüder waren in Sorge, dass der Bruder mit dem Auto verunglückt sein könnte, und hatten deshalb die Strecke abgesucht – erfolglos!

Nachdem wir unsere Leberkäswecken, lässig an den Chevy gelehnt, verspeist hatten, traten wir die Fahrt zur Basilika an, um pünktlich am abgemachten Treffpunkt zu erscheinen. Wir fuhren langsam und achteten links und rechts der kurvenreichen Strecke auf Unfallspuren.

Cäci, leicht beleidigt, weil sie nur einen Leberkäswecken bekommen hatte und weder Deo noch ich mit ihr unseren zweiten teilen wollten, stänkerte:

»Und wenn der jetzt auch nicht an der Basilika ist? Was dann? Dann sind wir ganz umsonst hergefahren. Und Hunger habe ich auch noch!«

»Du hast gerade einen ganzen LKW gehabt!«

»Und ihr zwei.«

Sie verschränkte, die Trotzige mimend, demonstrativ die Arme vor der Brust und rümpfte die hübsche Nase.

»Okay, wir halten nachher noch mal in Sigmaringen an der Metzgerei an!«, bemerkte ich frech grinsend.

»Ehrlich?«

»Aujaa, ista seaa guta Idee!«

»Also, wenn sein Auto nicht auf seinem Parkplatz am Kloster ist, ist er vermutlich auch nicht im Kloster angekommen. Wir schauen einfach noch einmal genauer um die Basilika herum, vielleicht hat er ein bisschen abseits geparkt. Für einen Spaziergang. Was fährt der noch mal für ein Auto?«

»Das letzte Mal war er doch mit diesem Bon Jovi Golf da? Blau oder grün?«

»War der nicht rot?«

»Oda waa dea nicht puapua?«

Deo wieherte wie ein Seepferdchen auf dem Rücksitz über seinen plumpen Purpur-Scherz. Helle Krümel vom LKW-Vesper rahmten immer noch seinen dunklen Kinn- und Lippenbereich, als wir vor der winzigen Basilika stoppten.

Am Gebäude war kein Fahrzeug geparkt, auch vom Pater war nichts zu sehen. Als wir sicherheitshalber die enge Straße weiterfuhren bis zur kleinen Donaubrücke, fanden wir keine Spur vom Pater.

»Vielleicht ist er in der Kirche?«

»Von Beuron her gelaufen, das glaubst du ja selbst nicht!«

»Bei Laufa kann da Mensch sea gut meditia, vielleicht ista in da Basilika!«

Deo wollte die frustrierte Cäci etwas aufbauen, obwohl er ahnte, dass der Pater auch hier nicht anzutreffen war.

Die Tür war nicht abgeschlossen. Sofort fielen uns die Sohlenabdrücke am Boden auf, die von der Tür nur bis zur hintersten Bankreihe führten. Um nichts zu verwischen, bildeten wir ein Dreieck um die Spuren und versuchten, sie zu deuten.

»Das müssen ganz schön viele Personen gewesen sein. Gestern hat es hier wohl auch geregnet, sonst hätten wir jetzt keine Abdrücke. Kannst du mal auf deiner Wetter-App nachschauen, wann es hier gestern zu regnen angefangen hat?«

Cäci fummelte mit geschicktem Daumen minutenlang an ihrem neuen Smartphone herum, bis der nervöse Daumentanz von Erfolg gekrönt war.

»Um 21:15 Uhr ist die Regenfront hereingekommen.«

»Dann muss er, wenn er tatsächlich hier war und das auch seine Spuren sind, nach 21:15 hier mit einigen Leuten mitgegangen oder … mitgenommen worden sein!«

»Was meinst du, wie viele es waren?«

»Fünf, sechs, bei so vielen Abdrücken.«

»Odaa wenige, di da viel rumgetrampat sind!«

Cäci, die Hobbyermittlerin, hatte sich weit nach unten gebeugt, um die Spuren zu ertasten und feinhaptisch zu interpretieren:

»Die Spuren sind schon trocken!«

Ich sicherte die angetrockneten Schuhsohlenabdrücke mit meiner Kamera. Sie schienen alle von gröberen Schuhen mit stark ausgeprägtem Sohlenprofil zu stammen. Mindestens zwei unterschiedliche Profile ließen sich unterscheiden.

Draußen entdeckten wir dann noch die Reifenspuren von zwei Autos, die hier wohl direkt neben dem sakralen

Gebäude geparkt hatten. Der Regen hatte sie aber größtenteils verwischt. Die Spuren konnten schlimmstenfalls so gedeutet werden, dass der fromme Mann in der hintersten Reihe saß und dann von mehreren Personen nach draußen gebracht wurde. Auf jeden Fall waren Auto und der dazugehörige Pater nicht zum abgemachten Zeitpunkt an der Basilika, nicht in seinem Kloster aufgetaucht und auch nicht in der Schule zum Unterricht erschienen.

Cäci war mit der Gesamtsituation unzufrieden. Die Planung unserer Hochzeit schien gefährdet. Außerdem redete sie von Hunger und Ungerechtigkeit. Sie meinte mitnichten den Welthunger. Also starteten wir nach Sigmaringen, um in der Fürst-Wilhelm-Straße einen kurzen Zwischenstopp für einen kleinen Snack einzulegen. Es wurde eine nachdenkliche, gesprächsintensive Fahrt.

Beim Metzger in Sigmaringen erwartete uns das nächste Menu Surprise in Gestalt eines Psychopathen. Durch die große Scheibe hatte Cäci ihren schweinsnasigen, zartrosawangigen Metzgermeister Gustav Franz Bräcklein, alias Gustl, alias LKW-Fahrer Schorsch erkannt, der einsam und elegant an einem winzigen, runden Stehtischchen in der Ecke stand und in Richtung Fleischtheke schwadronierte. Bevor wir eintraten, erklärten wir Deo die Brisanz der Situation und schmiedeten einen Plan.

Dann ging alles sehr schnell. Deo und ich betraten die schmucke Metzgerei und stellten uns links und rechts neben den mäßig Verblüfften, sodass er noch weiter in die Ecke gedrängt wurde. Dann stakste Cäci herein und pflanzte sich frontal gegenüber dem nun stark Verblüfften auf. Er versuchte sich sofort zwischen uns durchzuzwängen, um zu verschwinden. Deo und ich nahmen ihn jedoch so in die Zange, dass eine Flucht unmöglich war. Cäci hob an, ihm Vorwürfe zu machen, was er mit einem verächtlichen Grinsen quittierte. Die feinen roten Äderchen seiner Schweinebäckchen changierten ins Dunkelrote, als er fauchte:

»Mädle, du kannst mich am Arsch lecken, und deine zwei Gorillas machen mir ganz gewiss keine Angst, der Neger sowieso nicht. Und wenn ihr mich jetzt nicht gehen lasst, schrei ich um Hilfe!«

»Was sollte der Brief mit dem Zeitungsartikel, den Sie auf meinem Schreibtisch deponiert haben?«

»Was für ein Brief? Und wenn du jetzt nicht still bist, dann zeig ich dich an wegen Verletzung der Schweigepflicht! Alles klar, Mädle?«

Deo, der Hochsensible, war ob der widerwärtigen Worte gegen ihn nur kurz geschockt. Dann ergriff er die Hand des verblüfften Gustl Schorschs:

»Also dann, auf Wiedaseha!«

Der athletische Massai und katholische Priester drückte sofort dermaßen kräftig zu, dass dem fein gekleideten Metzger oder LKW-Fahrer die Luft, die zur Anreicherung des Blutes mit Sauerstoff notwendig ist, schlagartig aus den Lungen entwich. Er japste:

»Okay, ich bezahle, was kostet das?«

Cäci war wegen des spontanen Angebotes für ein Honorar ihrer Therapie-Arbeit am Metzger überrascht und fragte mich mit den Augen. Ich antwortete mit den Schultern. Deo steigerte die Intensität seines Händedrucks.

»Okay, ich zahle gleich. Ist ein Hunderter okay?«

Deo steigerte.

»Okay, zweihundert! Gleich und in bar!«

Wir nickten alle drei. Mit der rötlich verfärbten Hand öffnete Gustl Schorsch, der LKW fahrende Metzger oder umgekehrt, seinen Geldbeutel und bezahlte bar mit großen Scheinen an die verblüffte Cäci, ohne dass das Geldbehältnis merklich dünner wurde. Dann ging der Abschied sehr schnell und formlos. An der Tür schimpfte der gut gekleidete Herr noch in den Raum hinein:

»Das bekommt ihr zurück!«

Und dann war er verschwunden.

Cäci wollte dann plötzlich doch keinen Leberkäswecken mehr, so hungrig sei sie doch nicht. Deo verschlang einen Wecken mit Fleischküchle und Senf. Dazu ein Cola. Ich beschränkte mich auf ein Schnitzelweckle mit Salatblatt.

»Macht es euch was aus, wenn wir noch zur Schule hochfahren? Ich muss auf dem Parkplatz nachschauen, ob da ein älterer 190er in Schwarz steht. Ein Mercedes.«

Cäci und Deo hatten nichts dagegen, da der Tag eh schon eigenartig genug strukturiert war. Auf dem Parkplatz kam uns mein Chef entgegen. Als er mich entdeckte, verfinsterte sich seine Miene, als er den schwarzen Geistlichen in seiner langen Soutane sah, nickte er freundlich, als er Cäci sah, prüfte er flink, über seinen dicken Bauch streichelnd, ob weißes Hemd und schwarze Krawatte perfekt saßen, und strahlte sie ebenfalls nickend an. Als er bemerkte, dass wir zusammengehörten, war er leicht verstört. Ich stellte ihm Cäci als meine Verlobte vor und Deo als meinen Freund und Lebensberater. Meine erste Frage galt dem Verschwinden von Pater Benjamin. Auch der Rektor konnte sich keinen Reim darauf machen.

Herr Fröhlich ließ es sich nun nicht nehmen, dem Pfarrer aus Riedhagen und meiner entzückenden Verlobten stolz die ganze Schule zu zeigen. Ich war verblüfft, mir hatte er sie nie gezeigt, obwohl ich das nötiger gehabt hätte als die beiden, ich musste ja darin unterrichten.

Nach einem ausgiebigen und aufklärenden Rundgang durch die Gewerbliche Schule, der auf dem Parkplatz wieder endete, fragte ich abschließend meinen Rektor:

»Wissen Sie, wem in unserem Kollegium der schwarze 190er Daimler gehört? Das hat zwar keine Eile, aber da habe ich noch einen Satz Winterreifen zu Hause. Die kann er geschenkt haben, wenn er sie abholt.«

»Niemand, das wüsste ich, ich kenne alle Fahrzeuge auf dem Parkplatz.«

Dann stieg er in seinen schneeweißen Q7, hupte sogar zum Abschied und winkte uns nochmal freundlich zu, vor allem Cäci.

»Der ist ja richtig nett, was erzählst du denn immer! Manchmal glaube ich, du bist das Enfant terrible und nicht immer die anderen. Außerdem habe ich Hunger. Ihr habt euch ja vorher schon wieder vollgestopft!«

Immer wenn Cäcilia Maier Hunger hatte, war sie mit Vorsicht zu genießen.

»Sollen wir noch was essen gehen, Schatzi?«

»Ooooh, seah gut Idee, wia könna ja zu de…«

»Ich meine nicht dich, Deo!«

»Lass das mit dem Schatzi. Wo sollen wir hin, ist ja eigentlich noch ein bisschen früh!«

»Auf was habt ihr denn Lust?«

»Ich brauche heute etwas mit viel Fleisch. Herzhaft!« Cäci klopfte sich auf den strammen, flachen Bauch.

»Ooooh, ista seah gut Idee, vielleicht Schbäaaipps?«

»Was?«

»Schbäaaipps, Schweinaschbäaaipps. Ipple!«

»Ach so, Spareribs!«

Cäci hüpfte kurz und klatschte in die Hände, boxte dem schwarzen Hünen vor Freude in die Seite:

»Super Idee, Spareribs. Lass uns in den Engel zu King Ralf fahren. Das passt dann auch von der Zeit her. Heute ist Dienstag, vielleicht ist ja der Zauberer wieder da!«

Auch Deo war begeistert, dort war er noch nie.

»Wo ista Laugadoaf?«

»Daugendorf, gleich hinter Riedlingen, Richtung Reutlingen.«

32 AUDIENZ

Dienstag, 26. Juni, abends, Daugendorf, im Engel

Ja, ja der Chianti-Wein,
der lädt uns alle ein.
Drum lasst uns glücklich sein
und uns des Lebens freu'n,
beim gold'nen Chianti-Wein!
Ja, ja der Chianti-Wein,
da sagt uns keiner nein.
Drum schenkt die Gläser ein,
die Welt soll unser sein, beim Wein!
(Rudolf Schock, Ja, ja der Chianti-Wein)

Das unkonventionelle Ambiente bei King Ralf im Engel gefiel Deo sofort. Er bewunderte vor allem die mit Kuhfell überzogenen Barhocker im Raucherzimmer, in das wir durch große Glasscheiben Einblick hatten, und die bunt blinkenden Winkel in der urigen, eng bestuhlten Gaststätte. Besonders angetan war er von der Engelsfigur neben einem Strohballen. Zuerst wollte er an einen Tisch auf der Empore direkt vor der Leinwand, besann sich dann anders, weil er hoffte, dass nachher das Fußballspiel zu sehen wäre und nicht die Nonstop-Musikclips.

So landeten wir nach langem Hin und Her neben dem Eingangsbereich an einem langen Tisch mit exzellentem Blick zur Leinwand. Es war noch nicht viel los, das Gros der Gäste würde erst gegen 22:00 Uhr eintrudeln.

Deo war noch ganz aus dem Häuschen:

»Und hasta da großa Gitaaa an da Hauswand geseaa?«

Das äußere Erkennungszeichen des Engels war die übergroße Gitarre an der roten Wand vor dem Parkplatz.

Ein Untertan des Königs kam auf uns zu, begrüßte uns freundlich. Wir bestellten dreimal Spareribs, einmal Schussenrieder Bier, einmal Mineralwasser und einmal Chianti-Wein.

Der König war auch schon da, inspizierte sein Reich. Sein dunkelschwarzes überlanges Haar trug er heute offen, freundlich nickte er uns zu. Als er Cäci sah, lachte er noch freundlicher, kam zu uns her, betrachtete kurz die Soutane des schwarzen Geistlichen und begrüßte uns mit Handschlag:

»Na, auch mal wieder hier? Schon lang nicht mehr gesehen.«

»Liegt halt nicht auf der Strecke.«

Bald schon stand das Essen frisch auf dem Tisch. Deo geriet vor Lachen schier aus dem Gleichgewicht, als er bemerkte, dass die Spareribs auf einem hölzernen Drehteller serviert wurden.

»Da kann de tota Sau im Paadies Kaussell fahra!«

Schon bald bestellte Deo ein weiteres Viertelchen Chianti-Wein. Cäci mahnte ihn noch:

»Deo, du weißt, dass du keinen Alkohol verträgst!«

Doch Deo winkte nur ab mit seinen großen, schwarzen Händen:

»Ein bissale macht nix!«

Bald wurden die Themen ernster am Tisch. Cäci fasste erklärend für Deo so kurz wie möglich zusammen und ergänzte die letzten Tage:

Korbi findet einen abgetrennten Finger, dann fällt ein Schüler aus Sigmaringen von einer Brücke, dem fehlt zwar ein Finger, der zuvor gefundene ist aber nicht der des Schülers. Der Schüler überlebt schwer verletzt den Sturz. Dann wird, nachdem im Inzigkofer Park Jugendliche eine obskure Versammlung abhalten, am nächsten Tag die Verwüstung in der Basilika entdeckt. Die Basilika ist nur wenige Kilometer von dem Platz entfernt, wo nachts die Jugendlichen beobachtet wurden. In der Basilika liegt ein Stierkopf auf dem Altar. Ein Schüler von Dani schreibt einen Warnbrief, er selbst und der andere Schüler seien in Lebensgefahr. Dann wird die Schule Ziel einer Schmierattacke mit okkulten Satanssymbolen. Danach verschwindet der Schüler, der den anonymen Brief an die Polizei geschrieben hat, spurlos. Der Vater des Schülers beschreibt einen verdächtigen Mann, der einmal aufgetaucht ist und einen schwarzen Mercedes fährt. Das Nächste ist der verwüstete Friedhof an der Hedinger Kirche. Dann werden Dani und die Schulsozialarbeiterin verhört. Da lag wohl ein Verdacht gegen beide vor. Dani konnte die Verdachtsmomente gegen sich entkräften. Was bei der Schulsozialarbeiterin herausgekommen ist, wissen wir nicht. Und seit gestern ist der Pater verschwunden.

Deo hatte aufmerksam zugehört, hinter der freundlichen, fast immer lächelnden Roberto-Blanco-Fassade mit der Ein-Bisschen-Spaß-Muss-Sein-Mentalität arbeitete ein blitzgescheites Gehirn.

Er war sich sicher, dass hinter der ganzen Geschichte mehr steckte als pubertärer Pseudo-Satanismus. Es müsse jemand dahinterstehen, der das lenkte. Dreh- und Angelpunkt könnte sogar die Schule sein. Auch müsse man die vier auffälligen Schüler noch genauer unter die Lupe nehmen.

Dann wollte Deo bei einem weiteren *Vietale von da guta Wein* die Bilder sehen, die ich von den Schmierereien in der Basilika gemacht hatte. Zum Vergleich auch die von den Schulschmierereien, die mir freundlicherweise der Kollege Simmler zum Downloaden auf die Speicherkarte meiner Kamera zur Verfügung gestellt hatte. Kritisch begutachtete Deo das Bildmaterial auf dem winzigen Bildschirm und kam zu dem Urteil, nachdem er immer wieder die Vergrößerungstaste gedrückt hatte, dass die Bilder aus der Basilika und der Schule die gleiche Handschrift trugen. Man müsste jetzt nur noch die Bilder vom Hedinger Friedhof haben, um sicherzustellen, dass alle Schmierereien von dem gleichen Täter oder der gleichen Tätergruppe stammten, schlussfolgerte er.

Und so ging es vom König in Daugendorf zum Fried-

hof nach Sigmaringen. Nach einem weiteren Bier, einem
weiteren Viertele und einem kleinen Mineralwasser.

33 NACHTBLITZEN

**Dienstag, 26. Juni, viel zu spät abends, Sigmaringen,
auf dem Hedinger Friedhof und in einem Schlafzimmer, noch später auf dem Revier**

> *It's close to midnight and something evil's lurking in
> the dark*
> *Under the moonlight, you see a sight that almost stops
> your heart*
> *You try to scream but terror takes the sound before
> you make it*
> *You start to freeze as horror looks you right between
> the eyes*
> *You're paralyzed*
> *Night creatures crawl, the dead start to walk in their
> masquerade*
> *There's no escaping the jaws of the alien this time*
> *They're open wide*
> *This is the end of your life*
> (Michael Jackson, Thriller)

Den kleinen, nächtlich verwaisten Parkplatz hatte der
Chevy ganz für sich allein. Wir stiegen über die Mauer,

um auf das Friedhofsgelände zu gelangen. Dass es unnötig gewesen war, bemerkte ich zu spät, das kleine Eingangstor war unverschlossen. Zu dritt bewegten wir uns vorsichtig und den Respekt vor den Toten, die unter uns ruhten, während über die schmalen Wege, um die Stätte der Verwüstung zu finden. Deo war sehr aufgeregt:

»Wenn uns jemand sieht, das gibt Ägaa!«

»Wer soll uns hier sehen? Es ist ja kuhnacht, und dich sieht man ja nicht einmal, wenn man direkt vor dir steht. Außer du würdest lachen.«

Das hätte ich nicht sagen sollen, Deo wieherte los. Cäci mahnte zur Ruhe, doch Deo lachte ununterbrochen weiter, konnte sich nicht mehr beruhigen. Eine Folge des Chianti-Weines, den er getrunken hatte. Der schwarze Pfarrer reagierte in Ermangelung ritualisierter Trinkpraxis äußerst sensibel und unberechenbar auf Alkohol.

»Ooooh, Dani, das wa guta Scheaz!«

Erst mein Hinweis, dass er die Totenruhe störte, brachte den Enthemmten wieder zu Räson. Und so suchten wir im funzeligen Schein von Cäcis Taschenlampen-App ihres Smartphones weiter nach den Spuren der Vandalen. Nach endlos scheinendem Hin- und Hergetappse fanden wir einige der besprühten Grabsteine. Sie waren schon wieder aufgerichtet, aber die Schmierereien noch nicht entfernt worden. Ich fotografierte. Gespenstisch hell erleuchtete das Blitzlicht für Millisekunden den Hedinger Friedhof. Noch während des Fotografierens fällte Deo sein Urteil, dass es sich um eine andere Handschrift handelte. Die Ziffern 666 wären hier fast halbkreisförmig angeordnet, an den anderen Tatorten standen sie wie auf einer Linie. Bei den Pentagrammen war er sich ganz sicher, diese hier wären alle falsch gezeichnet, die anderen auf den Bildern nicht. Eine genauere vergleichende Bild-Analyse vor Ort erschien uns in der Dunkelheit zu aufwändig, das wollten wir zu Hause machen.

Frau Häberle war seit den Ereignissen auf dem Friedhof in großer Sorge um die letzte Ruhestätte ihres Ernstles. Abends schaute sie nun besorgt von der Bergstraße aus hinunter auf das Grab ihres Mannes. Manchmal, vor allem kurz nach seinem Tod, hatte sie es verflucht, dass sie immer an ihr Ernstle erinnert wurde, wenn sie aus dem Schlafzimmerfenster schaute. Jetzt war sie ganz froh darüber, sie konnte das Grab bewachen. Und so schaute sie, als sie von nächtlichem Harndrang geplagt notgedrungen und widerwillig aufstand, beim Wiederzurückkehren ins Bett, die Vorhänge zurückschiebend, zu ihrem entseelten Gatten. Wie erschrak sie, als sie tatsächlich drei Gestalten entdeckte. Die vorderste leuchtete sogar mit einer funzeligen Taschenlampe. Sie öffnete das Fenster, um spiegelnde Reflexe aus dem Schlafzimmer zu vermeiden. Ja, jetzt konnte sie die drei Unholde besser erkennen, das waren sie, die Satansjünger. Einer von ihnen schien sogar ein langes Teufelsgewand zu tragen. Der schmälere und etwas kleinere trug langes Dämonenhaar. Der zart gebaute Gnom vorn leuchtete ein seltsam bläuliches Licht, ohne dass eine Lampe zu erkennen war. Dann schrak sie zusammen, ihr Herz fing an, unrhythmisch zu pumpen. Ein fürchterliches, teuflisches Gelächter war vom Friedhof her zu hören, wie wenn der Satan selbst schreien würde. Gott sei Dank hatte sie vorsorglich die Nummer der Polizei neben ihr mobiles altengerechtes Telefon gelegt. Zit-

ternd wanderte der Zeigefinger über die schokoladen-
stückgroßen Tasten.

Zugegebenermaßen waren wir etwas unaufmerksam,
zugegebenermaßen hätten wir auf Cäci hören und gleich
nach Hause fahren sollen, zugegebenermaßen waren die
paar wenigen, herrlich kühlen Walder-Parkplatzbierchen
aus meinem Chevy-Fußraum-Kühlschrank nicht zwin-
gend erforderlich gewesen, zugegebenermaßen war es
sogar mehr als dumm, die Polizisten zu einem Friedens-
bier einzuladen. Aber was nützt es, im Nachhinein zu jam-
mern? Man musste positiv nach vorn schauen, so stand es
bestimmt auch im Leitbild meiner Schule.

Der Sigmaringer Kommissar war nicht glücklich dar-
über, dass man ihn aus dem Bett geholt hatte. Mit Cäcis
Charme ging es dann sehr schnell, den übermüdeten
Ermittler von der Ehrenhaftigkeit und Integrität unseres
Handelns zu überzeugen.

Das Interessanteste an der kurzen Exkursion zur Sigmaringer Polizeidienststelle war für mich vor allem die
Metaplantafel in einem Nebenzimmer gewesen, die ich
ungehindert studieren konnte, solang wir auf die Ankunft
des Kommissars warten mussten.

Dort war zu lesen, dass die Verwüstungsspuren auf dem
Friedhof eine andere Handschrift trugen als die Spuren der
anderen Vorkommnisse. Die Spuren auf dem Hedinger
Friedhof könnten den Schluss zulassen, gestellt zu sein,
um den Verdacht auf eine bestimmte Person oder Gruppe
zu lenken. Unser Deo war doch ein kluges Köpfchen, er
war zu einem ähnlichen Ergebnis gekommen. Besonders
interessant auf der gut visualisierten Metaplantafel war

dann ein dicker Pfeil, in dem das Wort Verdacht stand, der zu einem Kärtchen in Form einer Person ging, auf der die Buchstaben I. B. standen. Spontan fiel mir mein Schüler Ignatius Braun ein. Der aufmüpfige Kerl mit der verbundenen Hand.

Basisdemokratisch korrekt stimmten wir dann noch ab, nachdem der Kommissar uns entlassen hatte, ob uns Cäci in den ›Bohnenstengel‹ nach Saulgau fahren sollte. Die Abstimmung ging 2:1 aus. Das war eine fünfzigprozentige Mehrheit, ich konnte ihren Protest nicht verstehen.

34 TODESURTEIL

Dienstag, 26. Juni, nachts, bei Inzigkofen in einer Hütte

> *Ich hab heut Nacht vom Tod geträumt,*
> *er stand auf allen Wegen,*
> *er winkte und er rief nach mir so laut.*
> *Er sprach, mein Leben sei verwirkt,*
> *ich sollt mich zu ihm legen,*
> *ein frühes Grab sei längst für*
> *mich gebaut.*
> (Subway to Sally, Traum vom Tod)

Die Nacht hatte sich auch über das Donautal bei Inzigkofen gesetzt. Dort, wo die Donau einen großen Bogen um den Nickhof schlägt, war Ruhe eingekehrt, lediglich ein Käuzchen störte die nächtliche Stille. Der Fuchs war vom Wald her unterwegs zum Hof, vielleicht konnte er Beute machen. Katzen schlichen durch das feucht werdende Gras, um Mäuse zu fangen. Keine Bauernbuben mehr, die die Potenz ihrer kreischenden japanischen Motorräder im gefährlichen Geschlängel der Straße in Richtung Beuron und wieder zurück erproben wollten. Die eh schon spärliche Frequenz das Tal durchrauschender Züge wurde noch niedriger.

Pater Benjamin wusste, dass er sich in der Nähe des Bahnhofs Inzigkofen befand. Er wusste auch, dass er mit einem Bewacher fertig werden könnte. Keiner seiner Mitbrüder ahnte, dass er in seiner Jugend Kampfsport gemacht hatte. Taekwondo. Rot-schwarzer Gürtel. Wenn er nur die Fesseln lösen könnte.

Von draußen hörte er das Geräusch eines heranfahrenden Autos. Räder knirschten auf dem Kies. Eine Autotür schlug. Dann, nach wenigen Minuten, das Öffnen der Tür und eine donnernde Stimme:

»Sagt mal, seid ihr nicht mehr ganz bei Verstand? Was soll denn das, wo habt ihr ihn versteckt?«

Pater Benjamin traute seinen Ohren nicht, sein Herz hatte vor Freude kurz ausgesetzt. Jetzt schrie er, so laut er konnte:

»Bobbi, ich bin hier! Komm schnell, hilf mir! Bobbi, hierher!«

Sekundenlang war von der anderen Seite kein Geräusch zu vernehmen. Dann öffnete sich langsam die Tür. Das Licht wurde angeknipst. Pater Benjamin schob die gefesselten Hände schützend zwischen Lampe und Gesicht.

»Mensch, Bobbi, endlich! Bind mich los. Wie hast du mich gefunden?«

Als Pater Benjamin die Hände langsam herunternahm, da sich die Augen an das Licht gewöhnt hatten, blickte er in die Augen Bobbis und wusste, dass er sein Todesurteil gesprochen hatte.

»Mensch, Bobbi.«

Als eine Katze erfolgreich eine Maus gefangen hatte und das Käuzchen immer noch rief, jagte ein schwarzer Mercedes 190 vom Bahnhof Inzigkofen an den hohen, linksseitig sich auftürmenden Kalkfelswänden vorbei in Richtung Sigmaringen. Das Käuzchen drehte rasch den Kopf zu den roten Rückleuchten hin. Dann waren diese auch nicht mehr interessant.

35 PATIENTENBEFRAGUNG

Mittwoch, 27. Juni, gegen 2:00 Uhr morgens, Bad Saulgau, Bohnenstengel und Krankenhaus

Ein Freund, ein guter Freund,
das ist das Schönste, was es gibt auf der Welt.
Ein Freund bleibt immer Freund,
und wenn die ganze Welt zusammenfällt.
Drum sei auch nicht betrübt,
wenn dein Schatz dich nicht mehr liebt.
Ein Freund, ein guter Freund,

das ist der größte Schatz, den's gibt.
(Comedian Harmonists, Ein Freund, ein guter Freund)

Die beste Idee kam mir dann beim Scheidebier im Bohnenstengel. Deo war trotz seines Zustandes nicht so begeistert. Er hatte leichte Bedenken und gewisse Einwände gegen meinen Vorschlag einzubringen.

»Bessa wäa, wenn wia noch a Flascha Wein trinka wüda!«
Cäci war mit dem Impala leicht angesäuert nach Hause gefahren. Wir wollten uns jedoch den Ausklang des schönen Tages nicht verderben lassen. Es gab auch in der Bad-Stadt Taxis. Aber vorher wollten wir die Idee noch Tat werden lassen.

Es war vom Bohnenstengel aus nicht weit zum Krankenhaus. In unserem Zustand vielleicht zehn Minuten. Es wurden dann 20. Untergehakt sangen wir:
»Ein Freund, ein guter Freund ...«

Das Schöne an Krankenhäusern ist ja, dass sie Jahr um Jahr, ob Tag oder Nacht, Tag der offenen Tür haben. Und so zogen wir im nachtstillen Gebäude los, Peter Faller zu suchen und mit ihm, wenn möglich, ein kleines Männergespräch zu führen. Noch vom Bohnenstengel aus hatten wir Cäci angerufen und versucht, die Schlaftrunkene zu nötigen, Butzis Schwester, die Ärztin im Bad Saulgauer Krankenhaus war, anzurufen, um über eine raffinierte List die Zimmernummer des Patienten Peter Faller herauszubekommen. Cäci tobte am anderen Ende der Leitung, verwünschte mich und Deo und legte auf.

Dann mussten wir halt auf eigene Faust ermitteln. Beinahe wäre alles gut gegangen, wenn der Feuerfisch nicht gewesen wäre. Auf der Treppe nach oben bewunderte

Deo die Bilder einer Ausstellung von Meeresfischen. Beim Feuerfisch blieb er stehen, weil er dachte, dass das Bild schief hinge. Er zerrte daran herum, bis es laut scheppernd zu Boden fiel.

Und so waren dann auch bald ein paar resolute Schwestern bei uns, die wegen dem Spinner und dem als Pfarrer verkleideten Schwarzen die Polizei anrufen wollten. Gut, dass Dr. Bein alias Freund Bene wegen eines Notfalls im Hause war.

Es war nett, dass er uns eine Blutprobe abnahm und uns im Keller auf zwei ausrangierte Betten verfrachten ließ, nachdem er uns etwas gespritzt und an einen Tropf angeschlossen hatte. Magenauspumpen blieb uns erspart.

36 SOMMERGEWITTER

Mittwoch, 27. Juni, gegen 10:00 Uhr morgens, zwischen Bad Saulgau und Riedhagen, in einem Chevrolet Impala

Thunderstruck, yeah, yeah, yeah,
Thunderstruck, thunderstruck, thunderstruck
Whoa baby, baby, thunderstruck
You've been thunderstruck, thunderstruck
Thunderstruck, thunderstruck, thunderstruck
You've been thunderstruck
(AC/DC, Thunderstruck)

Natürlich ist dieser unangenehme Vorfall kein Ruhmesblatt in meiner Vita. Aber Bene unterliegt ja als Arzt der Schweigepflicht. Deo sah richtig bleich aus, vermutlich lag es am Neonlicht des Kellers. Ich zog ihm die Infusionsnadel und versuchte, ihn wachzurütteln. Er öffnete langsam die Augen, dann schreckte er hoch. Sein intelligenter Kopf hatte ihm sofort erklärt, was in der vergangenen Nacht vorgefallen war.

»Ooooh Dani, was habat wia auch wieda gemacht. Hoffentlich hata das keina Konsequenza.«

Er kramte einen silbernen Rosenkranz aus der Tiefe seiner Soutane und betete für uns beide einen Rosenkranz. Zwei Schwestern entließen uns dann unehrenhaft aus dem Krankenhaus, mit herzlichen Genesungsgrüßen von Dr. Bein.

Cäci war auch nicht sonderlich freundlich, obwohl ich ihr erlaubt hatte, uns mit dem Chevy abzuholen.

»Du solltest dich bei Bene mit einer ganz großen Flasche Wein bedanken. Der hat bei deinem Chef in Saulgau angerufen – mir hat der nicht geglaubt – du hättest einen Kreislaufkollaps gehabt. Ganz gelogen war das ja nicht. Bei euch ist vor allem der Verstand kollabiert. Was habt ihr euch überhaupt bei diesem Schwachsinn gedacht? Vermutlich nichts, das ist ja vor allem deine Stärke, nichts zu denken. Und von dir, Deo, hätte ich so etwas nicht erwartet.«

Deo wurde immer kleiner auf dem Rücksitz.

»Du bist immerhin Familienvater, Dani! Stell dir mal vor, dein Sohn wäre jetzt 13 oder 14. Was glaubst du, wie peinlich ihm das wäre?«

»Ist es dir nicht peinlich? Du bist älter als 13 oder 14.«

»Natürlich ist es mir peinlich, aber an mich denkst du ja grundsätzlich nicht. Mein Gott, manchmal denke ich, du bist 16.«

»Danke!«

»Ich brauche jetzt keine dummen Bönle-Späße, ich muss doch auch ein bisschen an meinen guten Ruf denken. Ich habe immerhin eine Praxis als Diplompsychologin. Und gerade am Anfang, wenn man einen Patientenstamm aufbaut, möchte man nicht, dass dumm über einen geredet wird … Das ist *die* mit dem Spinner!«

Irgendwie hatte sie schon recht. Deshalb wollte ich mich bei ihr mit den Blumen entschuldigen. Im Krankenhaus standen morgens unzählige herrenlose Sträuße herum, ich gab Deo das Zeichen. Er holte sie aus der Tüte heraus. Während der Fahrt legte ich sie Cäci in den Schoß und gab ihr vom Beifahrersitz aus ein zaghaftes Küsschen. Sie verzog keine Miene, fuhr jedoch etwas beschwingter die schönen Kurven auf Riedhagen zu.

37 VIERERBANDE

Mittwoch, 27. Juni, abends, bei Inzigkofen, in einer Fischerhütte

Verlassen und verloren, ausgepowert und am Boden,
Doch wenn du denkst es geht nicht mehr,
dann kommt von irgendwo diese Mukke her,

Und sagt dir, dass alles besser wird
Und dass die Hoffnung als Allerletztes stirbt.
Ein Tunnel ohne Licht am Ende
Dunkelheit für immer
(Jan Delay, Hoffnung)

Der Pater war vom durchgesessenen Sitzmöbel aufgestanden und versuchte verzweifelt, das Klebeband, das seine Handgelenke fesselte, am Fenstersims durchzuscheuern. Nur wenig Licht drang in goldroten Streifen durch die geschlossenen Fensterläden. Es musste Abend sein. Mittwochabend. Sein Bewacher hörte Musik. Irgendwie empfand er die rockigen Rhythmen als beruhigend.

Dann hatte am gestrigen Dienstag sein junger Lehrerkollege mit seiner Partnerin vergeblich auf ihn an der Basilika gewartet. Auch der Priester aus Riedhagen, Herr Ngumbu, wollte mitkommen, um die Formalien zu besprechen. Der Deodonatus, der von Gott Geschenkte. Ein nicht unüblicher Name für einen christianisierten Schwarzen. Er hatte sich so darauf gefreut, das Vorbereiten von Hochzeiten war ihm das Liebste. Die Aufregung der jungen Pärchen, die Ideen, die sie zur Gestaltung der Feier mit einbrachten. Das alles hatte eine spirituell-sinnliche, kreative Atmosphäre, die er jedes Mal genoss. Und nun war er hier in einer Hütte im gottverlassenen Donautal gefangen. Und er wusste immer noch nicht genau, warum.

Der Raum war nicht größer als zwölf Quadratmeter. Außer dem ramponierten Sitzmobiliar und einer umgedrehten Holzbierkiste, die als Tischchen fungierte, war der Raum leer. Verschämt in der Ecke stand ein Metall-

eimer, der ihm zur Verrichtung seiner Notdurft bereit-
gestellt war. Auf dem improvisierten Tisch standen noch
die Reste einer kärglichen Brotzeit und eine fast leere
Flasche Mineralwasser. Alles war aus dunkel gealtertem
Holz: der knarrende Boden, die Wände und die Decke.
Der Raum hatte lediglich ein Fenster mit einer einfach
verglasten Scheibe. Von der Decke hing an einem schlecht
isolierten Kabel eine alte Glühbirne. Mit winzigen Trip-
pelschritten bewegte sich der Benediktinerpater zur Tür
hin und drückte den Lichtschalter. 25 Watt versuchten,
mit dem Dämmerlicht zu konkurrieren. Wenigstens
etwas Licht.

»Am Anfang schuf Gott Himmel und Erde. Und die
Erde war wüst und leer, und es war finster auf der Tiefe;
und der Geist Gottes schwebte auf dem Wasser. Und
Gott sprach: Es werde Licht! Und es ward Licht. Und
Gott sah, dass das Licht gut war. Da schied Gott das
Licht von der Finsternis und nannte das Licht Tag und
die Finsternis Nacht. Da ward aus Abend und Morgen
der erste Tag … Und Gott sah, dass das Licht gut war«,
murmelte der Pater immer wieder.

Plötzlich kam so etwas wie Hoffnung in ihm auf. Ja,
sein starker Glaube an Gott würde ihm helfen. Wenn sie
ihn töten wollten, hätten sie das schon längst erledigen
können. Wieder trippelte er zum Fenstersims, um seine
Fesseln an der Kante zu zerschneiden. Offensichtlich war
zurzeit nur ein Bewacher hier. Einen Plan hatte er sich
schon zurechtgelegt. Wenn er sich endlich von den Fesseln befreit hätte, würde er um Hilfe schreien und ganz
einfach den Überraschungseffekt nutzen. Dann hörte er
das Auto.

Vermummt standen sie vor ihm, das angescheuerte Fesselband hatte keiner von ihnen bemerkt. Klein saß er auf dem niedrigen Sessel vor den dunkel aufragenden Gestalten. Mit Kapuzen verdeckten sie ihre Haare. Mit verstellten Stimmen redeten sie bedrohlich auf ihn ein. Er hatte sie längst erkannt. Doch dieses Mal würde er nicht den Fehler machen, den er bei Bobbi gemacht hatte, er würde sich nicht anmerken lassen, dass er sie kannte.

»Wo ist er?«

»Wer?«

»Wer, wer, wer! Der Fridolin Saber! Wer sonst!«, brüllte der Vermummte.

»Das weiß ich nicht!«

»Du weißt es! In letzter Zeit war er doch ständig bei dir!«

»Nein, ich habe nur ab und zu mit ihm geredet!«

»Über was habt ihr geredet?«

»Über seine Noten, warum er so schlecht geworden ist ... halt das, was Lehrer und Schüler so reden!«

»Was hat er über die Gruppe gesagt?«

»Nichts, er hat nie über sie geredet. Ich habe natürlich bemerkt, dass er Sorgen hat. Ich habe es aber zunächst als schulisches und familiäres Problem gesehen.«

»Hat er den Meister mal vor dir erwähnt?«

»Nein, ich habe jetzt erst den Zusammenhang zu ... Bobbi hergestellt ... Sonst hätte ich ja nicht um Hilfe gerufen, wenn ich gewusst hätte, dass er mit euch unter einer Decke steckt!«

»Hat der Fridolin erwähnt, wer alles dazugehört?«

»Nein!«

»Du lügst!«

»Nein, ich weiß es wirklich nicht. Fridl hatte viel zu viel Angst, um darüber zu reden. Er wollte nur aussteigen und in Ruhe gelassen werden.«

»Zum letzten Mal, wo ist Fridl?«

»Ich weiß es doch nicht! Nach dem letzten Gespräch habe ich ihn nicht mehr gesehen.«

»Hast du ihn im Kloster versteckt?«

»Nein, ich habe ihn nirgendwo versteckt. Er scheint spurlos verschwunden zu sein. Ich dachte, ihr hättet ihm etwas angetan. Die Gruppe um Bobbi ... den Meister.«

»Weißt du etwas von der Gruppe, wie wir aufgebaut sind? Wer die Mitglieder sind? Wo wir uns treffen?«

»Nein, nein und nochmals nein!«

»Was weiß dein neuer Kollege? Der schnüffelt überall herum!«

»Welcher Kollege?«

»Dieser Bönle, der neue Reli-Lehrer!«

»Was soll der wissen? Ich kenne den doch kaum!«

»Du hattest doch gestern einen Termin mit ihm!«

»Woher ...? Das hat mit Fridl und euch gar nichts zu tun. Das war ein privater Termin!«

Der kräftige Vermummte sprang auf den Pater zu und fauchte:

»Schwätz keinen Scheiß, ihr steckt doch mit dem Fridl unter einer Decke! Was weiß dieser Bönle?«

»Nichts, ich habe nicht mit ihm über Fridl geredet. Es gibt ja auch so etwas wie ein Beichtgeheimnis!«

»Hahaha, jetzt erzähl mir bloß nicht, dass der Fridl bei dir gebeichtet hat! Der Fridl und beichten, dass ich nicht lach! Und wenn er gebeichtet hat, dann weißt du ja alles!«

Die dunkle mächtige Gestalt sprang auf den Pater zu und packte ihn am Hals und drückte zu. Die anderen trennten ihn wieder aufgeregt vom Geistlichen.

»Lass das, es ist schon genug passiert!«

»Wenn der Sack jetzt nicht redet, dann mach ich ihn kalt!«, ereiferte sich der wütende Kerl.

»Jetzt noch einmal in aller Ruhe: Erstens: Wo ist Fridolin Saber? Zweitens: Was weißt du über die Gruppe? Drittens: Was weiß dieser arrogante Religionslehrer? Und wenn ich jetzt keine Antwort bekomme, dann …!«

Der Füllige kam auf Pater Benjamin zu, zog ein Schweizer Messer aus seiner Tasche, öffnete die Klinge und setzte die Spitze in das linke Nasenloch des Sitzenden, bevor die anderen drei eingreifen konnten.

Der verängstigte Pater nahm seinen ganzen Mut zusammen und sagte mit ruhiger Stimme:

»Und ich sage euch jetzt zum letzten Mal: Ich weiß nicht, wo sich Fridl befindet, und als er bei mir zur Beichte war, hat er keine Namen genannt. Er hat lediglich betont, dass er *aus der ganzen Sache* aussteigen wolle. Ich habe ihn seither nicht mehr gesehen! Und dieser Herr Bönle, den kenne ich erst seit wenigen Tagen. Der Termin am Dienstag war eine rein private Angelegenheit!«

»Machs Maul auf! Was war privat?«

»Herr Bönle will in der Basilika heiraten, und wir haben uns deswegen dort verabredet.«

»Rede keinen Scheiß! Warum will der ausgerechnet dort heiraten! Er wollte mit dir zusammen nur da rumschnüffeln … wegen der Schändung … dem Stierkopf. Bestimmt hat der Fridl Hinweise gegeben!«

»Nein, so ist das nicht!«

»Wenn du nicht redest, werden wir uns um den Bönle kümmern!«

»Der weiß doch nichts!«

»Du lügst!«, brüllte zornig die große Gestalt und fuhr mit dem scharfen Messer durch die dünne Nasenwand.

Der Pater spürte zunächst keinen Schmerz. Erst als die anderen drei entsetzt aufschrien und er ein warmes Rinnsal von der Nase zum Kinn hin verspürte, wusste er, dass der Tobende ihn verletzt hatte.

»Gott sei mit dir«, flüsterte Pater Benjamin.

Die Worte machten den Angreifer noch wütender. Als er die kurze Klinge des Taschenmessers in den Bauch des Wehrlosen rammen wollte, fielen seine drei Kumpane wild schimpfend über ihn her und rangen ihn zu Boden:

»Spinnst du, lass sofort das Messer fallen!«

Sie entwanden ihm die kleine Waffe und warfen sie durch die offene Tür in den angrenzenden Raum.

Dann zerrten sie den Aggressiven unter Drohungen und Beruhigungsfloskeln aus dem Zimmer und schlossen die Tür.

Der Pater beugte den Kopf nach unten und ließ das Blutrinnsal zwischen seine Beine auf den hölzernen Boden tropfen. Schnell bildete sich eine dunkel glänzende Lache. Jetzt wusste er wenigstens, warum sie ihn gefangen hielten. Und so lang er ihnen nicht verraten würde, wo Fridl steckte und was er über sie wusste, würde er leben. Wahrscheinlich! Mit den vorn gebundenen Händen fummelte der Geistliche mühsam seinen alten Rosenkranz aus der Tasche. Er hatte ihn von seiner Großmutter mit 15 geschenkt bekommen. *Der hilft dir immer!* Die Perlen waren aus blutroten böhmischen Granaten, zu einfachen

Oktaedern geschliffen. Dazwischen befanden sich filigrane, silberne Kügelchen.

»Jesus, der für uns Blut geschwitzt hat.

Jesus, der für uns gegeißelt worden ist.

Jesus, der für uns mit Dornen gekrönt worden ist.

Jesus, der für uns das schwere Kreuz getragen hat.

Jesus, der für uns am Kreuz gestorben ist.«

Im Raum nebenan wurde die Diskussion leiser. Wieder verließ ein Auto das Areal vor der Hütte. Wieder war er mit seinem Bewacher allein. Die Musik im Nebenraum wurde lauter gedreht, eine näselnde Stimme sang:

»Doch wenn du denkst, es geht nicht mehr, dann kommt von irgendwo diese Mukke her …«

38 KLO-GEHEIMNISSE

Donnerstag, 28. Juni, Sigmaringen, Gewerbliche Schule, in der Knaben-Toilette

I won't take no prisoners, won't spare no lives
Nobody's putting up a fight
I got my bell, I'm gonna take you to hell
I'm gonna get you, Satan get you
Hell's bells
Yeah, hell's bells
You got me ringing, hell's bells
My temperature's high, hell's bells

I'll give you black sensations up and down your spine
If you're into evil you're a friend of mine
See my white light flashing as I split the night
'cause if God's on the left, then I'm stickin' to the right
(AC/DC, Hells Bells)

Cäci hatte sich an diesem Donnerstag freigenommen. Schön, wenn man seine eigene Chefin ist. Als Lehrer hatte ich nicht diese Freiheit, obwohl ich Donnerstag, Freitag, Samstag, Sonntag unterrichtsfrei hatte. Man durfte das aber nicht überschätzen. Die unterrichtsfreie Zeit dient ja nicht nur der Rekreation und Kontemplation des Lehrers, nein, eher sogar im Gegenteil, in dieser Zeit vermeintlicher Muße wurde vom Leitbild verlangt, dass man mit Engagement für die Schule tätig ist: Vorbereitung des Unterrichts, Korrektur von Klassenarbeiten grenzdebiler Schüler, progressives Weiterentwickeln evaluatorischer Ideen, um das Leitbild weiterhin optimieren zu können, Restaurierung und Renovierung von Unterrichtsräumen, die durch den Zahn der Zeit langsamem Verfall preisgegeben waren, psychologische Betreuung von Schülerinnen mit Schwangerschaftsproblemen, psychologische Betreuung von Schülern, deren Freundinnen Schwangerschaftsprobleme hatten, und Hofreinigungsdienst, der leider aus schulorganisationstechnischen Gründen in der unterrichtsfreien Zeit anfiel.

Und so war ich, obwohl ich es nicht ganz verstand, an meinem unterrichtsfreien Tag mit leichtem Gemüt angerückt, um mit einer mir völlig fremden Klasse Hofreinigungsdienst zu praktizieren. Da die Schüler selbst wussten, wie man einen Besen bedient, packte ich das

Vesper aus, das mir Cäci liebevoll in eine Aluminium-
folie eingepackt hatte. Ich befürchtete das Schlimmste.
Meine Befürchtungen wurden nur teilweise bestätigt. Das
Schnitzel auf dem gebutterten Brötchen war nur leicht
angebrannt. Mit meinem Harley-Messer kratzte ich die
Kohleschicht, die auf der einen Seite des Schweine-Pro-
dukts durch die Panade bis zur obersten Fleischschicht
reichte, vorsichtig ab. Dann warf ich das welke Salatblatt, die verschrumpelten Paprikastreifen und die wattige Auberginenscheibe auf den Boden. Schnippte mit den
Fingern und signalisierte zwei Putzschülern, das Gemüse
zu meinen Füßen zu entfernen. Wie konnte man auf die
Idee kommen, auf ein Schnitzel-Weckle Auberginen zu
legen? Vorsichtig, mit gesundem Skeptizismus, kontrol-
lierte ich nun auch die andere Seite des Brötchens, quasi
Schnitzelunterseite. Ich hatte es befürchtet, hier hatte
Cäci noch eine Käsescheibe untergeschmuggelt. Ich warf
sie ebenfalls auf den Schulhofboden. Schnippte wiederum
Schüler herbei.

»Können Sie Ihren Dreck eigentlich nicht selbst in den
Müll schmeißen?«

Den Aufmüpfigen erzählte ich dann ganz schnell etwas
über Respekt, das Verhältnis von Autorität und Gehor-
sam und das Leitbild.

Ich beobachtete das geschäftige, schulhofreinigende
Treiben der Schüler. Nahm einen Schluck des thermos-
kannenheißen Kaffees. Den hatte Cäci gut hinbekommen.
Da musste sie nur einen Knopf drücken. Ich weiß nicht,
ob es an meiner sitzenden Tätigkeit oder dem Kaffee, vielleicht sogar an dem Schnitzelbrötchen lag. Vermutlich
war es verursacht durch die Kombination aus allen drei

Dingen. Mein Darm verspürte den Drang, sich zu entleeren. Ich signalisierte meinen hochmotivierten Eleven, dass sie kurz allein weiterarbeiten müssten, quasi ohne meine Hilfe. Es schien sie nicht weiter zu belasten.

Da die Herren-Lehrertoilette gerade vom Sportkollegen belegt war, ich erkannte es an den Sport-Schuhen, die keck unter der Kabine hervorlugten, und am Geraschel der BILD-Zeitung, war ich genötigt, die Schülertoilette aufzusuchen.

Für den Fall aller Fälle hatte ich Cäcis iPod mitgenommen, und da nun der Fall aller Fälle eingetreten war, drückte ich auf dem kleinen Zaubermaschinchen mit meinem Daumen das grüne Täfelchen mit der Aufschrift *Collection*. Die Brille der Toilettenschüssel erwärmte sich allmählich. Ich hatte die letzte Kabine ausgewählt, um relativ ungestört meinen beiden Tätigkeiten nachgehen zu können. Auf dem kleinen Bildschirm öffnete sich das in dezentem Braun gehaltene Pinball-Collection-Fenster. Von dort aus gab es für mich immer nur eine Wahl: den AC/DC-Flipper. Ich drückte Play, um ein neues Spiel mit der silbrig glänzenden Kugel zu beginnen. Vielleicht konnte ich ja meinen Highscore von 92 Millionen Punkten brechen, solang meine Schüler den Hof reinigten. Ich spielte gerade in der rechten, oberen Gitarre zu den Klängen von Hells Bells, als ich Schritte hörte, die Toilettentür aufgestoßen wurde und zwei Schüler, miteinander flüsternd, eintraten. Ich hatte den Ton am iPod sofort abgestellt.

Die Schüler waren offensichtlich nur zur Besprechung in die Toilette gekommen. Ich hörte, dass sie nahe am Eingang stehen blieben und leise, aber eindringlich miteinander kommunizierten. Schon nach den ersten Worten lauschte ich atemlos.

»… Und ich sage dir, dann machen wir den größten Fehler unseres Lebens! Das können wir doch nicht machen. Ich weiß nicht, ob der Meister das überhaupt will.«

»Der redet ja kaum mehr mit uns. Dem stinkt das brutal mit dem Pater.«

»Das läuft doch gerade voll aus dem Ruder.«

»Meinst du, der Spinner will den Pater umbringen?«

»Ich trau's ihm voll zu!«

»Wie der dem das Messer in die Nase gesteckt hat! Das war echt brutal!«

»Der spinnt doch, ich … ich glaub, ich steig da aus.«

»Ich am liebsten auch, der Fridolin hat schon recht gehabt. Der hat's genau richtig gemacht, der ist noch rechtzeitig abgesprungen. Er hat sich im letzten Augenblick für die gute Seite entschieden! Überleg mal, wenn der Idiot den Pater wirklich … Da möchte ich nichts damit zu tun haben. Mir reicht schon, dass der Peter …«

»Ja, aber was sollen wir machen?«

»Keine Ahnung, vielleicht sollten wir den Bönle warnen. Der Wahnsinnige will doch heute noch bei dem in Riedhagen vorbei und ihm Angst einjagen, damit er nicht weiterschnüffelt! Zuerst, hat er mir aber gesagt, will er noch zur Hütte nach Inzigkofen fahren.«

»Was will er dort?«

»Wahrscheinlich aus dem Pater ein paar Infos herauspressen.«

»Und dazu braucht er Benzin?«

»Er will ihm Angst machen!«

»Hoffentlich zündet er die Hütte und den Pater nicht ...«

»Meinst du, der ist dazu fähig?«

»Wann ist er losgefahren? Der hat etwas gesagt wie: ›Der soll in der Hölle braten‹!«

»Gerade vorher, er hat den Reservekanister hinten aufs Motorrad geschnallt.«

»Was? Er ist mit dem Motorrad gefahren?«

»Damit ist er schneller, hat er gemeint.«

»War der schon voll, der Reservekanister, oder ist er erst noch zum Tanken?«

»Keine Ahnung!«

»Um jemanden zu bedrohen, braucht man doch kein Benzin! Das kann der brutale Spinner doch mit seinem Messer oder mit seinen Fäusten. Ich befürchte, der will die Hütte mit dem Pater anzünden!«

»Was sollen wir machen? Hinterher fahren?«

»Dann stecken wir aber auch mit drin!«

»Lieber jetzt handeln, als für immer in der Hölle braten. Jetzt haben wir's in der Hand!«

»Meinst du, der fährt zuerst zum Bönle oder zuerst nach Inzigkofen?«

»Von der Strecke her vermutlich zuerst nach Inzigkofen. Um die Zeit ist am Bahnhof eh nichts los. Da merkt niemand, wenn die Hütte brennt, und vom Nickhof aus sieht man den Rauch erst, wenn es zu spät ist.«

»Wir müssen die Polizei anrufen!«

»Spinnst du, die können doch rausbekommen, von wem der Anruf gekommen ist.«

»Ja, aber wir können den Pater doch nicht einfach verrecken lassen!«

»Verdammt, ich weiß! Aber was sollen wir bloß tun?«

»Wir schreiben einen anonymen Brief und …«

»Blödsinn, das dauert doch alles viel zu lang!«

»Wir rufen aus einer Telefonzelle an!«

»Wo ist denn die nächste?«

»Keine Ahnung, wir fahren einfach los!«

Die Toilettentür knallte. Schnelle Schritte wurden leiser. Ich hatte genug erfahren und atmete tief durch. Mein Handy, die Rettung. Cäci ging nicht ran. Die Kommissarin sofort.

39 FEUERTEUFEL

Donnerstag, 28. Juni, morgens, bei Inzigkofen, in einer Fischerhütte an der Donau

There we were all in one place
A generation lost in space
With no time left to start again
So come on Jack be nimble, Jack be quick
Jack Flash sat on a candle stick
'cause fire is the devil's only friend.
As I watched him on the stage
My hands were clenched in fists of rage
No angel born in hell
Could break that satan's spell
And as flames climbed high into the night

To light the sacrificial rite
I saw satan laughing with delight
the day the music died.
(Don McLean, American Pie)

Der Pater spürte, dass er allein war. Das Radio nebenan lief noch, doch sie hatten ihn verlassen. Das war seine Chance. Mit Gottes Hilfe würde er es schaffen. Wie ein Besessener rubbelte er das zähe Fesselband am Fenstersims. Immer wieder rutschte er ab und verletzte sich schmerzhaft am Handgelenk. Sein Fluchtweg war gewählt. Das Fenster! Der verschlossene Laden dahinter erschien ihm nicht sonderlich stabil. Die Tür hatte er inspiziert, die war massiv, da hatte er keine Chance. Er musste vor allem schnell sein. Bevor sie zurückkamen. Seine Chancen zu überleben würden schlagartig steigen, wenn er seine Hände freibekommen würde. Aber das Panzer-Klebeband machte seinem Namen alle Ehre. Dann hatte er die Idee. Mit seinem Ellbogen drückte er die einfach verglaste Scheibe ein, in der Hoffnung, dass ein paar Scherben so im Fensterrahmen steckenblieben, dass er sie als Messer nutzen konnte. Warum war er nicht gleich auf diese Idee gekommen? Wenn tatsächlich der Bewacher weg wäre, dann spielte der Lärm keine Rolle. Im Gegenteil.

Er drückte und drückte. Die Scheibe war stärker als er dachte. Ein kräftiger Stoß! Splitterndes Krachen durchschnitt die Stille. Ein stechender Schmerz in seinem Ellbogen. Eine große dreieckige Scherbe steckte tief darin.

»Heiliger Sebastian!«

Er dachte an den durch Pfeile perforierten Heiligen, der der Überlieferung zufolge notleidenden Christen geholfen hatte, woraufhin ihn der grausame Diokletian zum Tode verurteilte und ihn von numidischen Bogenschützen erschießen ließ. Der für tot gehaltene fromme Mann wurde einfach liegen gelassen. Der robuste Sebastian war jedoch nicht tot, sondern wurde von der frommen Witwe Irene, die ihn eigentlich beerdigen wollte, wieder gesund gepflegt. Nach seiner Rekonvaleszenz ließ Diokletian ihn endgültig totschlagen.

Der fromme, heiligenkundige Pater wusste, dass ihm hier keine Irene zu Hilfe eilen würde. Seine Irene war sein Verstand. Er musste seiner eigenen Stärke vertrauen. Die Splitter im Fensterrahmen sahen erfolgversprechend aus. Gerade als er anheben wollte, um die gefährliche Arbeit des Zerschneidens zu beginnen, hörte er das Motorrad, das auf dem Kies heftig bremste. Dann herrschte kurze Zeit Stille.

»Hoffentlich nur einer, bitte, Herr, mach, dass es nur einer ist! Zwei schaffe ich nicht!«

Er stellte sich direkt neben die Tür, klemmte die Scherbe zwischen beide Hände. Egal, wenn er sich schnitt, der Schmerz in seinem Ellbogen war nicht zu übertreffen.

Er hörte, wie die Tür nebenan geöffnet wurde. Gleich darauf ein eigenartiges Gluckern. Dann Schritte, die sich eilig entfernten.

Jetzt roch er es. Benzin. Auch hörte er das Knistern von Flammen. Schon drang Qualm durch die Türritzen in den kleinen Raum, um durch die eingeschlagene Scheibe wieder zu entweichen. Erstmalig verspürte Pater Benjamin Panik. Mit aller Energie sprang er im Stile eines Sackhüpfers auf das Fenster zu. Hob ab und krachte gegen den Fensterladen. Dieser gab hölzern ächzend etwas nach. Nun spürte er auch am Bauch Feuchtigkeit. Er hatte sich an den herausstehenden Scherbendreiecken verletzt. Noch einmal hüpfte er wie ein Känguru zurück zur Tür, um Anlauf zu nehmen. Er spürte die infernalische Hitze des Nebenraums. Dichter Rauch machte ihm das Atmen schier unmöglich. Er musste es einfach schaffen. Jetzt oder nie! Der Heilige Sebastian hatte seine Irene, er musste sich selbst helfen. Mit übermenschlicher Kraft sprang er gegen den Holzfensterladen. Licht blendete ihn. Ein stechender Schmerz am Bauch ließ ihn laut aufschreien. Von hinten spürte er die Hitze der Hölle. Dann wurde er ohnmächtig.

Irene hatte ihn verlassen.

40 BEDROHUNG

Donnerstag, 28. Juni, morgens, Riedhagen, Goldener Ochsen in der Küche

The sirens are screaming and the fires are howling
Way down in the valley tonight
There's a man in the shadows with a gun in his eye
And a blade shining oh so bright
There's evil in the air and there's thunder in the sky
And a killer's on the bloodshot streets
Oh and down in the tunnel where the deadly are rising
Oh I swear I saw a young boy

Down in the gutter
He was starting to foam in the heat
(Meat Loaf, Bat out of hell)

Cäci tanzte melancholisch in Friedas Küche. Sie schob anmutig einen Küchenhocker zur Anrichte hin und stellte das alte Nordmende-Kofferradio darauf. Es war eines der Erinnerungsstücke an ihren Vater, das sie nie hergeben würde. Wie hatte der schmächtige Mann mit einer Eselsgeduld die lange Teleskopantenne hin und her bewegt, um seine Hitparade der Volksmusik hören zu können. Papas feuchte, ölmuffelige Garage hatte keinen Antennenanschluss. Wenn dann der Sender so eingestellt war, dass kein befremdliches Rauschen die volkstümlichen Klänge störten, ja dann, dann nahm der stolze Papa sein Prinzessinnenmädle auf den Schoß:

Mir san die lustigen Holzhackerbuam
hollereieiho hollereieiho.
Wir fällen das Holz und jodeln dazua
hollereiei ritirieiho.
Und kommt ein lustiges Maderl daher
hollereieiho hollereieiho
Dann kriagt sie a Busserl
was will sie noch mehr.

Dann gab er seinem Prinzessinnenmädle einen feuchtkühlen Schmatz auf die Bäcklein. Sie liebte das raue Schmirgelpapierkratzen seiner hageren Wangen und den Duft von Speick-Seife. Cäci wünschte sich so sehr, dass er ihre Praxis sehen könnte. Schade, dass noch so wenige

Anmeldungen waren. Erst für morgen hatte sie wieder Termine.

Aus dem wertvollen Erbstück, das sie mit dem Antennenanschluss verbunden hatte, röhrten Rock-Oldies. Da Korbinian eh schon wach war, drehte sie die Lautstärke voll auf, um die Erinnerung an ihren Vater nicht zu intensiv werden zu lassen. Korbi schien Deep Purple's Highway Star auch zu gefallen. In seinem quadratischen Laufstall mit den Holzgitterstäben war er gerade intensiv damit beschäftigt, die Zehenspitzen seines hellblauen Strampelanzügchens zu greifen und langzuziehen.

Frieda war schon früh nach Ravensburg aufgebrochen, um sich ihr Zahnimplantat anschauen zu lassen. Das machte Probleme.

Für Dani, der irgendwann nach seinem Hofreinigungsdienst zum Mittagessen da sein wollte, stand sie nun an Friedas altmodischem Gasherd, der das Zentrum der überfüllten Küche bildete. Überall hingen an Balken Pfannen und Töpfe. Unzählige weitere Kochutensilien und beschriftete Plastikbehältnisse standen auf Regalen. Aber alles war *eimandfrei sauber*, wie Frieda immer betonte.

Cäci wollte Dani heute mit selbst Gekochtem überraschen, und da sie wusste, wie empfindlich er beim Essen war, wollte sie heute alles geben. Den Virginia-Kuchen mit Schokostückchen und echtem Rum, den hatte sie heute Morgen schon im Backhäusle …

»Vergessen! Oh nein, ich habe den Kuchen vergessen!«

Cäci eilte zum Backhäusle, das hinter dem Wirtschaftsgebäude neben dem Biergarten stand. Dort wurden bei gutem Wetter zweimal pro Woche Dünnetle oder, wie Frieda auch sagte, Schwaben-Pizzen gebacken. Die beißende Rauchwolke meldete Cäci, dass an dem Virginia-Kuchen nichts mehr zu retten war. Sie stellte den Elektrobackofen ab und holte das qualmende Endprodukt mithilfe eines Tuches aus dem Ofen. Da war tatsächlich nichts mehr zu machen. Alles durchlüften. Den Kuchen als Beweis ihrer guten Absicht würde sie Dani aber zeigen. Leicht betrübt nahm sie das heiße, brikettartige Stück in ihrer Schürze mit in die Küche. Eigentlich war es keine Niederlage, eher Motivation. Motivation, den Rahmspinat nicht anbrennen zu lassen, Motivation, die Salzkartoffeln nicht zu verkochen. Und letztendlich Motivation, die Spiegeleier so zu präsentieren, wie er sie mochte. Kein bisschen braun am Eiweiß, spiegelnd gelb und flüssig im Eigelb. Genauso würde sie es heute hinbekommen. Das wäre ja gelacht! Aber das mit den Spiegeleiern müsste man genau timen, wenn sie nur wüsste, wann er kam.

Sie suchte nach ihrem Handy. Fand es nirgends. Hoffentlich hatte Frieda es nicht schon wieder eingepackt. Sie drehte die dröhnende Musik leiser und versuchte es mit dem Festnetzanschluss. Belegt!

Egal, Radio wieder auf volle Dröhnung. Ein echter Klassiker: Meat Loaf, Bat out of hell. Oh, Gott, sie hatte den Spinat vergessen. Glück gehabt, nur leicht braun am Topfboden. Das konnte man mit etwas Sahne und Muskatnuss kaschieren. Angestrengt rührte sie mit einem Holzkochlöffel das Angebrannte vom Boden. Dann hörte sie das Geräusch hinter sich. Das blecherne Klopfen.

Sie erschrak zu Tode.

Der große, kräftige Kerl stand direkt neben Korbis Laufstall und klopfte auffordernd gegen einen der hölzernen Gitterstäbe.

»Hei, mach die Scheiß-Musik aus! Aber sofort!«

Cäci zog wie in Zeitlupe den Stecker aus der Dose. Meat Loaf starb ab. Bevor der Mann in Schwarz, der einen ebenfalls schwarzen Integralhelm trug, dessen Visier nach oben geklappt war, noch einen dritten Satz sagen konnte, hatte Cäci nach dem im Inneren immer noch heißen Kohle-Virginiakuchen gegriffen. Mit einem Schritt nach vorn, gekoppelt mit ihrer ganzen Kraft und einem kräftigen Schlag, rammte sie den Kuchen in das offene Visier des Eindringlings. Der attackierte Einbrecher schrie auf, versuchte, das heiße verbrannte Gebäck von seinem Gesicht zu ziehen, wobei ein Stück des geplanten Nachtisches abbrach, und das Visier sich über dem restlichen gesichtssengenden Bäckereiprodukt senkte. Verzweifelt versuchte der sich schon auf der Flucht befindliche Mann, das Visier zu öffnen, aber das stabile Kuchenstück verhinderte sein Ansinnen. Er stolperte gegen den Türrahmen und brüllte, mittlerweile mit Korbinian T. Rex zusammen, ganz fürchterlich. Cäci ergriff Friedas schmiedeeiserne Schnitzelpfanne – darin wurden sie mit Butter und Öl am zartesten – und drosch auf den Fliehenden ein. Man hörte das Ellbogengelenk knacksen. Dann gelang es dem Eindringling, das verkeilte Restkuchenstück, das immer noch sein Gesicht weit über das gesunde Maß hinaus erhitzte, aus dem Sturzhelm zu befreien. Schreiend stürzte er ins Freie und sprang auf das Motorrad, das er mit laufendem Motor vor dem Goldenen Ochsen geparkt hatte.

Der Mann hatte nur einen einzigen Fehler gemacht: Er war zu nahe am Laufstall von Korbinian gestanden. Das war sein Verhängnis. Vermutlich hatte er keine Kinder!

Cäci wankte zitternd zum Telefon. Korbi strahlte sie auf dem schützenden Arm seiner Mama durch tränengetrübte Äuglein an und griff an ihr Kinn:

»Aaaaeeemamamama.«

Cäci heulte hemmungslos.

41 IRENE

Donnerstag, 28. Juni, morgens, bei Inzigkofen, Fischerhütte

Smoke on the water
A fire in the sky
Smoke on the water
(Deep Purple, Smoke on the Water)

Der Chevy zeigte seine Qualitäten eher auf der Geraden. In den Kurven spürte man das Gewicht des schweren V8-Motors. Übersteuernd zog es ihn entweder neben die Straße auf die Kalksteinfelsen zu oder auf die Gegenfahrbahn in Richtung der flankierenden Bahnlinie. Gut, die Ami-Schüssel war kein AMG-Mercedes, trotzdem wünschte ich mir im Augenblick ein strafferes, sportlicheres Fahrwerk. Noch einmal versuchte ich, Cäci mit dem Handy zu erreichen. Frieda meldete sich, sie hatte versehentlich Cäcis Telefon eingesteckt. Ich wollte die alte Dame nicht beunruhigen, da sie schon genug Sorgen mit ihrem implantierten Zahn hatte, deshalb erzählte ich ihr nichts über den Grund meines Anrufs. Ich versuchte es im Goldenen Ochsen. Belegt!

Der Bahnhof Inzigkofen flog mir entgegen. Links ab, der Bahnübergang war geschlossen. Richtung Donau, aber wohin? Rauch, dort hinten war eindeutig Rauch zu sehen. Die Schranken öffneten sich gemächlich. Ich drückte schlagartig das Gaspedal durch. Der große Motor wummerte energisch. Die Räder radierten auf dem Schotterweg. Das Heck brach in einer Kurve aus. Immer Richtung Rauch!

Die Hütte vor mir stand in Flammen. Vermutlich war sie einst Fischern dienlich bei der Jagd auf den Fisch. Nun stoben Funken in den blauen Juni-Himmel, und Rauch stieg drohend nach oben, zog mir durch ungünstige Gegenwinde ins Gesicht und verflüchtigte sich in die grünen Wipfel der Bäume. Ich zog mein Hemd über die Nase, um mich wenigstens etwas zu schützen. Wer aus dem krachenden Häuschen nicht herausgekommen war, der hatte jetzt keine Chance mehr. Ich rief die Feuerwehr an und umrundete rasch das Gebäude. Vielleicht gab es ja noch Hoffnung.

Auf der Rückseite sah ich ihn dann. Er hing halb aus dem Fenster und röchelte leise, die Flammen hatten ihn noch nicht erreicht. Sein Gesicht war blau angelaufen. Vermutlich hatte er eine Rauchgasvergiftung. Der leichte Wind hatte sich für den Eingeklemmten als günstig erwiesen, der meiste Qualm zog in die andere Richtung. Ich eilte durch die Brennnesseln und versuchte, den zwischen Holzladen und Fensterrahmen Gefangenen zu befreien. Es war nicht einfach, da er, von Glassplittern aus dem Fensterrahmen aufgespießt, festgehalten wurde.

Als ich ihn, so sachte wie in dieser Situation möglich, weit genug vom brennenden Holzhaus an beiden Armen weggezogen hatte, öffnete er kurz die Augen:

»Danke, Irene. Irene!«

Dann schloss er die Augen. Rauch legte sich über die Wasser der Donau.

42 CROWLEY

Donnerstag, 28. Juni, gegen 11:00 Uhr, Sigmaringen, in einem Studierzimmer

Mr. Crowley, what went on in your head
Mr. Crowley, did you talk to the dead
Your lifestyle to me seemed so tragic
With the thrill of it all
You fooled all the people with magic
You waited on Satan's call
(Ozzy Osbourne, Mr. Crowley)

Ignatius Braun jagte trotz der starken Schmerzen im Gesicht und am Ellbogen die Suzuki Richtung Sigmaringen. Er würde ihn stellen, den Meister, den Magier. Hoffentlich war er zu Hause. Die Maschine tickerte überhitzt an Motor und Bremsscheiben, als er sie neben dem schwarzen Mercedes abstellte.

Der Meister öffnete auf Ignatius' Sturmgeläute nicht.

Ignatius umrundete das Haus und schaute von der Terrassentür aus in dessen Studierzimmer. Dort saß er im Sessel und schien in ein Buch vertieft. Als Ignatius gegen die Scheibe pochte, stand der Mann aus dem Sessel auf und öffnete die große gläserne Schiebetür.

»Was willst du?«

»Meister, wir müssen reden!«

»Wie siehst du denn aus? Was ist mit deinem Gesicht passiert? Und lass das mit dem Meister, ich kann den Blödsinn nicht mehr hören!«

»Warum, Meis…, ähh, warum?«

»Du bist zu dumm, alle seid ihr zu dumm! Komm endlich rein! Sind das Verbrennungen in deinem Gesicht?«

In der Studierstube des Meisters setzte sich Ignatius auf einen gepolsterten Hocker. Auf dem überdimensionierten Kirschholzschreibtisch lagen unzählige geöffnete Bücher, aus deren Seiten bunte, kleine Zettelchen mit Aufschriften und Symbolen herausragten. An der Wand über dem Schreibtisch hing eine Kuckucksuhr, die im Stil Hundertwassers bunt angemalt war. Auf dem Schreibtisch standen als Buchstützen und Briefbeschwerer ägyptisch anmutende Messingfiguren. In den Schränken befanden sich viele alte Bücher mit Ledereinbänden. Das Auffälligste waren jedoch die Bilder an der Wand, sie schienen immer nur eine Person abzubilden. Es waren allesamt Schwarz-weiß-Bilder. Sie zeigten einen Mann mit fleischigem Gesicht und Glatze. Das größte Bild an der Wand präsentierte ihn in eigenwilliger Pose. Auf dem Kopf trug er einen dreieckigen, dunklen Hut, auf dem ein nach oben zeigendes Dreieck mit Strahlenkranz zu sehen war. Die Hände hielt er unter den Augen aufgestützt, neben dem linken Arm stand ein Buch. Es war mit einem Pentagramm verziert. Ignatius kannte den Mann. Es war ihr Gott, es war Aleister Crowley.

Trotzig fragte Ignatius zum Meister hin:

»Warum soll ich nicht mehr Meister sagen?«

»Warum? Es hat sich einfach ausgemeistert, ihr habt meine Botschaft und die Aleister Crowleys nie verstanden!«

»Was haben wir nicht verstanden? Wir haben immer alles gemacht, was Sie wollten!«

»Nein, das habt ihr nicht getan!«

»Ich bin nicht schwul, und die anderen, glaub ich, auch nicht!«

Mit ärgerlicher Stirnfalte fixierte der Meister Ignatius und zischte:

»Damit hat das gar nichts zu tun! Da sieht man, dass ihr Crowley nicht verstanden habt. Er hat lediglich Freiheit, auch in diesem Bereich, propagiert.«

Ignatius blickte seinem Meister voller Zorn ins Gesicht:

»Doch hat es! Jeder zweite Satz war doch, dass Ihr Crowley ausschweifend gelebt hat. Mit Orgien und so! Das haben Sie immer gepredigt: Wir sollen das tun, zu was wir Lust haben. Wissen Sie, was ich glaube? Dass Sie schwul sind!«

Der Meister hatte Mühe, sich zu beherrschen, seine Stimme wurde leiser und eindringlicher:

»Ich habe lediglich gesagt, dass er für seine Zeit sehr freizügig gelebt hat. Dass er andere Normvorstellungen, auch im Bereich sexueller Praktiken, hatte als das Gros seiner Mitbürger.«

»Sie haben uns den Scheiß verkauft. Dass es uns freimacht, wenn wir so leben, alles tun, was wir wollen!«

»Da habt ihr mich missverstanden.«

»Auch mit dem Drogenzeugs? War das dann auch ein Missverständnis? Sie haben uns als Meister doch gepredigt, es würde unser Bewusstsein erweitern und all so einen Scheiß! Wir mussten doch für Sie die Drogen besorgen! Ging es Ihnen vielleicht nur darum?«

»Ach, Ignatius, rede doch keinen Unsinn. Ich wollte euch ein System aufzeigen. Ein System der Magie, eine Verflechtung von Kabbala und Magie.«

»Das verstehe ich nicht, lassen Sie das blöde Gerede. Jetzt ziehen Sie den Schwanz ein, jetzt wird es Ihnen zu heiß, wenn Menschen sterben. Aber Sie haben gesagt, man darf tun, was man will. Man ist sich nur selbst verantwortlich.«

Plötzlich sprang der Meister auf:

»Hör auf mit deinem dummen Schülergeschwätz. Ihr habt das alles selbst zu verantworten. Ich habe euch nie zu etwas gezwungen!«

»Und wer hat gesagt, wir sollen den Pater töten?«

»Ich habe nur gesagt, dass ihr wisst, was ihr tun müsst. Auch Peter wurde nicht von mir von der Brücke gehetzt! Das wart ihr. Ihr hattet die Freiheit, es nicht zu tun. Und wenn du die Sache mit dem Pater auf deine Art erledigt hast, so war das eben deine und nicht meine Art. Du hattest die Freiheit, ihn nicht zu töten!«

»Ha! Dass ich nicht lache! Sie stecken doch hinter all dem! Sie, nur Sie haben uns beeinflusst mit ihrem dummen Geschwätz, und wir, wir haben Ihnen geglaubt!«

»Es ist Zeit für dich, zu gehen, ich muss noch arbeiten. Willst du eine Salbe für dein Gesicht?«

Der Meister erhob sich aus seinem Sessel und machte eine Handbewegung zu seinem Schreibtisch hin.

»Ich gehe gar nicht, wir reden jetzt!«

Ignatius hatte einen kleinen Revolver aus der Tasche seiner Lederjacke gezogen:

»Setzen, ab jetzt bestimme ich!«

Der Meister ließ sich in seinen Sessel fallen und faltete die Hände:

»Und jetzt, Ignatius, willst du mich töten? Ich weiß, du bist der Einzige, der es könnte. Willst du mich töten wie den Pater? Tu es doch! Dann hast du Crowley begriffen. Los, schieß doch!«

»Halten Sie Ihren Mund. Ich will wissen, was das alles sollte mit unserer Gruppe, mit der Kameradschaft, mit dem Zirkel, den Treffen, den Lagerfeuern. Das war doch schön am Anfang. Alles war so ... so klasse, so freundschaftlich! Bis Sie angefangen haben mit diesem blöden Buch der Gesetze von Crowley.«

Ignatius warf einen verächtlichen Blick auf die Bildergalerie an der Wand:

»Sie haben gesagt, unsere Bibel sei das Buch des Gesetzes und das hat mit den anderen Religionen gar nichts zu tun. Und unser Kult seien die tantatrischen Rituale oder wie die heißen, mit den Tieropfern und dem ganzen Scheiß, mit diesem unsinnigen Geschmiere!«

Die letzten Worte spuckte Ignatius förmlich aus. Der Meister starrte unbeweglich auf die Pistole seines Gegenübers:

»Tantrisch, Ignatius, die heißen tantrisch! Und genau da habt ihr mich falsch verstanden oder falsch verstehen wollen. Diese tantrischen Rituale sind in Anlehnung an die Apokalypse des Johannes zu verstehen, deshalb hat er sie auch *The Great Beast 666* genannt. Das Ziel dieser

Magie ist aber die Weiterentwicklung des Individuums. Das habt ihr Holzköpfe nie verstanden. Es ging um eure individuelle Weiterentwicklung!«

»Quatsch, Sie haben immer gesagt: *Tu, was du willst, soll sein dein ganzes Gesetz.* Das mussten wir doch immer herbeten am Lagerfeuer. Das mussten wir doch auf die Pentagramm-Bibel schwören.«

»Nein, so isoliert habe ich euch das nicht gesagt. Das reißt du jetzt aus dem Kontext, Ignatius. Crowleys Worte sind: *Tu, was du willst, soll sein das ganze Gesetz. Liebe ist das Gesetz, Liebe unter Willen!*«

»Das höre ich zum ersten Mal, das mit der Liebe. Sie haben mehr über die Orgien erzählt und die Praktiken, Sie wissen schon. Manchmal denke ich, Sie sind nicht ganz normal! Das mit den Tieropfern ist doch nicht normal!«

»Das kann man so sehen. Aber die Lehre Crowleys beinhaltet eben auch die Seite abnormer Sexualpraktiken und die der Tieropfer. Ich hatte nicht den Eindruck, dass euch das immer so unangenehm war. Der Mann hat ein außergewöhnliches und ausschweifendes Leben geführt, das wollte ich euch etwas näher bringen. Ihr hättet doch jederzeit aussteigen können.«

»Ha, dass ich nicht lache. Sie haben ja wie ein Diktator geherrscht, es hat ja jeder Angst vor Ihnen gehabt. Und als dann die ersten Finger abgeschnitten wurden … Glauben Sie, dass die anderen da noch freiwillig mitgemacht haben?«

»Und du, Ignatius? Hattest nicht gerade du am meisten Spaß an den Exzessen? Geh in dich Ignatius, sei fair!«

»Das geht Sie einen Scheißdreck an! Sie haben uns manipuliert. Und das mit den Tieropfern hat mich immer geekelt!«

Ignatius war aufgesprungen und fuchtelte dem Meister mit der Kurzwaffe vor dem Gesicht herum.

»Dir hat es doch am meisten Spaß gemacht, Tiere und Menschen zu quälen! Du warst doch sofort dabei, wenn es hieß, einen Friedhof zu schänden! Aber dann eigenmächtig und so dilettantisch wie den Hedinger Friedhof.«

Der Meister stockte und schüttelte ungläubig den Kopf:

»Dilettantisch. Ihr habt von der Lehre nichts begriffen!«

»Ich habe schon einmal gesagt, dass wir das nicht waren bei der Hedinger Kirche! Wir hätten das Pentagramm richtig gemalt.«

»Wer war es dann?«

»Ein Trittbrettfahrer, was weiß ich?«

»Vielleicht jemand, der uns schaden wollte? Fridolin?«

Dann wechselte der Meister das Thema und fragte fast tonlos:

»Musste der Pater leiden, als du ihn getötet hast? Hast du ihn erschossen?«

»Nein, die Waffe habe ich nur für Sie dabei. Die Hütte mit dem Pater habe ich angezündet.«

»Warum?«

»Wegen der Spuren. Was glauben denn Sie, wie viele Spuren von uns, auch von Ihnen da drin sind, Meister? Warum sollten wir eigentlich die Schule beschmieren?«

»Ihr wolltet das doch: rebellieren, euch gegen das System auflehnen. Ihr seid jung und wild. Und zum letzten Mal: Nenne mich nicht mehr Meister!«

»Sie haben aber gesagt, dass die Zahl 666 wichtig sei. Und dass sie uns überall Zeichen sein soll!«

»Ich habe euch lediglich gelehrt, dass die Zahl 666 für Crowley eine wichtige Rolle spielte. Er selbst hat sich immer wieder als das große, das mächtige Tier bezeichnet: *To Mega Therion*. Er verstand sich aber trotzdem nicht als Satanist. Zu dem wurde er erst durch eure dumme Musik: Black Sabbath, Led Zeppelin, selbst die Beatles hatten ihn auf einem ihrer Cover abgebildet.«

Vor Zorn bebend sprang Ignatius auf.

»Ich versteh gar nichts mehr, überhaupt nichts mehr. Was falsch ist, ist richtig, was richtig ist, ist falsch. Und wir haben sowieso nichts begriffen! Als Meister waren Sie immer unser Vorbild, unser großes Tier, und *Sie* waren stolz auf uns. Wir durften Sie ja nicht einmal duzen. Und jetzt, wo alles schiefgelaufen ist, haben *wir* alles falsch verstanden. Aber Sie sind verantwortlich, Sie haben uns manipuliert. Sie sind der Drahtzieher, deshalb muss man Sie auch zur Verantwortung ziehen und nicht nur uns!«

Arrogant lächelte der Meister und deutete auf seine Brust:

»Du glaubst doch wohl nicht, dass die mir etwas anhaben können. Wem glaubt die Polizei mehr: einem Berufsschüler, der schon einige Aktenvermerke hat, oder mir?«

Da sprang Ignatius plötzlich auf, steckte die Waffe ein und lachte hart, bevor er durch die Tür verschwand:

»Ich habe noch etwas zu erledigen! Ich habe eine Idee! Sie werden sich wundern, *Meister*!«

43 SPURENSUCHE

Donnerstag, 28. Juni, gegen 14:00 Uhr, Riedhagen, im
Goldenen Ochsen im Kaiserzimmer

Maybe I didn't treat you
Quite as good as I should have
Maybe I didn't love you
Quite as often as I could have
Little things I should have said and done
I just never took the time
(Elvis Presley, Always on my Mind)

Im Kaiserzimmer im Goldenen Ochsen herrschte allge-
meine Ratlosigkeit. Frieda rannte aufgeregt mit Gläsern
hin und her.

»Ich mache einen großen Vesperteller für alle!«

Am heftigsten nickten Deodonatus und die Kommissarin, die einträchtig unter dem Eberkopf nebeneinander
saßen. Sie wirkten wie Schneeweißchen und Rosenrot,
wie Yin und Yang. Dem allgemeinen Durcheinanderge-
rede mit Wortfetzen wie *Mitten in der Küche ... Feuer ...
Kuchen ... schwere Rauchvergiftung ... Motorrad ...
Korbi ... Handy ... Sturzhelm ... Pater ... Visier ... hoher
Blutverlust ...* folgte eine mehr oder weniger sachliche
Aufarbeitung des Themas. Deodonatus Ngumbu hatte
vom Pfarrhaus aus den Rauch des verbrennenden Virgi-
nia-Kuchens gesehen, und als er dann noch einen Motorradfahrer, der taumelnd auf seine Maschine stieg, beobachtete, machte er sich besorgt auf den Weg zum Goldenen

Ochsen. Er hatte seine NSU Quickly gestartet und raste mit heulendem Motor die wenigen Meter vom Pfarrhaus zum Goldenen Ochsen. Da stimmte etwas nicht, das spürte er.

Nun nahm er sich ein beträchtliches Stück von der Leberwurst und strich sie dick auf eine große Scheibe Bauernbrot. Darüber drapierte er mit seiner schwarzen Pranke ganz zart ein gefächertes Essiggürkchen, das er zuvor filigran zurechtgeschnitten hatte. Neben der Essiggurke fand ein Zwiebelringelchen seine letzte Ruhe.

»Da Cäci hat gaweint, und übaall lag da Kucha auf da Boda. Da guta Kucha!«

Mit vollem Mund, was ihn nicht wesentlich verständlicher machte, schilderte der schwarze Pfarrer von Riedhagen in seiner blumigen Sprache, wie er Cäci nach dem Überfall vorgefunden hatte. Die Kommissarin hatte ihr iPad im Diktiermodus, nebenher machte sie Notizen mit einem Füllfederhalter und schwarzer Tinte in ein kariertes Schulheft. Wie immer war sie tadellos gekleidet. Heute schwarz-weiß, und so sahen wir wie eine Trauergemeinde aus. Deo in priesterlich schwarzer Soutane, die fesche Kommissarin mit schwarzem Rock und weißer Bluse, Frieda, immer noch im Ausgeh-Häs, schwarzes Kostüm, weiße Bluse, und ihre Tochter Cäcilia hatte sich nach der Attacke umgezogen und ihr schwarzes Röcklein und ein weißes T-Shirt übergestreift. Sie stand nachdenklich bei der alten Wurlitzer in der Ecke. Ich selbst trug schwarz-schwarz, lediglich Korbi auf meinem Schoß wirkte deplatziert in seinem albernen hellblauen Strampler.

»Ooch, geben Sie ihn mir mal?«

Bettelnd streckte die Kommissarin ihre Hände in Richtung Korbinian T. Rex. Ich tat ihr den Gefallen und reichte den strampelnden Wonneproppen samt Stoffzebra über die Vesperplatte der blonden Beamtin von edlem Äußeren.

»Darf der schon Leberwurst? Die ist ja schön weich?«

Mit ihrer eleganten Fingerspitze war sie in die Dosen-Leberwurst aus Mottschieß von bester Qualität gefahren und hatte, ohne meine Antwort abzuwarten, den Finger in das kleine Göschchen gesteckt. Korbi zuzelte zunächst zurückhaltend neugierig daran, dann mit wachsender Begeisterung. Er streckte seine Händchen zu Cäci hin aus und sagte:

»Aaaaeeemamamam.«

Cäci war gerührt, wieder wurden ihre Augen feucht. Sie schniefte:

»Ich möchte mir gar nicht vorstellen, was passiert wäre, wenn ich den Motorradfahrer nicht vertrieben hätte! Wer weiß, was er Korbi angetan hätte!«

»Herr Bönle, warum haben Sie mir nichts von dem Drohbrief gesagt? Vielleicht hätten wir den Überfall auf Ihre Partnerin verhindern können. Mit hoher Wahrscheinlichkeit ist der Halter des Motorrads, Ihr Schüler Braun, der Täter. Aber der ist seltsamerweise auch nicht mehr auffindbar.«

Streng blitzten die Kommissarinnen-Augen in meine.

»Ist der auch für das Feuer verantwortlich und das, was Pater Benjamin zugestoßen ist?«

»Das kann ich Ihnen nicht sagen. Ermittlungen in diese Richtung laufen natürlich. Härmle ist da gerade dran.«

»Verhört der den Pater? Der muss doch wissen, wer ihn gekidnappt und gepeinigt hat.«

Die Kommissarin zog mit einem hörbaren Blopp den Finger aus Korbis saugendem Mund, der ihn sich, nicht dumm, sofort wieder energisch zurückschob. Die Kommissarin lächelte entzückt, wurde aber ganz schnell wieder ernst:

»Da müssen wir froh sein, wenn der überlebt. Er hat eine schwere Rauchintoxikation und wird zurzeit künstlich beatmet. Auch seine Schnittverletzungen in der Bauchgegend sind tief und gefährlich. Die Chancen sind laut Arzt-Aussagen nicht sehr gut. Vernehmungsfähig ist er im Moment nicht. Ohne Sie hätte er sowieso nicht überlebt, die Hütte ist komplett abgebrannt. Herr Bönle, sagt Ihnen der Name Irene etwas?«

»Nein, aber der Pater Benjamin hat mich so angesprochen, als er kurz bei Bewusstsein war. Vielleicht steckt ja eine Frau hinter der Sache. Aber mir ist es eher vorhergekommen, wie wenn er sich bei einer Irene bedankt hätte.«

»Sagt Ihnen der Name Bobbi etwas?«

»Nein, gar nichts! Warum?«

»Die Ärzte sagen, dass der Pater diese Namen gemurmelt hat, bevor er sediert wurde und an die Lungenmaschine gekommen ist. Gott sei Dank konnten Sie ihn noch rechtzeitig aus dem Fenster ziehen!«

Die edle Ermittlungsbeamtin nickte kurz anerkennend in meine Richtung. Ich schob ihr die Dosenblutwurst vor ihr Vesperbrettchen, sie nahm dankbar nickend an.

»Wissen Sie mittlerweile, wo dieser Fridolin Saber ist? Glauben Sie, dass der noch lebt?«

»Da kann ich nicht viel dazu sagen. Es fehlt jede Spur von ihm. Wir ermitteln. Zunächst müssen wir Ignatius Braun finden, der Mann ist gefährlich.«

Mit Beginn der Nahrungsaufnahme wurde die Kommissarin vom Mr. Hyde zum Dr. Jekyll. Sie war von herzlicher Freundlichkeit und äußerst umgänglich. Sie lobte Friedas Vesperplatte über den Schellenkönig, monologisierte ganze Lobeshymnen über die herausragende Qualität des Bauernbrotes und, was das Wichtigste war, man konnte das Frage- und Antwortspiel problemlos umdrehen.

»Eigentlich stelle ich die Fragen!«

Die Kommissarin klopfte energisch mit der Hand auf den Tisch. Deo nickte mit vollem Munde, schob sich überflüssigerweise noch ein Stück Schwartenmagen hinein und bemerkte charmant:

»Aba, Frau Kommissain, wie könnat Sie nua Ihra guta Figuaa halta, wenn Sie fressat wie Scheunadreschaa?«

Die Kommissarin errötete leicht:

»Sport, Sport und nochmal Sport! Das würde Ihnen auch nicht schaden, Herr Ngumbu, vom Predigen nimmt man wahrscheinlich nicht ab!«

Frech nahm die Kommissarin Blickkontakt mit Deos Bauchansatz auf. Ich musste lachen, Deo mimte den Beleidigten:

»Nicht jeda muss so eine Hungahaka wie da Dani sein. Bei dem kann ma ja da Vataunsa durch das Rippa beta! Aba, Frau Kommissain, sagat Se mia mal, was glaubat Sie, wea hinta da ganza Sacha steckt? Das sind doch nicht nua dumma Schülastreicha, wo außa Kontrolla gerata sind.«

»Herr Ngumbu, Sie hätten Kommissar werden sollen. Wir vermuten auch, dass ein Anführer hinter der ganzen Sache steckt, ein denkender Kopf. Die Schüler, die Sie, Herr Bönle, zum Teil auch persönlich kennen, halte ich für verdächtig, aber ich vermute, dass sie gelenkt werden. Deshalb bin ich unter anderem auch hier, um noch mehr zu erfahren. Aus den Schülern bekommt man nichts heraus. Die wirken verstockt und mittlerweile auch verstört. Ich denke, da herrscht ein großer Gruppendruck.«

Und so saßen, aßen und redeten wir noch lang. Cäci sagte die ganze Zeit nichts, ging aber immer wieder zum alten Wurlitzer und drückte den Lieblingstitel ihres Vaters: The King, Elvis: *Always on my mind*. Deo forderte Cäci mehrmals dazu auf, die Geschichte *von da heißa fliegada Kucha* zu erzählen, um sie aus ihrer Melancholie herauszuholen. Sie winkte jedes Mal ab. Frieda sprintete unermüdlich in ihrem guten Kostüm zwischen Zapfhahn, Küche und Kaiserzimmer hin und her. Mit ausreichender Nahrungszufuhr hielt die kluge Frieda die schöne Kommissarin von edlem Wuchs bei Laune. Die Ermittlungsbeamtin notierte mit der Rechten in ihr kariertes Schülerheft, die Linke gehörte ganz Korbi.

44 METZGERN

Donnerstag, 28. Juni, kurz vor 17:00 Uhr, Sigmaringen, in einer Metzgerei, danach am Gestade der Donau

Raining blood
From a lacerated sky
Bleeding it's horror

Creating my structure
Now I shall reign in blood!
(Slayer, Raining Blood)

Er hatte ihn tatsächlich in der Metzgerei gefunden, so wie man es ihm gesagt hatte. Dort stand er sturzbetrunken mit einem Bierfläschchen und schwadronierte über die Köpfe der Kundschaft hinweg zur sichtlich genervten Fleschereifachverkäuferin hin:

»Und jede Wette, dass ich dir schneller eine Sau ausnehme als jeder Metzgermeister hier im Städtle. Ich meine, vom Beil auf den Kopf bis Aufschlitzen und raus mit den Kutteln. Was wetten wir?«

Die Fleschereifachverkäuferin hob kurz ihren Kopf von der Waage und keifte:

»Schorsch, hör endlich auf, deine Trucker- und Metzgergeschichten will hier keiner mehr hören! Und trink nicht so schnell! Und nicht so viel!«

»Mädle, ich sag dir eins: Im Metzgern und im Truckern macht mir hier keiner was vor, du sowieso nicht! Und das Bier hab ich von dir bekommen. Das bisschen macht mir gewiss nichts aus, der Schluck. Jede Wette, dass ich dir eine Flasche Jackie auf Ex trinke. Jede Wette, Mädle. Da machen mir doch die paar Bierle nichts aus!«

Unbemerkt war der kräftige junge Mann in Motorradkleidung mit den roten Narben im Gesicht an das Stehtischchen des lästigen Redners herangetreten. Er legte den Sturzhelm neben Schorschs Bierfläschchen.

»Dann bin ich ja genau richtig bei dir!«

»Was willst von mir, Junge? Was ist denn mit deinem Gesicht passiert? Hast du mit deiner Visage gebremst?«

»Verbrannt, aber darum geht's nicht! Ich habe gehört, dass du fast alles machst gegen ein kleines Entgelt. Stimmt das, Schorsch?«, flüsterte Ignatius Braun.

»Wie heißt du überhaupt, Bürschle?«

»Braun, Ignatius Braun.«

»Und ich Bond, haha, James Bond. Quatsch, ich heiße Schorsch. Meistens, manchmal auch anders, je nachdem, mit wem ich's zu tun habe! Du verstehst, haha! Was willst jetzt von mir?«

»Man hat mir gesagt, dass du Schlachter bist, und ich brauche dich.«

»Metzger, Bürschle, ich bin gelernter Metzger, das habe ich jahrelang gemacht! Mir metzgert keiner was vor, keiner. Gell, Lydia?«

Lydia, die Metzgereifachverkäuferin, winkte gestresst ab:

»Lass mich endlich in Ruh, ich hab Kundschaft, das siehst du doch!«

»Also, Bürschle, was willst von mir? Wenn der Preis stimmt, mach ich fast alles! Fast!«

»Ich weiß nicht, ob du das kannst. Es ist ein Spezialauftrag!«

Nach weiteren Bieren der städtischen Zoller-Hof Brauerei war der Spezialauftrag und der Plan seiner Ausführung in trockenen Tüchern. Sigmaringen würde staunen, dessen war sich Ignatius sicher.

Er hatte die Eindringlinge sofort bemerkt. Sie drängten ihn in eine Ecke, kein Entrinnen war möglich. Als er in höchster Panik zum Gegenangriff überging, schlug ihm einer von ihnen mit der Axt den Schädel ein.

Den Kopf abzutrennen war gar nicht so anstrengend,

wie Ignatius es sich vorgestellt hatte. Schorsch ging absolut professionell vor. Er ertastete die Wirbel, ging dann mit dem spitzen Ausbeinmesser zwischen die Knochen der Wirbelsäule und trennte mit wenigen Schnitten den Kopf vom Rumpf. Die offenen Augen des Opfers störten Ignatius, auch die langen Wimpern. Der Mund war leicht geöffnet, die Zungenspitze schaute hervor.

»Kannst du ihm nicht die Augen zumachen? Das sieht ja grausig aus!«

»Sag mal, machst du dir jetzt in die Hosen, Büble? Der Tod ist nicht schön. Wenn du was Schönes sehen willst, guck dir den Playboy an! Und nimm jetzt endlich das Messer, wir müssen den aus der Decke schlagen, haha, ihm das Fell abziehen, haha! Los, mach schon, Bürschle, hilf mit!«

»Kannst du mir Herz, Niere und Leber auch noch herausholen?«

»Was willst denn damit?«

Ignatius erklärte in kurzen Sätzen seinen Plan.

Der Metzger brauchte einige Sekunden, um seine Sprache wiederzufinden:

»Du spinnst ja wirklich! Das kost' aber extra, das ist ja extrem!«

Der betrunkene Metzger hatte seine linke Hand mit einem Kettenhandschuh geschützt und tat weiter, wie ihm geheißen. Die Spritzer auf dem Boden sahen aus wie Blutregen.

Dann ging Ignatius ohne seinen Blutgehilfen mit den Körperteilen dort hin, wo sie sich so oft getroffen hatten. Es machte etwas Mühe, in der Dunkelheit die portionierten Ergebnisse der Schlachtung in großen Plastikbeuteln an das Donauufer zu schleppen. Erschöpft ließ er sich auf einem großen Stein nieder. Dann zog er sich aus, wusch sich in der kühlen Donau. Die Teile des zerlegten Körpers präparierte er für seinen großen Auftritt. Während der ekeligen Arbeit rezitierte er gebetsmühlenhaft das, was er von seinem Meister gelernt hatte: *Satan ist Sinnesfreude und nicht Abstinenz. Genieße alles, was dein Bewusstsein erweitert. Satan ist Lebenskraft. Satan bedeutet Rache und Strafe ohne Gnade anstatt Hinhalten der anderen Wange. Satan bedeutet, dass der Mensch ein Tier wie alle anderen Tiere ist, manchmal besser, meist schlechter als die Vierbeiner. Weil der Mensch wegen seiner Intelligenz zum bösartigsten aller Tiere geworden ist. Sünde ist Erfüllung.*

»So ein Schwachsinn!«, schrie er in die Nacht, und aus der Tiefe seiner verletzten Seele aufsteigend, drang ein tierisches Lachen aus dem verzerrten Mund.

45 ALBTRAUM

Freitag, 29. Juni, gegen 4:00 Uhr morgens, Riedhagen, in Cäcis Bett, während einer REM-Phase

Dream on, it's so easy for you,
though I'm broken in two, dream on!
Dream on, you can never see
what you're doing to me, so dream on!
(Nazareth, Dream on)

Cäci hatte einen schrecklichen Traum. Überall war Blut, als ob es Blut geregnet hätte. Sie schaute nach oben, konnte aber nur den Bogen einer steinernen Brücke erkennen, die sowohl die Erde mit dem Himmel als auch Bergrücken mit Bergrücken verband. Auf dieser Brücke stand ein hellblauer Kinderwagen. Obwohl sie nicht sehen konnte, wer in diesem Kinderwagen lag, wusste sie, dass es Korbi war. Die gelbliche Farbe des Himmels verwandelte sich in Braun. Dann regnete es wieder schwere, klebrige Tropfen. Blut. Sie versuchte, dem Blutregen zu entkommen, das zähe Blut hielt sie aber fest wie flüssiger Teer. Die Brücke über ihr begann zu schwanken, und der Kinderwagen, den sie trotzdem aus der Vogelperspektive sehen konnte, rollte schneller und schneller. Dann stürzte er über die Brücke hinaus und fiel ins Unendliche. Der Säugling fiel aus dem sich spiralförmig drehenden Kinderwagen ... genau in Cäcis Arme. Sie wollte ihn küssen, doch sie hielt nur den leeren Kinderwagen in den Händen. Er war so leer, dass es wehtat.

Cäci schreckte aus dem Traum hoch. Korbi lag friedlich neben dem Stoffzebra in seinem Nestchen, das sie aus zwei Stillkissen großzügig geformt hatte. Ganz nahe bewegte sie ihr Gesicht an sein Köpfchen. Ja, er atmete. Ja, er strahlte Wärme aus. Als er seine Mama roch, formten Korbis kleine Lippen sanfte Saugbewegungen.

Cäci heulte still in sich hinein.

Ganz sacht legte ich meine Hand auf ihre Schultern, zog ihren Kopf an meinen.

»Es ist doch nichts passiert!«

Lang konnte ich nicht einschlafen.

46 SCHLOSSPLATZ

Freitag, 29. Juni, bei Sonnenaufgang, Sigmaringen, Karl-Anton-Platz, vor der Statue

Eternal the kiss I breath
Siphon your blood to me
Feel my wounds of your god
Forever rape mortality
I smell of death
I reek of hate I will live forever
Lost child pay the dead
Bleeding screams of silence
In my veins your eternity
(Slayer, Bloodline)

Direkt vor dem Karl-Anton-Denkmal, das wiederum direkt vor dem Hohenzollernschloss stand, hatte er sich kurz vor Sonnenaufgang im Herzen der Kreisstadt aufgestellt. Genauso erstarrt wie der Herr über ihm, der den rechten Fuß spielerisch nach vorn gestreckt hatte, die Linke hinter dem Rücken verbarg und in der rechten Hand ein Papier hielt. Ein schöner Schnurrbart, Hals- und Brustorden zierten den versteinerten Karl Anton, Prinz von Hohenzollern. Unter ihm im Kiesbett stand er: Den rechten Fuß spielerisch nach vorn gestreckt, die Linke nicht hinter dem Rücken verbergend, sondern ein Plakat haltend, und in der rechten Hand kein Papier, sondern eine Holzlanze, auf der der Kopf steckte. Hals und Brust zierten Gedärme und Innereien. Die Haut war mit Blut eingerieben. Der dicke junge Mann war bis auf eine fellartige Windel gänzlich nackt. Und er war ebenso erstarrt wie Karl Anton. Die dunklen Blutstreifen in seinem Gesicht wirkten martialisch. Surreal wirkten die Organe, die an Sehnen und Gedärm hingen. Leber, Niere, Herz, die der Bewegungslose um seinen Körper gewickelt hatte. Am fürchterlichsten wirkte jedoch der aufgespießte Kopf. Die lang bewimperten Augen glotzten ausdruckslos. Der Mund war leicht geöffnet, eine bläuliche Zunge spickte zwischen den Zähnen hervor. Das Poster, das an einem Stecken befestigt war und von der Linken des zur Salzsäule Erstarrten gehalten wurde, löste das Rätsel um die Figur ebenso wenig. Auf dem Poster war ein Gesicht abgebildet, in das mit Blut die Worte *Meister Bobbi* hineingeschrieben waren. Pentagramme und die Zahl 666 auf Körper und Poster vervollständigten das Gesamtkunstwerk. Aus dem Ghettoblaster zu Füßen des Statuen-Menschen plärrten mit 400 Watt Slayer mit Bloodline vom Album *God Hates Us All*.

Mit wenig Kunstverständnis, auch schwere Metall-Musik betreffend, war offensichtlich Hedwig Megerlein, die für diesen Rayon zuständige Zeitungsausträgerin, ausgestattet. Als sie das Arrangement unterhalb des Karl Anton-Denkmals sah und erkannte, dass alles echt war, selbst der Träger von Kopf und Plakat, floh sie entsetzt vom Ort des Grauens und des satanischen Lärms und alarmierte die Polizei, danach ihre Arbeitgeber, eine journalistische Sensation vermutend.

Erstaunlicherweise waren die Herren von der Presse als Erste am Ort des wunderlich schaurigen Geschehens, Schwäbische und Südkurier. Platz zwei belegte die Feuerwehr, die nicht wusste, was sie hier sollte. Denn es gab nichts zu retten, nichts zu bergen, nichts zu löschen und nichts zu schützen. Sie standen vor dem Regungslosen:

»Dürfen wir die Musik leiser machen?«

»Was machst auch so früh hier?«

»He, jetzt sag halt was!«

»Sag mal, spinnst du?«

»Ist der Kopf echt?«

»Sag mal, hat's dir die Sprache verschlagen?«

»He, Kerle, jetzt sei doch vernünftig!«

Der Angesprochene reagierte mit Schweigen. Ein besonders mutiger Feuerwehrmann drehte die Musik auf Zimmerlautstärke herunter. Ein noch mutigerer Feuerwehrmann stupfte dem Schweigenden in die Seite:

»Komm, sei vernünftig, das lässt sich alles wieder in Ordnung bringen. Jetzt hör auf mit dem Blödsinn! Was sollet auch die Leut denken?«

Dann kam als drittes Fahrzeug ein Krankenwagen mit radierenden Pneus am Tatort zum Stehen. Danach erschien erst die Polizei. Der Fahrer des Krankenwagens nahm augenblicklich das Geschehen mit seinem Handy auf.

Die Polizisten entwanden währenddessen der lebenden Statue die makabren Utensilien. Als sie das Plakat aus seiner verkrampften Hand lösen wollten, schrie der Halbnackte zu Helfern und Gaffern:

»Satan ist Sinnesfreude, wisst ihr Idioten das nicht? Ihr müsst alles genießen, was euer Idioten-Bewusstsein erweitert. Wisst ihr eigentlich nicht, dass Satan die einzig wahre Lebenskraft ist? Ihr Idioten, habt ihr eigentlich keinen Meister, der alles weiß? Schaut her, das ist mein Meister, der hat mir das alles beigebracht! Der hier auf dem Plakat! Wisst ihr nicht, dass Satan die gnadenlose Rache ist, nicht wie bei eurem Softie-Jesus. Das Iinhalten der anderen Wange! Ihr wisst garantiert auch nicht, dass ihr Tiere wie alle anderen Tiere seid. Und Sünde ist Erfüllung, nicht euer braves Spießerleben. Wisst ihr, wer mir all das beigebracht hat? Mein Meister, hier seht ihr ihn, den großen Meister, der all diesen Scheiß erzählt hat.«

Die Feuerwehrmänner hüllten den Schreihals in eine Decke und übergaben ihn an die Sanitäter.

Butzi, der Fahrer des Krankenwagens, hatte sofort die mit seinem Handy geschossenen Aufnahmen, mit erklärenden Kommentaren versehen, an seinen Freund Dani geschickt.

47 ÜBERRASCHUNGSGAST

Freitag, 29. Juni, abends, in der Riedwirtschaft auf der Eckbank, vor dem ausgestopften Fuchs

Servus, Gruezi und Hallo
holleroihi
Gute Laune sowieso,
denn Musik macht alle froh.
Servus, Gruezi und Hallo
holleroihi
Servus, Gruezi und Hallo.
(Maria und Margot Hellwig, Servus)

Da die Woche doch einige, auch unangenehme Überraschungen mit sich gebracht hatte, wollte ich Cäci ausführen. Es lag nicht nur der Überfall wie ein dunkler Schatten über ihrem ansonsten heiteren Gemüt, auch die Tatsache, dass ihre Praxis noch nicht gut lief, bereitete ihr Sorgen. So beschlossen wir, Friedas nächste Konkurrenz aufzusuchen, die Riedwirtschaft. Dort konnte man urig-rustikal sitzen und einen Vesperteller verzehren. Auch mein WalderBräu konnte ich dort genießen. Die Riedwirtschaft lag so nahe an der Brauerei, dass vermutlich eine direkte Pipeline von Königseggwald ins Ried führte.

Korbinian durfte bei der Oma bleiben. Ich wollte mal wieder allein mit Cäci weggehen. Zwei MIKEBOSSler saßen mit den üblichen Stammlern am Stammtisch, Butzi und Flaschen-Gordon:

»Hei, setzt euch zu uns, wir rücken zusammen! Es gibt ja viel zu erzählen!«

Cäci schaute mich hilflos an. Sie erwartete, dass ich ein Held sei. Ich schaute zu meinen Harley-Freunden, meiner präsidialen Pflicht bewusst, und war ein Held:

»Sorry, Jungs, aber Cäci und ich … ihr versteht schon. Wollen ein bisschen allein sein.«

Sie verstanden mich nicht.

»Hei, was soll das Pussy-Getue! Hockt euch her! Oder sind wir für den Herrn Lehrer nicht mehr gut genug?«

Cäci verdrehte die Augen und seufzte:

»Ich vertrag den Rauch doch nicht.«

»Ach, früher hat's dir auch nichts ausgemacht!«

Butzi wurde langsam stinkig:

»Zum Leberkäswecken Holen bin ich gut genug. Und

zum News Senden, aktuell heute Morgen vom Schauplatz des Geschehens. Aber auf ein Bierle mit uns reicht's nicht mehr!«

»Danke noch, aber die Bilder waren nicht gut. Kaum zu erkennen, was da drauf war.«

Cäci hatte sich schon auf die Bank gezwängt, da flüsterte ich Butzi etwas ins Ohr. Der schnalzte kurz mit der Zunge und lächelte Cäci an:

»Hei, sorry, sag's doch gleich. Das habe ich nicht gewusst, macht's euch nebenan gemütlich.«

Wissend zwinkerte er Cäci und mir vertraulich zu. Neben dem Schank- und Raucherraum war durch Scheiben und Tür abgetrennt der eigentliche Gastraum. An wenigen Tischen hatten wenige Menschen Platz. Außer uns saßen noch zwei Pärchen an einem Tisch, sie unterhielten sich lautstark über das Problem von Flusen in Männerbauchnäbeln. Wir nahmen in der Ecke Platz. Ich zwängte mich auf die Holzeckbank, dort, wo der ausgestopfte Fuchs auf der Fensterbank verweilte. Cäci setzte sich mir gegenüber auf einen Holzstuhl. So konnte sie mich und Meister Reineke im Auge behalten. Ich, Cäci und die Stammtischler im Nebenraum. Die hübsche Wirtstochter Bianca stand bald schon keck vor uns:

»'n Abend. Trinken?«

»Zweimal WalderBräu naturtrüb hell.«

»Karte?«

Kopfschütteln.

»Vesperplatte für zwei Personen.«

»Danke.«

Und schon war sie weg, um eine knappe Minute später mit den güldenen schäumenden Krügen zu erscheinen.

»Jetzt sag mir schon, was du Butzi ins Ohr geflüstert hast!«

»Später!«

»Jetzt sag schon, das möchte ich wissen. Warum war der plötzlich ganz froh, dass wir uns nicht zu ihnen gesetzt haben. Das verstehe ich nicht.«

»Später, Cäci.«

Bald kam die riesige Vesperplatte, und meine Schöne wurde wieder fröhlicher. Wir unterhielten uns bis zur Bierwurst über die unglaublichen Vorfälle in Sigmaringen und spekulierten wild über die Hintergründe. Bis zur Leberwurst redeten wir über unsere Zukunft als kleine Familie. Vor dem Speck musste ich zur Toilette.

Als ich vom WC zurückkam, warf ich einen Blick in die kleine Küche, ich wollte noch einen Leberwurstnachschlag bestellen. Bianca, die Wirtstochter, saß auf einem Hocker und unterhielt sich ernst mit einem jungen dunkelhaarigen Mann. Aus einem Radio plätscherten volkstümliche Klänge: ... *Gute Laune sowieso, denn Musik macht alle froh. Servus, Gruezi und Hallo, holleroihi* ...

Ich erkannte ihn sofort und schloss die Tür bis auf einen kleinen Spalt. Das dunkle Muttermal auf der blassen Stirn. Fridl! Zweifelsohne unterhielt sich die Wirtstochter gerade mit dem vermissten Fridl. Am liebsten hätte ich in die warme Küche hineingerufen: *Servus, Gruezi und Hallo.*

»Was ist mit dir los? Du siehst aus, als hättest du ein Gespenst gesehen!«

Cäci grinste mich fragend an.

»Habe ich auch. *Servus, Gruezi und Hallo*, in der Küche steht Fridolin Saber, mein vermisster Schüler, und unterhält sich ganz ernst mit der Tochter des Hauses!«

»Bist du jetzt ganz übergeschnappt? Hast du einen Klostein gegessen, oder was ist mit dir los?«

Auch Cäci konnte es zunächst nicht glauben. Doch dann spekulierte sie gewagt:

»Korbi hat doch hier den Finger gefunden, von dem man immer noch nicht weiß, wem er gehört. Wenn dieser Finger, und das kann ja rein theoretisch sein, etwas mit den Satansgeschichten in Sigmaringen zu tun hat, dann könnte der diesem Fridl gehören. Der ist vielleicht hierher geflüchtet, weil sie ihm den Finger abgeschnitten haben. Vielleicht ist er verwandt mit der Wirtstochter. Vielleicht fehlt dem ja ein Finger. Konntest du das sehen?«

»Nein, aber da habe ich auch nicht drauf geachtet. Du meinst, sie haben ihm den Finger hier abgeschnitten? Das kann aber nicht sein, die gerichtsmedizinische Untersuchung hat eindeutig ergeben, dass der Finger schon länger abgetrennt war.«

»Oder weißt du, was noch sein kann? An dem Tag, als wir hier mit Korbi waren, da hat doch Coleslaw gespielt. Vielleicht war der Fridl beim Konzert mit seinen Freunden, und die hatten halt den Finger dabei, und irgendwie ist er aus dem Auto gefallen. Bist du dir wirklich sicher, dass es dieser Fridl ist? Du hast ihn doch nur einmal gesehen.«

»Ja, das stimmt, das war am Mittwoch, dem 20. Juni, am Tag der zweiten Gesamtlehrerkonferenz. Da habe ich ihn doch überrascht, als er den anonymen Brief an die Polizei geschrieben hat. Da habe ich auch genau sein Muttermal auf der Stirn gesehen. Das ist dieser Fridolin, da bin ich mir 100-prozentig sicher!«

»Was sollen wir machen?«

»Ich werde in die Küche gehen und ihn stellen, ihn fragen, was er hier macht.«

»Spinnst du, du musst die Polizei anrufen!«

»Und wenn er's doch nicht ist?«

»Gerade noch warst du dir 100-prozentig sicher.«

Ich griff zum Handy.

20 Minuten später wurde Fridolin Saber, mein vermisster Schüler aus Engelswies, von zwei Beamten abgeführt.

Die blonde langbeinige Beamtin blieb noch kurz bei uns. Sie wollte nicht an einen Zufall glauben. Zu den Vorkommnissen, die sich am Morgen im Herzen Sigmaringens abgespielt hatten, die mir Butzi wirr und mit hundsmiserablen Bildern erklären wollte, sagte sie mir nichts:

»Ich habe keine Zeit für Ihre Faxen, Bönle. In Sigmaringen brennt der Boden, auf dem Revier geht's zu wie in einem Taubenschlag, und die Reporter rennen uns die Türen ein. Ich bin zurzeit mehr in Sigmaringen als in Saulgau tätig. Außerdem hat der Fall eine dramatische Wende erfahren. Da werden Sie noch früh genug davon erfahren!«

Ich lobte ihre bilderreiche Sprache und wünschte ihr ein erfolgreiches Ermitteln.

»Jetzt sag mir endlich, was du Butzi ins Ohr geflüstert hast, dass er uns vom Stammtisch weggelassen hat.« Ich flüsterte es ihr leise ins Ohr. Cäcis Wangen und Stirn wurden spontan von einer aufsteigenden Röte überzogen.

48 BOBBI

Sonntag, 1. Juli, abends, Sigmaringen, in einer Zelle

This is the end
Beautiful friend
This is the end
My only friend, the end
Of our elaborate plans, the end
Of everything that stands, the end
No safety or surprise, the end
I'll never look into your eyes ... again
(The Doors, The End)

Frühmorgens schon hatten sie ihn am Freitag, nachdem dieser Spinner Ignatius seinen großen Auftritt hatte, verhaftet. Die ganze Stadt summte nach dem einzigartigen Schauspiel des Schülers und der anschließenden Verhaftung des *Rädelsführers* wie ein Bienenstock. Das beamtenmüde Hohenzollern-Städtchen war in einem spannungsknisternden Zustand. An jeder Ecke wurde leise geflüstert.

Immer wieder fiel ihm dazu das Bild von Paul Weber *Das Gerücht* ein. Der Tratsch um ihn würde wie ein Wurm durch die Straßen ziehen und die Menschen mitreißen. Es würde größer und größer werden und immer groteskere Formen annehmen.

Immer wieder fragten ihn die Ermittlungsbeamten am Freitag und am Samstag dasselbe. Er gab ihnen jede Antwort, die sie haben wollten. Nun war es sowieso egal. Die

Schlinge hatte sich zugezogen. Eigentlich war es naiv von ihm, zu glauben, er könne dem Gericht entkommen. Vielleicht hatte er die Jugendlichen doch überfordert. Aber sie schienen mit der Freiheit nicht umgehen zu können. Sie hatten nicht begriffen, was es bedeutete, ein Leben nach den Regeln des Alester Crowley zu führen, diese Regeln aber auch zu modifizieren nach eigener Freiheit. Natürlich würden sie ihm in den Medien nun Homophilie vorwerfen. Aber so einfach war das nicht. Natürlich würden sie in seinem Studierzimmer die Regeln finden, die er nach Anton Szandor La Vey weiterentwickelt hatte. In nicht allen Punkten stimmte er mit dem Gründer der Church of Satan überein, deshalb überarbeitete er für seine Jünger die neun Grundsätze:

Satan bedeutet Sinnesfreude anstatt Abstinenz, genieße all das, was dein Bewusstsein erweitert.

Das hatten sie jedoch nie begriffen, diese Einfältigen mit ihren Bierräuschen. Mit ihrer reduzierten sinnlichen Wahrnehmung.

Satan bedeutet Lebenskraft, auch orgiastische Energie anstatt Hirngespinsten.

Ja, die Hirngespinste waren ihr Hauptproblem, sie konnten sie einfach nicht loswerden.

Satan ist Weisheit anstatt heuchlerischem Selbstbetrug.

Auch diese Weisheit konnte er seinen Jüngern nicht vermitteln. Sie hatten nie begriffen, wer dieser Satan wirklich ist. Dass er helfen konnte, sich zu finden. Und die Weisheit.

Satan bedeutet Liebe gegenüber denjenigen, die sie verdienen, anstatt Verschwendung von Liebe an Undankbare.

Und sie hatten offensichtlich seine Liebe nicht verdient. Sie waren ihrer nicht würdig, weil sie die Weisheit verweigerten.

Satan bedeutet Rache und Strafe ohne Gnade, anstatt Hinhalten der anderen Wange.

Immer wieder lernten sie in der Schule, vor allem im Religionsunterricht, diese typisch christliche Formel. Jesus aber kannte den Satan besser als alle anderen, er hatte realen Kontakt mit ihm gehabt. Doch mit jesuanischer Milde wurde man dem Selbst nicht gerecht. Das hatten die Holzköpfe nie begriffen.

Satan bedeutet Verantwortung anstatt Fürsorge.

In diesem Grundsatz hatte er die Lehre von Anton Szandor La Vey am meisten gekürzt. Fürsorge ist zu weich. Satan ist Verantwortung. Aber seine Jünger wollten bemuttert und bevatert werden. Sie wollten Fürsorge wie Kleinkinder. Verantwortung, das kannten sie nicht. Der Begriff schien ihnen selbst nach einem Jahr immer noch fremd.

Satan bedeutet, dass der Mensch lediglich ein Tier unter anderen Tieren ist, manchmal besser, häufig jedoch schlechter als die Vierbeiner, da er aufgrund seiner »göttlichen, geistigen und intellektuellen Entwicklung« zum Bösartigsten aller Tiere geworden ist.

Diesen Grundsatz ließ er unverändert stehen. Es schien der Einzige zu sein, den seine Jünger nachvollziehen konnten.

Sünde ist Erfüllung.

Nie hatten sie diese einfache Weisheit verstanden. Nie hatten sie richtig nach diesem Grundsatz gelebt. Aber er würde in diesem Grundsatz seine Erfüllung finden. In der Sünde.

Satan hält die Kirche am Leben.

Seine Jünger fanden diesen Grundsatz am erstaunlichsten. Nur durch die Macht und Weisheit des Satans war die Kirche stark. Gäbe es nicht Satan, gäbe es keine Kirche. Satan ist das Blut der Kirche.

Vielleicht war sein größter Fehler das Vermischen zweier Systeme. Das überforderte seine Jünger, aber die Lehre Aleister Crowleys und Anton Szandor La Veys zu verknüpfen, war eine große Herausforderung. Und es gab letztendlich mehr Einendes als Trennendes.

Während er seine Gedanken spann, hatte er sein Schiesser-Unterhemd entlang der Feinripp-Rillen in Streifen gerissen.

Sünde ist Erfüllung.

Er knüpfte aus diesen Streifen und aus seinem Hemd einen festen Strick.

Sünde ist Erfüllung.

Er legte am Tag des Herrn eine Schlinge um den Hals. Satan sei Dank sind Stockbetten sehr stabil. Am oberen Bettpfosten verknotete er die Schlinge, dann musste Bobbi nur noch schlagartig die Beine anziehen.

49 AUFKLÄRUNG

Montag, 2. Juli, morgens, Sigmaringen, Gewerbliche
Schule, Klassenzimmer der Tischler

Ich bin das namenlose Licht,
der Himmel und die Erde.
Ich bin die Mutter und das Kind,
der Hirte meiner Herde,
bin dein Stecken und dein Stab.
Ich bin das Kreuz auf deinem Grab.
Ich bin im Atem und im Wind,
weißt du wer ich bin?
(Subway to Sally, Das Rätsel)

»Ach, ist der süß, kann ich den halten?«

Seither saß Korbi an diesem Montagmorgen stolz mit
dem obligaten Stoffzebra in der ersten Reihe der aufgeregten Sigmaringer Tischler-Klasse und konnte seinen Papa
beim Arbeiten bestaunen. Die rothaarige Landschön-
heit Rosi Maier hielt ihn fest auf ihrem Schoß zwischen
Bauch und Bank eingeklemmt. Vor sich hatte er ein DIN-
A4-Blatt, auf das er begeistert mit einem Bleistift Kringel
malte. Immer wieder suchte er den Kontroll-Blickkon-
takt zu seinem lehrenden Papa.

Die Klasse war deutlich geschrumpft. Dort, wo die
Viererbande ansonsten ihr schulisches Unwesen trieb,
gähnte Leere. Für die heutige Ausnahmestunde, die Fragen zum absurden Geschehen beantworten sollte, hatten
wir die herkömmliche Sitzordnung aufgelöst und pädago-

gisch modern eine chaotisch freie Ordnung installiert. Alle Schüler saßen irgendwie in der ersten Reihe. Auf meiner Position am Pult bestand ich, da ein Lehrer immer *primus inter pares* ist. Auch hatte ich von dieser exponierten Position aus besseren Zugriff auf Flaschenwärmer, Hipp-Gläschen, Windeln und Rasselchen. Das Pult konnte notfalls auch als Wickeltisch dienen.

Die bleich geschminkte 16-jährige Gothic-Dame Elisabeth, die gerne Spider genannt werden wollte, hob träge ihre Hand:

»Kommen die jetzt alle auf den elektrischen Stuhl?«

Beim Wort *alle* drehte sie den Kopf nach hinten, dort, wo sonst die Viererbande dominierte. Die Frage löste doch eine gewisse Unruhe in der Klasse aus.

»Spinnst du? In Deutschland gibt es doch keine Todesstrafe!«

»Sag mal, du siehst nicht nur aus wie aus dem Mittelalter, du lebst da auch noch!«

Die eh schon alt aussehende Schülerin wirkte noch älter und blickte ratlos zu mir. Ich bestätigte die Aussage von Spiders Mitschülern.

»Stimmt, in Deutschland gibt es keine Todesstrafe.«

Spider schüttelte den Kopf:

»Das hab ich aber gestern am Kiosk gelesen: *Jugendliche Raserei mit dem Tode bestraft.*«

Ich erklärte der Gothic-Lady, was gemeint war, sie schien etwas beruhigt:

»Dann mach ich doch den Führerschein mit 17!«

»Ja aber was passiert denn jetzt mit den vier? Müssen die ins Gefängnis?«

»Das weiß ich nicht, das hängt vom Richter ab. Das ist

in diesem speziellen Fall nicht so einfach, da es ja mehrere Täter gibt. Man muss nun für jeden individuell die Schwere seiner Schuld beurteilen, und das wird seine Zeit dauern. Das ganze Rätsel um das Geschehene wird sich vielleicht nie klären lassen. Vieles wird im Verborgenen bleiben. Auch noch so gute polizeiliche Recherchen können meiner Ansicht nach nicht das ganze Geheimnis lüften.«

Der rotwangige, gummibestiefelte Klaus Anton Bauer hob seine Pranke:

»Die werden bestimmt nach Jugendstrafrecht behandelt, obwohl die ja schon alle 18 sind!«

Lang wurde über das Strafmaß hin und her debattiert, und die Schüler zeichneten sich vor allem als Befürworter harter Strafen aus. Inmitten der Gruppe saß schweigend und blass Fridl. Nervös rieb der schmächtige dunkelhaarige Schüler an seinem Muttermal.

»Vielleicht kann der Fridolin mal etwas dazu sagen«, forderte ich auf.

»Was soll ich dazu sagen? Wir sind da alle irgendwie hineingerutscht. Das ging so schnell … Darf ich auch den Namen sagen vom Herrn … Meister? Der sitzt ja in Untersuchungshaft.«

Ratlos blickte der blasse Schüler zu mir.

»Ich denke, ihr habt das Foto in der BILD-Zeitung gesehen. Da stand zwar kein Name drin, aber auf dem Plakat, das der Ignatius trug, war das Gesicht eindeutig zu erkennen. Und sein Name wird ja an jeder Ecke in Sigmaringen kommuniziert.«

»Meinen Sie getratscht?«

»Ja, ihr wisst ja, wer der Meister ist. Die BILD-Zeitung war da nicht sehr zurückhaltend!«

Die stämmige, blondierte und tätowierte Mary Lou Findling überkreuzte die Arme, als ob sie fröre, und krächzte heiser:

»Das Bild vom Ignatius war ja so ekelhaft ... und der Kopf auf dem Spieß! Wo hatte er den her?«

»In der Schwäbischen war kein Bild!«

»Im Südkurier auch nicht! Und den Kopf hat er bestimmt von einem Metzger!«

Ich nickte:

»Die sind halt seriöser als die BILD. Außerdem dürfen die keine Namen nennen, das käme einer Vorverurteilung gleich. Den Namen vom sogenannten *Meister* pfeifen ja schon die Spatzen von den Dächern. Und woher Ignatius den Ziegenkopf hatte, das weiß ich nicht. Metzgereien hier haben eigentlich keine Ziegen im Angebot. Oder habt ihr schon mal Ziegenschnitzel gegessen oder Ziegenwurst?«

»Aber den Namen *Bobbi* haben sie geschrieben!«

»Herr Bönle, wussten Sie, dass das sein Spitzname ist?«

»Nein, ich bin ja noch nicht lang an der Schule, aber Bobbi ist ein üblicher Spitzname für Robert.«

Rosemarie Maier, die rothaarige Schönheit, hob ihre sommerbesprosste Hand. Silberschmuck klimperte, mit einem entzückten Aaaaaa griff Korbi sofort danach.

»Ich verstehe nicht, warum die überhaupt da mitgemacht haben, so mit dem Satanszeugs und Tiere opfern und den Friedhofsverwüstungen. So was macht doch keinen Spaß!«

Sie schüttelte ihr dichtes Feuerhaar und drehte ihren Kopf zu Fridolin. Fridolin wurde rot:

»Ja, im Nachhinein ist so etwas immer schlecht zu begreifen. Ich frag mich jetzt auch, wie ich so dumm sein konnte. Aber am Anfang war das richtig cool. Wir waren eine eingeschworene Gemeinschaft, das hatte so etwas Geheimnisvolles. Und der Zusammenhalt war am Anfang echt klasse. Wir hatten doch zunächst gar nicht gemerkt, wo der Weg hingeht. Die Lagerfeuer im Park, das Liedersingen, das Schwören ... das hat richtig Spaß gemacht. Und als wir das erste Tier geopfert hatten, da war das für uns ein gruseliger Spaß, wir haben das zuerst nicht ernst genommen. Jeder konnte endlich mal tun und lassen, was er wollte. Das war, wie soll ich sagen, eine Befreiung, eine richtige Befreiung. Nicht immer diese scheiß Schul- oder Elternhauszwänge. Ja, am Anfang waren wir richtig frei. Das hat sich ganz langsam gesteigert. Er war – er war das Licht für uns. Er hat uns erleuchtet! Und plötzlich war es zu spät. Dann wurden wir zur dummen Hammelherde, und er war unser Hirte, wir haben alles mit uns machen lassen ...«

Fridolin stockte, die hektischen roten Flecken auf seiner Stirn verschwanden, er schluckte:

»Das ging so verdammt schnell, dann war er kein guter Hirte mehr. Dann wurden zur Warnung zweien von uns der Finger abgeschnitten, und der Meister war halt plötzlich kein Befreier mehr für uns, sondern einer, der immer bedrohlicher wurde.«

»Wie war das mit den Fingern, wem gehörte denn der aus dem Ried, den der Korbinian gefunden hat? Der passte ja irgendwie nicht zu dem Peter Faller!«

Wie auf Kommando griff mein Sohn den schlanken, mehrfach silberberingten Daumen der attraktiven Schülerin und schob ihn sich mit einem *mamnamnam* in sein immerfeuchtes, sabberndes Mündchen.

»Iiiiii, ist der süüüß!«

»Er wollte auch mir den Finger abhacken lassen, aber …«

»Abhacken lassen? Hat der Meister das nicht selbst gemacht?«

»Nein, das mussten immer wir selbst tun, als *freie* Entscheidung. So war er natürlich immer aus dem Schneider.«

»Warum wollte er dir den Finger abschneiden … lassen?«

»Er hat gemerkt, dass ich mich von der Gruppe distanziert hatte, vor allem, nachdem Peter Faller gezwungen wurde, von der Brücke zu springen. Das war mal mein engster Freund, das müsst ihr euch vorstellen. Und da steht man und grölt: *spring, spring!*«

Fridolin stockte. Es war mucksmäuschenstill im Klassenzimmer, nur das rhythmische Sauggeräusch Korbis an Rosis Daumen war zu vernehmen.

»Und das Schlimmste habe ich noch gar niemandem erzählt. Er hatte verlangt, dass ich Peter töten solle, als er im Koma lag. Das ginge schnell mit einem Kopfkissen. Er hat gedroht, sonst meinem Vater was anzutun. Ich bin sogar im Krankenhaus gewesen. Ich konnte es aber nicht. Menschen tötet man nicht!«

Korbis Daumen-Sauggeräusch schwoll zu einem mächtigen Schmatzen an.

»Wann kommt denn der Peter aus dem Krankenhaus?«

Die Frage war an mich gerichtet.

»Der Doktor hat gemeint, dass er Mitte der Woche entlassen wird, er hat sich gut erholt.«

»Dann war das mit dem Koma nur gefakt?«

»Ja, die wollten ihn schützen!«

»Aber wem hat nun der Finger gehört, der aus dem Ried? Und wie ist der dahin gekommen?«

Auch mich interessierte die Frage brennend. Mit diesem Finger in Korbis Mund hatte ja alles angefangen.

»Der Finger gehörte Micky, aus der Paraklasse, der war auch bei unserer Gruppe. Aber der hat das vor allen anderen gecheckt. Der wollte aussteigen. Doch der Meister hat das nicht zugelassen, weil Micky ihm gedroht hat, ihn anzuzeigen. Da mussten wir ihm den Finger abhacken!«

»Wer hat das gemacht, das Abhacken?«

»Das möchte ich nicht sagen! Das hat nur einer getan, aber keiner der anderen hat nein geschrien. Keiner! Auch ich nicht! Wir haben uns alle schuldig gemacht!«

»Aber wie ist der Finger ins Ried gekommen, zur Riedwirtschaft, wenn die Opferrituale immer im Inzigkofer Park waren?«

»Ganz genau kann ich das nicht sagen, aber Micky hatte meist seinen Hund dabei. Ich weiß nur noch, dass beim ersten Opfer so fest zugeschlagen wurde, dass der Finger in hohem Bogen davongespritzt ist. Und der Hund hat ihn sich geschnappt und ist verschwunden. Vermutlich hat er ihn ins Auto vom Karli gelegt, dort ist er immer hinten drin auf einer eigenen Decke mitgefahren. Und im Ried waren wir ja mit Karlis Auto auf dem Coleslaw-Konzert. Da muss der dann irgendwie wieder rausgefallen sein, und der Sohn vom Lehrer hat ihn dann im Gras wieder gefunden. Anders kann ich mir das nicht erklären.«

»Herr Bönle, hat sich da Ihr Sohn nicht vergiftet? Da war doch Leichengift dran!«, fragte Spider Elisabeth.

»Nein, der ist robust, wie sein Vater.«

Die rothaarige temporäre Nanny meldete sich:

»Der riecht aber gerade wie vergiftet!«

Die eh schon interessante Schulstunde wurde noch attraktiver, als ich Korbi auf dem Pult frisch wickelte.

»Fridl, sag mal, warum hast du das nicht gleich der Polizei gemeldet, warum hast du den anonymen Brief erst so spät geschrieben?«

»Das hab ich vorhin schon versucht zu erklären: Der Gruppendruck war enorm. Und als die gemerkt haben, dass der Pater Benjamin sich um mich kümmert, war das richtig brutal. Die haben mich gemobbt ohne Ende. Vor allem der Ignatius war gnadenlos. Das könnt ihr euch gar nicht vorstellen, wie das ist: in einer Klasse der Außenseiter zu sein und dann noch in der Gruppe, in der man sich anfänglich wohl gefühlt hat, gemobbt zu werden. Was denkt ihr, was da los war, als sie gemerkt haben, dass ich mit dem Pater Gespräche führe. Die haben mich bis nach Beuron verfolgt. Die haben gedacht, ich hätte dem Pater alles gebeichtet.«

»Haben die darum den Pater entführt?«

»Das ist wohl einzig und allein auf dem Mist vom Ignatius Braun gewachsen. So habe ich das bei meiner Vernehmung durchgehört. Diese Entführung, der Meister war wohl gar nicht damit einverstanden, ich denke, der Ignatius hat, bevor er total ausgeflippt ist, erkannt, dass er nur ausgenutzt wurde. Und er hat dann einfach eigenmächtig gehandelt.«

»Aber euer Meister hat doch gesagt, dass ihr das tun sollt, was euch gefällt.«

»Das ist schon richtig, genau hier liegt auch der Knackpunkt. Nur wenn es dem Meister gefallen hat, war unsere freie Entscheidung richtig, sonst nicht.«

»Stimmt es, wie soll ich sagen, dass er, ääh, so mit Jungs und so?«

Da er seine Frage nicht in geeignete Worte verpacken konnte, steckte Mehmed zur Erklärung seinen Daumen zwischen Mittel- und Zeigefinger.

Fridl errötete:

»Also, manchmal hatte ich schon den Eindruck, aber von mir hat er die Finger gelassen. Ob da mit anderen etwas gelaufen ist, das weiß ich nicht.«

»Wann bist du auf die Idee gekommen, dich zu verstecken? Und warum hast du dich nicht bei deinen Eltern gemeldet, das finde ich echt fies!«

»Was heißt hier fies? Ich hatte Angst, dass die mich zwingen, ebenfalls die Brücke runterzuspringen. Ich hatte Todesangst. Und dann noch Angst um meine Eltern. Ich wusste gar nicht mehr, was falsch und was richtig ist. Ich bin einfach abgehauen. Und da ist mir nur die Bianca eingefallen, die hatte ich auf dem Coleslaw-Konzert im Ried kennengelernt. Ich hatte ihr dann alles erzählt, halt das meiste. Und die hat gesagt, dass mich im Ried keiner finden würde.«

Diesmal wurde Fridolin tomatenrot.

»Warum hat die Bianca der Polizei nichts gesagt?«

»Ich habe ihr das verboten. Ich hatte Angst, dass die Gruppe sich an meinen Eltern rächen würde.«

»Herr Bönle, wie kommt so ein alter Mann wie dieser Meister auf so eine verrückte Idee, so etwas mit jungen Leuten aufzuziehen?«

»Äh, der Meister ist auch nicht viel älter als ich, und über seine Motive kann ich nur spekulieren. Wir Kollegen haben uns natürlich über die möglichen Ursachen und Hintergründe unterhalten. Ich habe halt den Nachteil, dass ich den sogenannten Meister ja jetzt erst kennengelernt habe. Aber der Kontakt ist über ein ›Hallo‹ nicht hinausgegangen. Offensichtlich war er ja mit Pater Benjamin befreundet, wenigstens waren sie per du miteinander. Ich kann mir vorstellen, dass der Meister sich tatsächlich mit dem Satanismus auseinandergesetzt hat, dass ihm viele Teile einer satanischen Lehre vertraut waren. Vielleicht wollte er einfach Kontakt mit den Jugendlichen und hat sie deshalb für diese Idee begeistern können. Er hat ja immer recht freundlich gewirkt, gerade euch Schülern gegenüber.«

»Meinen Sie, dass es sexuelle Motive waren?«

»Das hat doch schon der Fridolin für eher unwahrscheinlich gehalten. Ich kann es euch nicht sagen, vielleicht kommt das vor Gericht raus.«

Einer der Jungs streckte sich betont lässig:

»Stimmt es, dass der Ignatius in die Klapse kommt?«

»Das heißt nicht Klapse, bitte drückt euch …«

»Okay, ins Irrenhaus kommt, weil der doch auf dem Schlossplatz so ausgerastet ist?«

»Das kann ich nicht sagen, ob der wirklich psychisch so stark geschädigt ist. Ich kann mir bei dem Ignatius ganz gut vorstellen, dass er die ganze Show inszeniert hat, um seinen Meister einer gerechten Strafe auszuliefern. Der Ignatius ist kein Dummer, ich traue dem ohne Weiteres zu, das mit Kalkül gemacht zu haben.«

»Dann war das alles nur eine Show? Das mit den Eingeweiden und dem Kopf von dem Ziegenbock?«

»Das ist meine Vermutung, muss aber nicht zutreffen!«

»Stimmt es, Herr Bönle, dass Sie dem Pater Benjamin

das Leben gerettet haben, und dass dem schon der Arsch gebrannt hat?«

»Klaus Anton, bitte, wenn man schon Bauer heißt, muss man sich nicht unbedingt wie ein Bauer artikulieren. Natürlich hat sein Gesäß nicht gebrannt. Der Pater steckte im Fensterladen und in den Scherben fest, wobei die vordere Hälfte eben im Freien war und die andere Hälfte im Raum.«

»Ja, aber im Raum war doch das Feuer, und wenn der A..., äh, der Hintern im Raum war, dann muss der doch gebrannt haben.«

»Klaus Anton, im Raum war zwar Hitze, aber der Wind hat verhindert, dass der Rauch in die Richtung des Paters gezogen ist. Sonst hätte er das garantiert nicht überlebt. Trotz des günstigen Windes hat er eine schwere Rauchvergiftung.«

»Warum haben die Sie und die Sozial-Tusse mal verhaftet?«

»Die haben uns nicht verhaftet! Wir mussten eine Aussage machen, und das heißt nicht Sozial-Tusse, sondern Schulsozialarbeiterin oder Frau Sauter.«

»Dürfen Sie auch Sanne zu der sagen? Alle Lehrer, mit denen sie poppen will, dürfen Sanne zu ihr sagen!«

»Heilandzack, jetzt reicht's aber, Leute! Ihr dürft doch so etwas nicht ...!«

»Aber wenn's stimmt!«

»Jetzt zurück zum Thema: Ja, da war auch mal ein Verdacht oder besser gesagt ein Indiz, das zu mir geführt hat. In der Basilika, wo man den Stierkopf ...«

»In der was, Herr Bönle? Stierkopf mit Basilikum, was soll das?«

»Nicht Basilikum, du Hirndepp ..., äh, Basilika, das ist für euch eine Kirche. Und dort in der Kirche, die geschändet wurde, hatte ich ein Kaugummipapierchen verloren, in dem war ein angekauter Kaugummi mit einem Zahnabdruck von mir. Und weil nicht auszuschließen war, dass ein Lehrer der Hintermann dieser dunklen Geschichte ist, hat man natürlich nachgeforscht, wie mein Kaugummi in die verwüstete Kirche kommt.«

Zwei Schülerinnen flüsterten und kicherten.

»Was gibt's da zu lachen?«

»Was haben Sie eigentlich in der Brassilika gewollt?«

»Basilika, und das geht euch gar nichts an!«

Die schöne Rothaarige streckte den silberberingten Arm grazil in die Höhe:

»Stimmt es, dass Sie heiraten wollen?«

»Das geht euch nichts an, aber offensichtlich scheint ihr besser informiert zu sein als ich.«

Eine Jungenstimme:

»Stimmt es, dass Ihre Alte voll geil aussieht?«

»Nein, noch viel schöner!«

Gelächter.

»Stimmt es, dass Ihr Sohn dann ein Bankert ist?«

»Wenn du mit Bankert unehelich meinst, dann ja!«

Rosi schaute mit gespieltem Entsetzen zu meinem Korbi, der mittlerweile mithilfe seiner Leihmutter sein Hipp-Gläschen fast bis zur Hälfte leer gegessen hatte, und zwitscherte:

»Das sieht man dem Kleinen gar nicht an. Der wird mal bestimmt so einer wie sein Papa! Stimmt es jetzt, dass Sie heiraten?«

»Ja, ich denke schon.«

»Macht es Ihnen nichts aus, in einer geschändeten Kirche zu heiraten?«

»Nein, das ist ja alles wieder schön hergerichtet. Und dort, wo das Gute ist, lässt sich das Böse nicht immer vermeiden.«

»Stimmt es, dass Ihre Frau voll jung ist?«

»Das ist noch nicht meine Frau, und die ist nicht jung, die wird bald 30.«

Eine Frauenstimme:

»Wo haben Sie Ihre Frau kennengelernt?«

»Auch das geht euch nichts an! Auf einem AC/DC-Konzert in München. Komischerweise bei dem Song *Can I sit next to you girl?*«

»Das ist ja voll krass. Was heißt das?«

Ich zweifelte doch etwas am Verstand meiner Eleven und war durch das Frage- und Antwortspiel rechtschaffen erschöpft, als die nächste Aufforderung folgte:

»Jetzt haben Sie aber immer noch nicht erklärt, warum die Sozialtusse auch verhaftet wurde.«

Ich gab es auf, meine Zöglinge zu wertvollen Menschen zu formen, ließ die *Sozialtusse* so im Raum stehen und beantwortete die Frage, die von Klaus Anton kam:

»Das ist so: Am Tatort, also neben der Basilika, hat man eine Zigarettenschachtel und Kippen gefunden, die der Frau Sauter gehörten.«

»Wie sind die da hingekommen?«

»Das muss noch geklärt werden. Vermutlich sind die Leute aus der okkulten Gruppe dafür verantwortlich. Sie wollten offenbar eine falsche Spur legen. Die Schulsozialarbeiterin hat wohl irgendwie Wind bekommen von den Umtrieben oder nur unangenehme Fragen gestellt, weil sie …«

»Die wollten der eins auswischen?«

»So kann man es sehen. Oder unter Druck setzen, damit sie keine weiteren unangenehmen Fragen stellt.«

»Die raucht doch die Zigaretten mit dem Indianer drauf?«

»Das ist kein Indianer, das ist Che Guevara, ein kubanischer …«

»Mir ist ein Jackie Daniels lieber. Stimmt es, Herr Bönle, dass Sie zum Einstand Whisky pur an die Lehrer ausgeschenkt haben?«

Gott sei Dank klopfte es in diesem brisanten Augenblick sachte, kaum hörbar an die Tür. Garantiert eine Frau.

»Ja! Herein!«

Mein Rektor öffnete die Tür zu einem schmalen Spalt, nur seine Hand mit einem lockenden Zeigefinger betrat das Klassenzimmer der Tischler:

»Bönle, schnell, kommen Sie! Nur ganz kurz zu Ihrer, äh, Information!«

Ich eilte wie befohlen gemächlichen Schrittes zum sichtlich aufgeregten Eindringling.

»Schneller, Bönle, kommen Sie kurz raus!«

Am Hemdärmel zog mich mein nervöser Rektor durch die Tür und schloss sie hinter mir.

»Aber, Herr Rektor, was gibt es denn, was ist passiert?«

»Direktor bitte. Sie glauben nicht, was geschehen ist, es ist fürchterlich.«

Die Klasse wusste, als ich wieder hereinkam, dass etwas Außergewöhnliches geschehen war. Ich sagte leise:

»Der Meister hat sich gestern in der Zelle erhängt!

Euer Gemeinschaftskundelehrer Robert Mielke ist tot. Wir beten ein Vaterunser für ihn.«

50 WIEDERSEHEN

Montag, 2. Juli, zur Mittagspausen-Zeit, Bad Saulgau, Cäcis Praxis

Hello Again
Hello again, du ich möchte dich heut noch seh'n,
ich will dir gegenüber steh'n, viel zu lang war die Zeit.
(Howard Carpendale, Hello again)

Cäci hatte sich in der Mittagspause auf das Patientensofa gelegt. Aus dem mintgrün-silbrigen Grundig-Radio klang samten: *Hello again, du ich möchte dich heut noch seh'n.* Dani musste ihr unbedingt noch die Sender programmieren. Howard Carpendale war nicht gerade ihr Ding.

Ihre Gedanken waren bei der geplanten Hochzeit. Im Internet hatte sie schon mit ihrer Mutter Brautkleider studiert. Sie versuchte, sich in einem weißen Kleid vorzustellen, es gelang ihr nicht. Dani in Schwarz bereitete ihr kein Problem, so sah er ja immer aus. Sie wollte mit ihm unbedingt noch einen kleinen Auffrischungstanzkurs machen, damit sie sich nicht völlig blamierten. Das war halt der Nachteil, wenn man einen Harley-Fahrer heiratete, man konnte eben nicht alles haben. Für Korbi würde sie sich auch etwas überlegen, nicht nur das hellblaue Standard-Arrangement, das war zu gewöhnlich. Aber da würde ihr schon noch was einfallen. Die Lokalität war klar, der Bohnenstengel in Saulgau. Das Bier an diesem Abend aus dem Fass, WalderBräu. Kochen würde die Mannschaft aus der Kleber Post und die Speisen die wenigen Meter zum Bohnenstengel liefern.

Sie lächelte, das würde gut werden. Die MIKEBOSSler waren für die Koordination des Unterhaltungsprogramms zuständig.

Als es klingelte, erwartete sie Dani.

»Hallo, Mädle, da guckst, ich bin's schon wieder! Mit mir hättest nicht gerechnet? Gib's zu!«

Cäci konnte nichts sagen, ihr Mund stand offen.

»Mach' d' Gosch zu, es zieht. Tu doch nicht so, als ob du ein Gespenst gesehen hättest. Auf, die Therapie geht weiter. Ich habe Gesprächsbedarf!«

Und schon stand Gustl oder Schorsch Bräcklein, der metzgernde LKW-Fahrer in Cäcis Praxis.

»Auf, Mädle, ich hab nicht so viel Zeit, ich muss aber dringendst mit jemandem reden. Es geht um die Sache in Sigmaringen, du weißt schon, das in der Zeitung.«

»Bleiben Sie einfach mal ganz kurz hier stehen. Sie haben keinen Termin, schneien einfach hier herein, so geht das nicht, Herr Bräcklein! Nehmen Sie hier auf dem Wartestuhl Platz, ansonsten rufe ich die Polizei.«

»Das können Sie ruhig, dann erzähle ich denen, wie Sie mich in der Metzgerei bedroht haben mit Ihrem schwarzen Ganoven und dem Schönling! Die Verkäuferin kann das bestimmt bezeugen, wie Sie mich bedrängt und das Geld genommen haben!«

»Schön, dass Sie wieder zum Sie gefunden haben. Der schwarze Ganove ist Pfarrer, und der andere Mann geht Sie überhaupt nichts an. Bevor ich Sie hinausschmeiße: Warum sind Sie hier? Brauchen Sie psychologische Hilfe? Wenn nicht, verlassen Sie sofort meine Praxis!«

Der Ex-Metzger schaute sie zuerst hochnäsig, dann missmutig an. Wie ein armer Sünder saß er vor Cäci auf dem Stuhl. Aus Missmut wurde Melancholie, und dann rollten dem Sitzenden Tränen über die Wangen.

»Wissen Sie, ich habe in meinem Leben so viel Mist gebaut. Und ich habe gedacht, jetzt ist es rum. Aber nein, da läuft der Spinner an mich ran, und jetzt häng ich da auch noch mit drin!«

»Was für ein Spinner?«

»Der aus der Zeitung, der Ignatius Braun, der hat doch den Bock nicht selbst geschlachtet, das war ich. Und auf dem Foto ist das alles zu sehen. Das Fell für den Lendenschurz, das hab *ich* abgezogen, die Innereien, die hab *ich* am Darm aufgehängt, der hätte doch so etwas gar nicht gekonnt. Jetzt hab ich mich bestimmt strafbar gemacht.«

Verzweifelt schaute der Metzger zu Cäci:

»Das wär das erste Mal. Ich hab in meinem ganzen Leben noch nichts richtig Schlimmes verbrochen. Das war alles nur Geschwätz von mir, reine Angeberei. Ich weiß nicht, warum ich das tun muss. Wie wenn's mich zwingen würde zu lügen und anzugeben. Und ich hab gedacht, der Ignatius meint das nicht ernst. Ich hab gedacht, der spinnt. Und jetzt stellt der sich tatsächlich mitten in die Stadt. Da fragt sich doch jeder: Wo hat der den Kopf her, wer hat dem Bock so sauber das Fell abgezogen, wer hat die Organe so fachmännisch herausgeschnitten? Okay, die Strafe, wenn man dafür eine kriegt, nehm ich in Kauf. Aber Sie müssen mir helfen, das mit dem Lügen und dem Aufschneiden, das ist doch nicht normal. Kann ich einen Termin haben?«

»Ja, aber jetzt müssen Sie gehen! Schlafen Sie die Nacht drüber, dann rufen Sie mich an.«

»Danke!«

EPILOG

Wenn ich einmal Hochzeit mach
dann immer nur mit dir.
Sag ich ja
dann ist mir klar
ich sag es nur zu dir.
Wenn ich mal a Ringerl trag
will ich nur des von dir.
Immer nur
immer nur
immer nur des von dir.
(Marianne und Michael, Zillertaler Hochzeitsmarsch)

Hilde saß ganz hinten, sie wirkte etwas verbiestert. Hatte sich für diesen ganz besonderen Anlass kräftig aufgebrezelt. Letztes Aufbäumen, quasi. Ihr Verlobter war nicht mitgekommen. Das konnte ich verstehen. Die Schüler saßen auch ganz hinten. Die Jungs grinsten, die Mädchen

weinten. Frieda saß ganz vorn auf der linken, der Frauen-
seite, sie heulte schon, bevor es losging, Rotz und Wasser. Korbi auf ihrem Schoß hatte Gott sei Dank ein Mützchen auf. Er begriff noch nicht ganz, was um ihn herum
geschah, honorierte es aber mit lautem mmaammaamm-
baabaab. Er hatte offensichtlich das Wesentlichste doch
verstanden. Die MIKEBOSSler, meine Jungs, saßen mit
ihren Mädels auf der rechten Seite, der Männerseite, in den
ersten Reihen, in Lederuniform. Ihre Maschinen ticker-
ten noch in der Sommerhitze vor dem schmucken Gotteshaus. Die restlichen Plätze waren mit Kollegen und
Freunden gefüllt und denen, die man einladen musste.
Der Herrgott von Oberschwaben hatte ein phänomena-
les Wetter geschickt. Der heißeste Septembertag, seit es
Thermometer gibt. Von der Straße jenseits der niedrig-
wasserführenden Donau her hörte man die kreischenden
Verbrennungsmotoren japanischer Motorräder ihre eintö-
nige Melodie singen. Vom Wanderweg her das Trampeln
und Jubilieren hochmotivierter, kariertbehemdeter und
kniebundhosiger lustiger Wandersleut: *Drum wandr' ich
flott, so lang ich kann, und schwenke meinen Hut. Faleri,
falera, faleri, falera ha ha ha ha ha ha. Faleri, falera, und
schwenke meinen Hut.*

Wir hatten das Sakramentsspendeverfahren mit einer
Eucharistiefeier gekoppelt, und Deodonatus Ngumbu,
der Sakramentsspender, war sichtlich aufgeregter als die
Sakramentsempfänger, also Cäci und ich.

Zur Eröffnung der Feierlichkeit zog ich mit Cäci an der
Hand aus der hellen Septemberhitze in die kleinste Basilika nördlich der Alpen ein. Die Musik aus der Konserve
war mir unbekannt, Cäci hatte sie ausgewählt, irgendet-

was von Händel, so war es mir in Erinnerung. Ich wollte eigentlich nicht schon vor der Ehe Händel und hatte für *Can I sit next to you girl?* von AC/DC plädiert, da ich bei diesem Song Cäci kennengelernt hatte. Aber auch Frieda sah die Sache anders als ich, und bei zwei Frauen …

Deshalb gab es jetzt Händel. Das Lied nach dem Einzug, als wir uns, nämlich Zelebrant und Braut-Paar, vor dem Altar mit dem Blick in die Gästeschar hinein versammelt hatten, passte dann umso besser. Korbi hatte sich, nachdem er Mamam und Babab erkannt hatte, von der schluchzenden Frieda losgerissen und war taumelnd auf den harten Steinboden gestürzt. Die Festgäste jubelten gerade unisono in schönem Gesang: *Wirf Dich in den Staub vor Deinem Herrn und Gott!*

Pater Benjamin, der als Ehrengast in der ersten Reihe saß, war aufgesprungen, packte Korbi und reichte ihn an den ebenfalls in Rettungsabsicht heraneilenden Deodonatus weiter. Dieser wiederum übergab, wie bei einem Staffellauf, den zornenden Korbinian seiner leiblichen Mutter und setzte ihn der festlich gekleideten Cäci auf den jungfräulich weißen Schoß. Ganz in Weiß steckte sie nun ihrem wütenden Sohn den rettenden Nunu in den Mund. Korbi sah in seinem goldbordürten weißen Elvis-Anzug mit der schwarzen Mini-Weste, dem schwarzen Mützchen und den schwarzen Lack-Schühchen recht albern auf Cäcis Schoß aus. Wie ein Mini-Popstar. Alle Anwesenden weiblichen Geschlechts würden ihn süß finden. Ich fand, dass man ihn seiner Würde beraubt hatte, da er sich nicht wehren konnte. Am meisten ärgerte mich, dass er nun strahlend auf Cäci hin und her schaukelte. Er schien wirklich nicht zu verstehen, dass seine Oma und seine Mutter einen Stenz aus ihm gemacht hatten.

Cäci lächelte, von nun doppeltem Glück beseelt, zu ihrer Mutter hin. Korbi riss am weißen Schleier.

Was war das für ein Theater gewesen, Deo zu erklären, dass Cäci in Weiß heiraten würde.

»Ohh, Cäci, das gehta doch nicht, da Faba weiß ista da Zeicha für da Jungfräulickeit, und wenn da Koobi mit dabei ist, dann kann man auch bei da besta Willa nicht mehr von da Jungfräulickeit sprecha. Man sollta da schon auch an da Symbolchrakta denka!«

Da war halt unser Buschpfarrer noch etwas konservativ.

Die einführenden Worte unseres schwarzen Freundes trugen dann nicht unwesentlich zu einer recht gelösten Stimmung im Gotteshäuschen bei:

»Liebas Brautpaa, lieba Brautmutta Frieda Maia, lieba zahlreicha Festgemeinde. Wie Sie sicha alla wissat, sind da Cäci und da Dani alta Freunda von mia. Deshalb hab ich hochafreut ja gesagt, als die beida mich gafragt habat, ob ich ihna da Heiliga Sakrament de Ee spenda will. Zueast hab ich an eine Schabanak gedacht. Aba beida habat mia dann mit großa Eansthaftakeit veasichat, das sie es eanst mitananda meinat, und nun steh i hia und daf meina besta Freunda diesa schöna Sakrament spenda. Aba des Allaschönsta ist, dass da Liebe schon Fruchta getragat hat und da kleina Hosascheissa Koobiniantiex auch bei da Hochzeit von seine Eltan dabei sein daaf! Und dann noch in so eina schöna Anzugele, wie a ganz Großa!«

Es lief dann über das Kyrie bis zur eigentlichen Trauung hin, also der Spendung des Sakraments, alles wie geplant.

Der schwarze Zelebrant fragte mich in die stillste Stille des heiligen Ortes hinein:

»Daniel Bönle, ich fraga dich: Bist du hiahea gekomma, um nach reiflicha Übalegung und aus freia Entschluss mit deina Braut Cäcilia Maia den Bund der Ee zu schließa?«

Ich antwortete:

...

ENDE

*Weitere Krimis finden Sie auf den
folgenden Seiten und im Internet:*

WWW.GMEINER-SPANNUNG.DE

MICHAEL BOENKE
Versumpft
. . . .
978-3-8392-2083-2 (Paperback)
978-3-8392-5393-9 (pdf)
978-3-8392-5392-2 (epub)

UNTER VERDACHT Nach einem Grenzstreit Bönles mit seinem Nachbarn Lederer verschwindet dessen Gattin Valentina spurlos. Sie wird kurz darauf in der Nähe des Bönle-Grundstücks mit einem Schraubenzieher in der Brust aufgefunden. Als wenige Tage später auch Lederer getötet wird, gerät Bönle unter Verdacht. Er entzieht sich einer Verhaftung, versteckt sich im Ried und versucht auf eigene Faust den Täter zu ermitteln. Nachdem dann auch noch eine Schülerin Bönles mit eingeschlagenem Schädel in dessen Ehebett aufgefunden wird, scheint die Lage für den Lehrer aussichtslos. Kann er seine Unschuld beweisen?

GMEINER SPANNUNG

WWW.GMEINER-VERLAG.DE
Wir machen's spannend

MICHAEL BOENKE
Kässpätzlesexitus
. . . .
978-3-8392-1662-0 (Paperback)
978-3-8392-4601-6 (pdf)
978-3-8392-4600-9 (epub)

TÖDLICHE KÄSSPÄTZLE Das heitere Kässpätzleswettessen in sommerlich oberschwäbischer Idylle nimmt ein jähes Ende: Eine tote Mitesserin – erstickt am schwäbischen Gaumenschmaus. Ein Unfall, so ergeben es die Untersuchungen. Dann gibt es eine zweite Tote, gegart im Dampf des Pasteurschranks einer oberschwäbischen Brauerei. Und wiederum heißt es: ein tragischer Unfall. Daniel Bönle, mittlerweile Hausmann, wird in die skurrilen Ereignisse hineingezogen. Seine Ermittlungen führen ihn auch wieder ins geheimnisvolle Ried …

MICHAEL BOENKE
Nonnenfürzle
. . . .
978-3-8392-1306-3 (Paperback)
978-3-8392-3933-9 (pdf)
978-3-8392-3932-2 (epub)

IN ANDEREN UMSTÄNDEN In der oberschwäbischen Provinz will der Berufsschullehrer und Lebenskünstler Daniel Bönle die Fasnetszeit trotz Schulunterricht entspannt genießen. Er besucht mit seiner Klasse ein nahegelegenes Kloster, doch ein Schneesturm zwingt ihn und die Jugendlichen zur Übernachtung bei den Nonnen. Der nächste Morgen hält eine tödliche Überraschung im klösterlichen Gottesdienst bereit …

SPANNUNG

GMEINER

WWW.GMEINER-VERLAG.DE
Wir machen's spannend

Das Neueste aus der Gmeiner-Bibliothek

Unser Lesermagazin

Bestellen Sie das
kostenlose Krimi-
Journal in Ihrer
Buchhandlung
oder unter
www.gmeiner-verlag.de

Informieren Sie sich ...

www ... auf unserer Homepage:
www.gmeiner-verlag.de

@ ... über unseren Newsletter:
Melden Sie sich für unseren Newsletter an
unter www.gmeiner-verlag.de/newsletter

f ... werden Sie Fan auf Facebook:
www.facebook.com/gmeiner.verlag

Mitmachen und gewinnen!

Schicken Sie uns Ihre Meinung zu unseren Büchern
per Mail an gewinnspiel@gmeiner-verlag.de
und nehmen Sie automatisch an unserem
Jahresgewinnspiel mit »mörderisch guten« Preisen teil!